AF404690

Der Schriftsteller **Stefan S. Kassner** hängte im Oktober 2022 seinen Arztkittel an den Nagel und lebt seitdem als hauptberuflicher Autor mit seinem Hund Goliath auf der Sonneninsel Mallorca. Im Oktober 2020 wurde er in die Agentur Ashera aufgenommen und veröffentlich seit 2021 Romane, Novellen und Kurzgeschichten in unterschiedlichen Genres, unter anderem Thriller, Krimi, Cosy Crime, Familiengeheimnis, Familiensaga, (Gay-) Romance, (düstere) Phantastik, Horror, Steampunk und Humor. Dies prägte auch den Slogan des Schriftstellers: „Vielseitigkeit hat einen Namen – Stefan S. Kassner".

Weitere Informationen zum Autor und seinen Projekten unter www.stefan-kassner.de.

Herzklopfen auf Mallorca

STEFAN S. KASSNER

Erstausgabe September 2024

Copyright © 2024 dp Verlag, ein Imprint der
dp DIGITAL PUBLISHERS GmbH
Made in Stuttgart with ♥
Alle Rechte vorbehalten

Herzklopfen auf Mallorca

ISBN 978-3-98998-602-2
E-Book-ISBN 978-3-98637-970-4

Covergestaltung: Torsten Sohrmann
Umschlaggestaltung: ART.Core Design

Unter Verwendung von Abbildungen von
stock.adobe.com: © Dasya - Dasya, © ladistock, © kstipek, © Simon,
© vulcanus
shutterstock.com: © ISEN STOCKER, © NIKCOA, © Svetlana
Zhukova
depositphotos.com: © Di-Studio
Lektorat: Daniela Guse
Satz: dp DIGITAL PUBLISHERS GmbH
Druck und Bindung: Books on Demand GmbH, Norderstedt

*Für die Menschen meiner neuen Heimat Mallorca –
ihr habt mich mit offenen Armen willkommen gehei-
ßen. Danke, dass ich hier zuhause sein darf.*

*In einer Welt voller Hass, sollten wir dennoch hof-·
fen. In einer Welt voll Zorn, sollten wir uns trauen,
Trost zu spenden. In einer Welt voll Hoffnungslosigkeit, sollten wir es dennoch wagen, zu träumen. In einer Welt voller Misstrauen, sollten wir es dennoch
wagen, zu vertrauen.*

*Michael Joseph Jackson – the King of Pop (29.08.1958
– 25.06.2009)*

1

Verachtung!

Aus seinem Blick sprang sie sie an, um sich unter ihre Haut zu graben, wo sie sich brennend ausbreitete. Ein Parasit, der Tatjana von nun an begleiten würde, dessen war sie sicher. Etwas hatte sich in diesem Augenblick verändert.

Verändert oder vielmehr geklärt?

Die Frage formulierte die Erkenntnis. War das Klicken, das ertönte, wenn zwei Zahnräder endlich ineinandergriffen, um den Prozess in Gang zu bringen, der bereits seit langem auf den Start gewartet hatte.

Du musst ihn verlassen!

Kein neuer Befehl, an sie selbst formuliert. Heute jedoch trug ihn die Welle der Einsicht und riss dadurch den Damm aus Vorbehalten, Nostalgie und ebenso Bequemlichkeit fort. Denn endlich erschien die Aussicht darauf, in diesem Zustand zu verharren, dieser Beziehung, die nicht nur mangels Liebe zu einer blutleeren Hülle ihrer ursprünglichen Existenz geworden war, unerträglicher, als daraus zu fliehen.

Dass Tatjana diese gedankliche Formulierung wählte und nicht einfach daran dachte, die Ehe mit ihrem Mann Peter zu beenden, offenbarte das Problem. Den Grund, warum sie so lange dafür benötigt hatte, den Schritt auch nur im Geiste zu vollziehen.

Wenn es doch nur Bequemlichkeit wäre, sie verzog den Mund zu einem bitteren Grinsen. Es war richtig, sich selbst in diesem Punkt in Schutz zu nehmen, denn Peter und dessen Reaktionen waren unberechenbar. Sogar nach zehn Jahren Ehe.

Das Geräusch der ins Schloss fallenden Haustür ließ sie zusammenfahren und war dennoch tröstlich. Bedeutete es doch, dass er fort war.

Augenblicklich löste sich die Anspannung, die ihr die Brust eingeschnürt und das Atmen erschwert hatte.

Er ist weg!

Unheimlich, dass dieses Wissen sie beruhigte. Sie sich sogar wünschte, er kehrte nicht zurück.

Doch das wird er.

Wie der Knall der zufallenden Tür wenige Minuten zuvor, ließ die Eingebung Tatjana zusammenzucken und löste die Starre.

Los jetzt!

Kaum hatte sie begonnen, Kleidung aus dem Schrank zu nehmen und zum Einpacken auf das Bett zu legen, hielt sie bereits wieder inne. Der Eindruck, überzureagieren, wollte sich nicht zurückziehen. Mit leisen Schritten hatte er sich angepirscht, um über sie herzufallen. Sie niederzudrücken, um ihr die Zwangsjacke des Verbleibens im gewohnten Alltag überzuziehen. Die an sich selbst ausgesprochenen Ratschläge reichten nicht, und Tatjana wusste, wer nur darauf wartete, diese Rolle einzunehmen.

„Alles gut bei dir?“ Maren verfügte über einen sechsten Sinn, der ihr sicherlich bereits die Frage auf ihre Antwort geliefert hatte.

„Leider nein." Da die Zeit drängte, hatte Tatjana beschlossen, nicht lange um den heißen Brei herumzureden. Außerdem konnte sie sich auf die Loyalität ihrer Freundin und die Tatsache, dass Maren stets das Wohlbefinden Tatjanas im Blick hatte, verlassen.

„Wieder Streit mit Peter gehabt?"

Tatjana nickte stumm, und obwohl ihre Freundin das nicht sehen konnte, bedurfte auch diese Frage keiner Entgegnung. „Ich kann das nicht mehr. Es ist vorbei." Es tat gut, die Worte auszusprechen.

Marens Aufatmen war zu vernehmen. „Endlich." Sie räusperte sich. „Sorry. Du bist bestimmt fertig, aber ich bin einfach froh, dass du dich jetzt entschieden hast."

„Ich auch. Aber ..." Tatjana schluckte geräuschvoll.

„Ich kann in zehn Minuten bei dir sein."

„Okay." Der Strom der Tränen setzte unvermittelt ein und versiegte auch nicht, als sie das Gespräch beendet hatte und neben ihrer auf dem Bett verteilten Kleidung sitzen blieb.

Fassungslosigkeit und Dankbarkeit waren die vordringlichsten Gefühle, wurden aber von einem weiteren begleitet, von dem sie wusste, dass es das Licht am Ende des Tunnels war, in dem sie sich noch befand: Erleichterung.

Erst die Türklingel riss sie aus dem Gedankenstrom und machte ihr bewusst, dass sie seit Beendigung des Telefonates mit Maren dagesessen und gegrübelt hatte. Mittlerweile hatte sich die Befreiung, die sie anfangs verspürt hatte, verflüchtigt. Dafür schloss die Anspannung tentakelgleich ihre Arme um sie und drückte unbarmherzig zu.

„Janalein, sei mir nicht böse, aber du siehst furchtbar aus", brach es aus Maren heraus, kaum dass sie ihr die Tür geöffnet hatte. Sie war die Einzige, die Tatjana diesen Spitznamen gegeben hatte und ihn nutzte. „Tatie", die Koseform, die sich eher aus dem Namen ergab, und die andere Freunde, sogar teilweise Tatjanas Familie benutzten, hörte sich nach Marens Meinung dämlich an. Und Tatjana selbst mochte „Janalein" ebenfalls lieber, doch es war schwer, eingeschliffene Bezeichnungen zu ändern. Und irgendwie war es auch schön, dass sie und Maren dadurch über etwas Exklusives verfügten.

Das Lachen kroch von der Magengegend herauf und entlud sich in einer Salve, die zumindest für den Augenblick alles fortspülte.

Maren starrte sie derweil konsterniert an, was dazu führte, dass Tatjana noch mehr giggeln musste. Dies wiederum ließ Maren einstimmen, und nachdem sie sich einen Augenblick Zeit genommen hatten, die unbelastete Heiterkeit zu genießen, bat Tatjana ihre Freundin herein.

„Im Grunde ist das nicht zum Lachen." Tatjana wischte sich eine Träne aus dem Augenwinkel, während sie das Schlafzimmer betrat.

„Aber zum Weinen ist es noch viel weniger. Du weißt ja, wie ich darüber denke." Maren fasste Tatjana bei den Schultern und sah ihr tief in die Augen. „Vor allem solltest du stolz auf dich sein. Dass du endlich so weit bist."

„Das brauche ich tatsächlich. Jemanden, der mir sagt, dass ich das Richtige tue."

„Kannst du haben." Maren drückte sie kurz an sich. „Im Ernst. Das ist deine beste Entscheidung der letzten Jahre. Deine Chance, neu anzufangen. Dir dein Leben zurückzuholen."

„Es ist nur …" Tatjana schluckte. „Die Dimension des Ganzen. Ich kann das nicht umreißen. Und das lähmt mich."

„Auch dafür bin ich jetzt da." Maren sah sich im Zimmer um. „Du willst wahrscheinlich fort sein, bevor Peter zurückkehrt. Das heißt, wir packen ein paar Sachen zusammen, und ich nehme dich mit zu mir."

So kannte Tatjana ihre Freundin. Pragmatisch und stets mit dem Gespür für die richtige Verhaltensweise in einer Situation. „Ich habe ein schlechtes Gewissen."

Maren sah sie fragend an.

„Wegen Peter. Das hört sich so an, als wäre er gewalttätig oder irgendso etwas."

Maren seufzte. „Janalein, ich weiß, dass das nicht so ist. Aber du weißt auch, dass körperliche Gewalt nicht die einzige Form von Misshandlung ist. Selbst, wenn er niemals die Hand gegen dich erhoben hat, können Worte, Gesten oder Handlungen genauso verletzend sein. Und was du mir über die Jahre berichtet hast, fällt definitiv da rein."

„Hmm." Das hörte sich zwar zutreffend an, doch Tatjanas Gewissen wollte nicht schweigen.

„Pass auf." Maren hatte bereits den Koffer vom Kleiderschrank geholt und begonnen, die Klamotten darin zu verstauen. „Einigen wir uns darauf, dass wir das Gespräch vertagen. Wir sollten hier vorankommen, sonst laufen wir Peter doch noch in die Arme, und du wirst womöglich wieder schwach. Bei einem Gläschen Champagner lässt es sich ohnehin besser quatschen.“

„Einverstanden.“ Tatjana rang sich ein Lächeln ab, musste aber zugeben, dass die Aussicht, sich schon bald mit ihrer Freundin bei Champagner alles von der Seele reden zu können, die Erleichterung zurückbrachte.

Und sie nahm mit jedem Kleidungsstück zu, das seinen Platz im Koffer fand, und damit einen Schritt aus ihrem bisherigen Leben hinein in ein neues bedeutete. Nachdem sie Peter noch einen kurzen Zettel hingelegt hatte, der den über ihr Bleiben bei Maren informierte, konnte sie endlich die Tür hinter sich ins Schloss ziehen.

2

„Eine Kleinigkeit. Nichts Großes." Tatjana stieß seufzend die Luft aus und betrachtete die feinen Bläschen, die vom geschwungenen Glasboden aus an die Oberfläche strebten. „Aber das war es eigentlich nie."

„Worum ging es denn?"

„Um das Malen." Sie nahm einen Schluck und genoss den fein-säuerlichen Geschmack des Champagners, der sich auf ihrer Zunge ausbreitete. „Zuletzt ging es immer um das Malen. Und außerdem habe ich mit dem Gedanken gespielt, beruflich etwas kürzer zu treten, um mich wieder mehr darauf konzentrieren zu können. Vor allem, nachdem es mit Peters Baufirma inzwischen wieder besser läuft."

„Ich kann mich noch an deine Bilder erinnern. Du warst richtig gut." Maren sah sie an. „Bist richtig gut. So etwas verlernt man doch nicht, oder?"

„Keine Ahnung – um ehrlich zu sein, ist genau das eine meiner Ängste. Dass mein Talent, falls ich das so nennen darf, verkümmert ist."

„Erst einmal, das darfst du nicht nur, das musst du. Denn du hast Talent, egal, was Peter dir eingeredet hat. Und das verschwindet nicht einfach so."

Tatjana schlug die Beine übereinander und nestelte am Bund ihrer Jeans herum. „Das Gemeinste war das ständige Hin und Her, weißt du? In einem Augenblick hat Peter mich noch in den höchsten Tönen gelobt. Auch für meine Bilder hatte er ursprünglich nur Positives übrig."

„Und kaum hast du das angenommen, hat er dich kleingemacht."

Ihre Finger gruben sich in den Jeansstoff, während Tatjana nickte.

„So macht das ein Narzisst. Zuckerbrot und Peitsche. Er will dich vor allem klein halten, von ihm abhängig."

„Macht mich das nicht zu einem schlechten Menschen, indem ich ihn als Übeltäter abstempele?"

„Janalein, ich lehne mich sicherlich nicht zu weit aus dem Fenster, wenn ich sage, dass du zu gut bist für diese Welt."

„Aber es gibt doch immer zwei Seiten. Besonders bei einer Beziehung", protestierte Tatjana.

„Habe ich es nicht gesagt?" Maren grinste, wurde dann aber wieder ernst. „Du hast natürlich recht. Immerhin hast du deinem Mann die Bühne bereitet, wenn man es so ausdrücken will, auf der er agieren konnte. Und ein Narzisst sucht sich auch stets jemanden, mit dem er seine Masche durchziehen kann. Und außerdem hast du ihm zuliebe doch immer wieder zurückgesteckt. Damit er Zeit hatte, sich zu finden, hast du dich in einem Job verloren, den du eigentlich nicht magst. Schließlich erzählst du mir schon seit Jahren, dass du nicht mehr in der Bank arbeiten und dich wieder der Kunst widmen möchtest, aber dass das nicht geht, weil du Peter unterstützen musst, der zwar große Reden schwingt, aber nichts wirklich zustande bringt."

„Wahrscheinlich ist das mein Muster. Dass ich immer an Kerle gerate, die meine Gutmütigkeit ausnutzen?"

„Das wird so sein. Wenn ich an Philipp denke – korrigier mich, aber das war auch nicht viel besser, oder?"

„Außer, dass er mich betrogen und damit zur Beendigung der Beziehung gezwungen hat." Tatjana stieß ein gehässiges Lachen aus. „Vielleicht sollte ich es auch mal mit Frauen versuchen."

Maren vollführte eine wegwerfende Handbewegung. „Wenn du glaubst, dass es diese Art Probleme mit einer Frau nicht gibt, muss ich dich leider enttäuschen."

„Entschuldige. Das war auch mehr als dämlich."

„Ich weiß ja, von wem es kommt." Maren zog sie an sich und drückte ihr einen Kuss auf die Schläfe. „Und daher habe ich auch keine Zweifel, dass du wieder an einen Kerl geraten wirst. Ich hoffe nur, dass es beim nächsten Mal jemand ist, der dich um deiner selbst willen liebt. Und nicht wegen des Bildes, das er von dir hat."

„Uff!", machte Tatjana und benötigte einen Augenblick, um sich bewusst zu werden, dass sie diesen Laut von sich gegeben hatte.

„Uh, Janalein. Das war too much, oder? Ich unsensible Kuh."

„Nein, nein. Das war zwar ein Schlag direkt in die Magengrube, aber notwendig." Sie ergriff Marens Hand. „Das schätze ich so an dir, dass du nicht lange herumredest, sondern die Dinge auf den Punkt bringst."

„Und die Aussage muss noch ergänzt werden. Damit, dass du absolut liebenswert bist." Maren führte ihre Hand zum Mund und küsste die sanft. „So, wie du bist. Nicht nur, weil jemand dich zu etwas machen will, das ihm gefällt."

Einen Augenblick saßen sie schweigend da, dann ließ Tatjana die Hand ihrer Freundin los. „Es fühlt sich so irreal an. Als hätte ich das nur geträumt."

„Umgekehrt wird ein Schuh draus, fürchte ich. Du bist endlich aufgewacht."

„Wieder hast du recht."

Maren legte ihr eine Hand auf die Schulter. „Und jetzt kannst du aufstehen, um auf eigenen Füßen zu stehen. Mit deinen Beinen laufen."

„Es war ja nicht alles schlecht, weißt du?" Tatjana schluckte, und Tränen verschleierten die Sicht. „Ich möchte nicht alles mit Füßen treten. Das Gute, das wir hatten."

„Hey! Das tust und musst du auch nicht." Maren griff nach einer Pappschachtel mit Papiertaschentüchern, die sie Tatjana reichte. „Und niemand sagt, dass du die Erinnerungen nicht so behalten kannst, wie du sie empfindest. Aber wir leben in der Gegenwart und brauchen eine Zukunft, die wir gestalten können. Und du hast viel zu lange auf ihn und seine Bedürfnisse Rücksicht genommen. Jetzt musst du an dich denken."

„Du solltest einen YouTube-Kanal betreiben." Tatjana grinste.

„Lesbische Frau hilft Heten in Beziehungsfragen, das wäre doch mal was."

Das brachte beide zum Lachen. „Tut gut nach all den schweren Themen." Tatjana schnäuzte sich.

„Genau das brauchst du jetzt."

„Was meinst du?"

„Eine Ablenkung. Etwas, das dir guttut." Maren stand auf, verließ kurz das Zimmer, um mit ihrem Laptop unter dem Arm zurückzukehren. „Du weißt doch, dass ich nicht an Zufälle glaube?“

Tatjana betrachtete sie zweifelnd. „Was kommt jetzt?“

„Das wirst du gleich sehen.“ Maren ließ sich wieder neben ihr auf das Sofa fallen, klappte den Bildschirm hoch und gab das Passwort ein. „Bin ich gestern drauf gestoßen und habe direkt an dich gedacht.“ Mit dem Mauszeiger wählte sie den Internetbrowser, um anschließend eine Adresse aus dem Verlauf aufzurufen.

Noch bevor Tatjana eine weitere Frage stellen konnte, erschien ein Bild, das nicht nur die Antwort lieferte, sondern ihr Herz auf eine Weise berührte, die ihr nahezu unbekannt war. Als würde dieser Ort auf sie warten.

„Genau das habe ich auch gedacht“, sagte Maren, die ihre Freundin von der Seite ansah. „Du solltest da hin und so ein Seminar belegen. Wer weiß, vielleicht kommst du groß raus und wanderst aus.“

Das erschien nur vordergründig verrückt. Auf eine Art, die ihr ebenso fremd vorkam, erschien sogar das möglich. „Künstlerhotel“, flüsterte Tatjana.

„Und dann auch noch auf Mallorca. Ich weiß doch, wie sehr du die Insel liebst.“ Mit dem Finger lenkte Maren den Mauszeiger auf einen Button, den sie betätigte. „Schau dir das mal an.“

„Wow!“ Mehr brachte Tatjana nicht heraus. Das Bild, das sich geöffnet hatte, verzauberte sie. Es zeigte den Strand vor einer malerischen Bucht, rechts von schroffen Felsen eingefasst, an dessen orange-rotem Himmel der gleichfarbige Feuerball der Sonne im Begriff war, in die Fluten des Meeres einzutauchen.

„Tatsächlich hat mein Chef mir erst gestern gesagt, dass ich unbedingt meinen Urlaub nehmen muss, damit am Jahresende kein Resturlaub übrig bleibt", sagte Tatjana.

„Na siehst du. Wenn das kein Zeichen ist." Maren legte den Arm um sie. „Das ist genau das, was du jetzt brauchst."

„Und Peter?"

„Was soll schon mit dem sein? Du willst doch keinen Rückzieher machen?"

„Nein", entgegnete Tatjana, doch es klang kleinlaut.

„Janalein. Vertrau mir. Das wird dir helfen, den Kopf klar zu bekommen. Und falls dir das momentan lieber ist, kannst du die Trennung überdenken. Aber auch das wird dir deutlich besser gelingen, wenn du das Rauschen des Meeres hörst und die Nase in die Sonne halten kannst."

Das ist total verrückt!, dachte Tatjana, doch ihre innere Stimme klang halbherzig. Erneut betrachtete sie das Bild, sah sich vor einer Staffelei stehen, den Pinsel in der rechten Hand, das Panorama betrachtend, um es auf die Leinwand zu bannen.

Sie hatte eine Entscheidung getroffen.

3

„Da machen Sie sich mal keine Gedanken. Felipe wird ihr Talent schon herauskitzeln, ganz bestimmt. Unsere Teilnehmer sind durch die Bank begeistert." Lächelnd betrachtete Caro das Gemälde der Villa, das Angel, einer der Seminarteilnehmer Felipes, gemalt und ihr geschenkt hatte, als Dank für ihre Begeisterung für seine künstlerischen Fähigkeiten.

Ein Gefühl, das sich jedes Mal beim Betrachten aufs Neue in ihr Herz stahl. Denn die Art, wie die Villa im Zentrum des Bildes zu strahlen schien, als habe die Sonne ihre Strahlen auf ihr gebündelt, reproduzierte die Weise, in der Caro ihr Hotel sah. Sie hatte nur zuvor nicht glauben können, dass jemand diese Sichtweise teilte und sogar in ein Gemälde transportieren konnte.

Seitdem brandete das Glück gleich zweimal durch ihren Körper. Beim Eintreffen und Blick auf das Hotel, dann beim Eintreten in die Lobby und Betrachten des Kunstwerkes zum zweiten Mal. Und nicht nur einmal hatte sie im Gesichtsausdruck der Gäste lesen können, dass es denen nicht anders ging.

„Ich habe schon ewig nicht mehr gemalt, wissen Sie? Mein Mann ... ach, das ist nicht wichtig", sagte die Frau am anderen Ende der Leitung.

„Man sollte sich von niemanden einreden lassen, dass man etwas nicht kann." Caro schlug einen verschwörerischen Tonfall an, als sie fortfuhr: „Schon gar nicht von einem Mann." Sie war froh, dass die Anruferin aus Deutschland lachte. Ein gelöster Laut, der in Kontrast zu der angespannten Art stand, mit der sie sprach. „Also, wann dürfen wir Sie bei uns willkommen heißen?"

„Geht es schon morgen?"

„Tatsächlich haben Sie Glück. Ein Zimmer wurde kurzfristig storniert, und das könnte ich Ihnen ab morgen für zwei Wochen anbieten."

„Das ist ja großartig!"

„Ich muss wohl mit unserem Künstler Felipe sprechen. Derzeit läuft bereits ein Seminar, aber, wie ich ihn kenne, wird eine Quereinsteigerin kein Problem sein."

„Ich möchte wirklich keine Probleme machen."

„Machen Sie nicht." Caro rief die Buchungsmaske auf. „Können Sie mir nochmal Ihren Namen sagen? Entschuldigung. Aber wir haben so munter geplaudert, dass er mir entfallen ist."

„Um ehrlich zu sein, glaube ich, dass ich ihn noch gar nicht genannt habe. Ich war so aufgeregt." Ein Kichern ertönte. „Tatjana. Tatjana Eichner."

„Also, Frau Eichner. Dann sehen wir uns morgen. Vorausgesetzt, Sie haben auch einen Flug?"

Ein Kieksen ertönte. „Man könnte meinen, ich verreise zum ersten Mal."

„Keine Sorge. Ich mache Ihnen einen Vorschlag. Wir haben Sondertarife mit einigen Airlines, die die Insel aus Deutschland anfliegen. Was halten Sie davon, wenn ich mich darum kümmere?" Eine Pause trat auf, und im ersten Augenblick glaubte Caro bereits, Tatjana

Eichner hätte aufgelegt, dann vernahm sie ein Geräusch, das ihr ins Herz stach. „Weinen Sie etwa?"

„Entschuldigung", schluchzte Tatjana Eichner. „Sie müssen mich für völlig verrückt halten. Es ist nur. Sie sind so nett. Und nach allem, was ich durchgemacht habe …"

„Zunächst mal halte ich Sie nicht für verrückt, sondern für jemand, der sich von Herzen freut und dankbar ist. Ein Menschenschlag, den ich mit größter Freude hier willkommen heiße. Ich heiße übrigens Caro, und falls es Ihnen nichts ausmacht, mit den meisten Gästen duze ich mich. Zwar meist erst, wenn wir uns persönlich kennenlernen, aber das hier fühlt sich fast schon so an."

„Finde ich auch." Das klang, als lächelte Tatjana. „Danke, Caro. Das ist unglaublich lieb, und ich kann es kaum erwarten, dich und dein schönes Hotel schon bald in Augenschein nehmen zu dürfen."

„Ich freue mich ebenfalls." Caro machte eine Eingabe auf der Tastatur. „Ich benötige jetzt nur noch einige Angaben von dir, dann kann ich mich auch um die Flüge kümmern und sende dir alles zusammen per Mail. In Ordnung?"

„Mehr als das. Super!"

Nachdem Caro die restlichen Angaben Tatjanas in den PC getippt hatte, beendete sie das Telefonat.

Als sie aufsah, stand Cynthia in der Tür. „Ich wollte nicht lauschen. Aber das war so süß. Hört sich an, als hätten wir ab morgen einen Gast, der den Aufenthalt dringend braucht."

„Im Grunde müssten die meisten Gäste ihren Aufenthalt als Therapie absetzen können." Caro lehnte sich in ihrem Stuhl zurück und verschränkte die Hände hinter dem Hinterkopf. „Aber diese Tatjana hörte sich wirklich …“, sie benötigte einen Augenblick, um nach dem richtigen Wort zu suchen, „hoffnungslos an.“ Ihr Blick ging in die Ferne, und sie nickte zögerlich. „Ja, das ist das richtige Wort.“

Cynthia, die ins Büro getreten und die Tür hinter sich geschlossen hatte, kaute auf ihrer Unterlippe. „An dieses Gefühl kann ich mich nur zu gut erinnern. Und auch, wem ich dessen Ende zu verdanken habe.“ Sie sah Caro an.

„Du bist süß. Vielen Dank. Aber es war und ist definitiv eine Win-Win-Situation. Was würde ich nur ohne dich machen?“

„Gibt es etwa Schnaps, und ich bin nicht eingeladen?“, ertönte es von der Tür.

Der Blick der beiden Frauen folgte der Stimme, und sie sahen Gertrud, die den Kopf hereinstreckte.

„Klopft hier keiner mehr an!“, rief Caro gespielt streng aus. „Meine Damen tanzen mir mal wieder auf der Nase herum.“

„Ich habe sogar angeklopft. Aber ihr wart ja derart ins Gespräch vertieft.“ Theatralisch rollte Gertrud mit den Augen.

„Nun komm schon rein und mach die Tür zu.“ Caro kicherte und Cynthia grinste ebenfalls.

Die Einstellung Gertruds hatte sich als weiterer Glücksgriff offenbart, denn durch ihr reiferes Alter und das subtile Kokettieren damit, entstanden Situationen wie diese hier, in denen Caro und Cynthia das Gefühl hatten, von ihrer Mutter oder Lehrerin beim Schabernack Treiben ertappt zu werden. Das war besonders erheiternd, da Gertrud eine Ulknudel war, und nur zu gerne mit jemandem ihren Spaß trieb. Da sie nie respektlos war oder gewisse Grenzen überschritt, war sie mittlerweile bei den Gästen zum Alleinunterhalter avanciert.

„Und? Wo ist er nun?" Gertrud sah sich um.

„Wer?", fragte Cynthia.

„Na, der Schnappes." Sie betrachtete erst Cynthia, dann Caro. „Schon gut. Schon gut. Ich weiß ja, dass ihr zarte Seelchen seid. Prosecco geht ebenfalls."

„Es ist gerade mal elf. Und solltest du nicht beim Frühstück helfen?" Caro hob eine Braue, doch erneut war ihr empörter Tonfall gespielt. Es war klar, dass Gertrud weder ernsthaft einen trinken wollte, noch ihre Aufgaben vergessen hatte.

„Frühstück? Welches Frühstück?" Gertrud zwinkerte ihr zu. „Natürlich bereits erledigt, Chefin. Deshalb wollte ich fragen, ob ich Julia bei den Zimmern helfen soll?"

„Sehr gute Idee."

Gertrud nickte und verließ das Zimmer.

„Sie macht sich wirklich gut, oder?", fragte Cynthia.

„Definitiv. Ein weiterer Glücksgriff. Das Universum scheint sich zu revanchieren, nachdem es mich anfangs ziemlich gebeutelt hat." Caro legte die verschränkten Hände auf der Tischplatte vor sich ab. „Was kann ich denn für dich tun?"

„Jetzt, bei diesen Temperaturen – was hältst du von einem Strandausflug? Nur wir Mädels. Vielleicht hat Elena ja ebenfalls Lust?"

„Das ist eine großartige Idee." Caro betrachtete ihre Arme, die trotz der Tatsache, dass es bereits August und damit mitten in der Saison war, ziemlich blass wirkten. Denn meist kam sie erst nach draußen, wenn die Sonne bereits untergegangen war, hielt sie sich doch ansonsten die überwiegende Zeit hier im Hotel auf.

Ein Umstand, der auch Juan nicht glücklich machte, obwohl er sich bislang geduldig zeigte. Fragte sich nur, wie lange. Der Gedanke an ihn aktivierte sogleich ihr Gewissen. „Das einzige ist …“, sie brach ab und schüttelte den Kopf.

„Was ist?“

„Juan. Der muss, seit die Saison richtig begonnen hat, ziemliche Einschnitte in unserer Zeit hinnehmen. Und dann noch meine Oma –“

„Verstehe. Es müssen ja auch nicht nur wir Mädels sein.“

„Aber ich verstehe deinen Hintergedanken. Wir Frauen unter uns, da herrschen andere Gespräche.“

„Vor allem könnt ihr ungeniert mit mir die Kerle begutachten.“

Caro grinste. „Da mach dir keine Gedanken. Was ich an Juan schätze, ist dessen gesunde Eifersucht. Macht ihm nichts aus, wenn ich mich mal umschaue, so lange es nicht zu extrem wird. Und wenn es im Auftrag deines Liebeslebens ist, habe ich keine andere Wahl.“

„So ist es.“

„Und wenn Elena Jonas mitbringt, werden die beiden Männer ohnehin die ganze Zeit über Baukram sprechen und uns in Ruhe lassen.“

„Das hört sich doch gut an. Fragst du Elena?“

„Mach ich. Jetzt brauchen wir nur noch einen Termin.“

„Ich dachte an Mittwochnachmittag. Da ist Gertrud doch hier, und meine Babysitterin sollte auch Zeit haben.“

„Aber nicht hier, am *Es Carregador*, oder? Nenn mich spießig, aber den Hotelgästen will ich nicht im Bikini begegnen.“

„Nein. Ich dachte an *Es Trenc*. Der ist schön weitläufig.“

„Und FKK.“

„Nur teilweise. Und da brauchen wir ja nicht mitzumachen.“

„Einverstanden.“

„Zum Mitmachen oder nicht Mitmachen?“

„Mach’, dass du rauskommst!“ Caro hob drohend den Zeigefinger, bevor sie in Gelächter ausbrach.

Sie freute sich darauf, nach den arbeitsamen Wochen zumindest ein paar Stunden mit ihren Freundinnen zu verbringen, als die sie Cynthia und Elena mittlerweile bezeichnete. Auch Juan würde sich freuen, zumal Jonas und er einander mochten.

So schön die Arbeit ist, du darfst weder deine Freunde noch dich selbst vergessen, dachte sie.

4

„Großartig, dass du das machst! Ich hab ja irgendwie damit gerechnet, dass du noch einen Rückzieher machst."

„Es fühlt sich einfach richtig an. Und außerdem hättest du doch eh nicht locker gelassen."

„Da hast du vollkommen recht!" Maren grinste breit.

Sie hatten die Check-in-Schalter erreicht, vor denen eine Schlange von Menschen darauf wartete, abgefertigt zu werden. Dass dazu mit Reiseziel Palma de Mallorca auch häufig die Fraktionen grölende Fußballer, schunkelnde Kegelclubs und proseccoschlürfende Junggesellinnen gehörten, konnte Tatjanas Laune nicht trüben. Sie glaubte kaum, dass diese Sorte Urlauber das gleiche Ziel auf der Insel anstrebten wie sie.

„Dann tippel mal los", sagte Maren und fiel Tatjana um den Hals. „Und du schickst fleißig Fotos. Besonders von den knackigen Mallorquinern. Damit das klar ist."

„Glaube kaum, dass ich in Stimmung bin für einen Urlaubsflirt."

„Das kann Frau nie wissen. Und würde dir ebenfalls guttun. Das ein oder andere Schäferstündchen mit Juan oder Eduardo, und du kannst den ollen Peter noch schneller vergessen."

„Schau'n wir mal." Tatjana beugte sich vor und drückte ihrer Freundin einen Kuss auf die Wange. „Vielen Dank für alles. Auch den Anschubser."

„Immer gerne. Jetzt aber los. Guten Flug, lass dich knusprig braten, und probier jeden Churro, den du kriegen kannst." Maren grinste erneut, und dieses Mal lag Anzüglichkeit ob ihrer Äußerung darin, denn es war klar, dass sie nicht von der spanischen Nachspeisenspezialität gesprochen hatte, auf deren wurstartige Form sie angespielt hatte.

„Du bist unmöglich", gab Tatjana lachend zurück und winkte Maren zum Abschied zu, bevor sie sich zum Ende der Schlange begab.

Die Dame vor ihr drehte sich zu Tatjana um. „Na, fliegen Sie auch nach Malle?"

„Ich fliege nach Mallorca", entgegnete Tatjana und registrierte mit Genugtuung die Verwirrung im Gesicht ihres Gegenübers. Sie hasste diese despektierliche Bezeichnung der Insel, die vor allem von Party-Urlaubern gebraucht wurde.

„Sag ich doch, Mallorca", sagte die Frau.

„Eben."

„Wie?"

„Mallorca und nicht Malle." Tatjana war über sich selbst überrascht. Normalerweise war sie eher still und ging auch nicht auf Konfrontation, aber die Aussicht, bald die Füße in den Sand ihrer Lieblingsinsel drücken zu können, gab ihr Aufwind. Zudem hatte sie das Gefühl, dafür einstehen zu müssen.

„Pfff!", machte die Blonde vor ihr in der Schlange und vollführte dazu eine wedelnde Handbewegung, bevor sie sich umdrehte, um Tatjana keines weiteren Blickes zu würdigen, was der nur recht war.

Sollen die doch nach Malle fliegen, dachte Tatjana. Schließlich bot die Insel so viel mehr, was dem Feiervolk in der deutschen Enklave von El Arenal meist entging. Sie hingegen konnte es nicht erwarten, die mediterrane Leichtigkeit der Insel zu atmen. Und natürlich zu malen.

Beim Gedanken daran konnte sie den Pinsel in ihrer rechten Hand regelrecht spüren und ebenso, wie der über die Leinwand glitt. Stimmte es, was Maren gesagt hatte, dass Talent nicht einfach so verschwand, auch wenn man es nicht nährte?

Zu gerne hätte sie das geglaubt, aber die Unsicherheit nagte an ihr. Du hast viel zu selten gemalt, zuletzt kaum noch. Du wirst dich vollkommen lächerlich machen! Peters Stimme in ihrem Kopf, die die Worte ausspie, ließ sie zusammenzucken und einen Moment erwog sie allen Ernstes, die Reise nicht anzutreten.

Dann machte sie sich bewusst, dass das verrückter wäre als die Reise an sich. Sie dachte an das Telefonat mit Caro, der das Hotel gehörte, und die so freundlich und auf Anhieb vertraut geklungen hatte. Außerdem hatte auch sie gesagt, dass der Künstler, der den Kurs leitete, das Talent in jedem Teilnehmer erwecken oder wiedererwecken könnte.

Janalein, jetzt mach dir nicht so einen Kopf, und hab' mal Vertrauen in dich und deine Fähigkeiten, hörte sie nun Marens Stimme in ihrem Kopf, was die Zuversicht in ihr befeuerte. Es ging um keinen Wettbewerb, sondern darum, sich auf sich selbst zurückzubesinnen und in Abstand zu ihrem bisherigen Leben zu treten.

Nach Check-in und Sicherheitskontrolle erreichte sie das Gate, wo sie einen freien Platz fand, von dem aus sie eine Gruppe junger Männer betrachtete, die ausgelassen miteinander scherzten. Ihr Blick schweifte weiter zu einer jungen Familie und schließlich einem reiferen Ehepaar, das einander liebevoll betrachtete. So unterschiedlich all diese Menschen erscheinen mögen, sie eint dasselbe Ziel, dachte sie.

Sie nahm das Handy aus der Tasche und rief den Chatverlauf mit Peter auf, las dessen letzte Antwort auf ihre Nachricht nochmal durch:

Mach, was du willst. Von meiner Seite aus ist alles gesagt, und wir haben genug geredet in den Jahren. Wenn du zurückkommst, will ich, dass du ausziehst.

Obwohl es im Grunde genau das war, was sie wollte, ließ die Fassungslosigkeit sie schwindelig werden.

Die Nachricht hatte sie heute Morgen erreicht, nachdem sie Peter gestern mitgeteilt hatte, dass sie zwei Wochen fort wäre, um sich über alles Gedanken zu machen.

Maren hatte sie davon nichts erzählt, da sie ihr nicht die Bestürzung darüber offenbaren wollte. Denn die hätte mit Sicherheit darauf entgegnet, dass dies doch prima und die Angelegenheit damit geklärt sei. Sie liebte ihre Freundin und deren Pragmatismus, der häufig klärend wirkte, aber auch dazu führte, dass Tatjana manchmal den Eindruck hatte, ihre eigenen Emotionen seien falsch.

Wenn sie da sind, sind sie da, dachte sie und gleichzeitig, dass dies ein Ausspruch Marens sein könnte. Mit

Sicherheit wäre ihre Freundin entsetzt über ihre Reaktion auf Peters Nachricht gewesen. Doch auch, wenn Maren es gut meinte, etwas gut Gemeintes konnte dennoch Gefühle auslösen, die nicht guttaten.

Jemand, der dich um deiner selbst willen liebt, hörte sie Marens Stimme in ihrem Kopf, und unwillkürlich zuckte sie zusammen. Wieder einmal hatte ihre Freundin den Nagel auf den Kopf getroffen, und ihr war nun klar, warum sie Peters Nachricht so traf, genauso wie dessen letzter Blick voller Verachtung.

Nach all den Jahren, in denen sie vor allem das Bild nachgezeichnet hatte, das er von ihr haben wollte, ihr wahres Ich damit verleugnet hatte, war ihr nun klar, dass er sie jetzt ablehnte. Natürlich war dies nicht das erste Mal gewesen. In den zehn Jahren ihrer Ehe hatte sie sich immer wieder aus der Deckung der Harmoniesucht gewagt, die eigene Bedürfnisse unter sich begraben hatte. Erfuhr dann Zurückweisung, was sie ihr wirkliches Ich in dessen Schneckenhaus flüchten ließ. Und je öfter das geschah, desto diffuser wurde für sie zu erkennen, was sie wollte und wer sie wirklich war.

In den letzten Monaten aber hatte sich etwas verändert. Die Künstlerseele war wieder erwacht und drängte darauf, sich auszudrücken, wollte in ihrem Leben stattfinden. Und je öfter das Gespräch mit Peter darauf kam, dass Tatjana Zeit für sich wollte, desto angespannter wurde die Atmosphäre zwischen ihnen. So war sie über theoretische Erwägungen kaum hinausgekommen. Hatte nur geplant, wieder zu malen, womöglich ein Wochenende ein Ferienhaus im Schwarzwald zu buchen, um an einem anderen Ort Inspiration zu tanken, und das allein, doch Peter hatte dies mit

Ablehnung beantwortet. Ihr gesagt, dass sie egoistisch sei, nicht an sie als Paar denke und dann auch noch Geld nur für sich verschwende, was ungerecht sei.

Vor dem Hintergrund, dass Peter sich ständig wechselnde und meist kostspielige Hobbys leistete, denen er meist nur für wenige Wochen nachging, um dann das Interesse daran zu verlieren, war das eine Frechheit. Zuletzt die Drohne mit Kamera für mehrere tausend Euro hatte das Fass zum Überlaufen gebracht und dazu geführt, dass sie ihren Unmut immer klarer zum Ausdruck gebracht hatte, was Diskussionen und Streitereien häufiger auftreten ließ.

Es traf zu, dass der Grund der letzten Auseinandersetzung nicht massiver gewesen war als die zuvor. Erneut hatte sie Zeit für sich eingefordert und war damit bei Peter auf Widerstand gestoßen, aber da das Thema nun so häufig hochkochte, war der Deckel der falschen Illusion einer Einigkeit in ihrer Beziehung scheppernd hinuntergefallen. Und Maren hatte vollkommen recht, dass er nicht wieder auf den Topf gestülpt werden sollte, zumal das darin brodelnde Gemisch sich nicht mehr beruhigen würde.

Um ehrlich zu sein, war diese Lösung besser als ein Zerbersten des ausgehöhlten Gefäßes, das ihre Beziehung mittlerweile war, vor allem, da Tatjana nicht wusste, was eine solche Explosion bedeuten würde. Besonders nach Peters letztem Blick, den er ihr zugeworfen hatte, und den zuletzt zunehmenden Gewaltausbrüchen.

Nie gegen sie, sondern Gegenstände, aber dennoch war sein Jähzorn erschreckend, und Tatjana hatte sich nicht nur einmal gefragt, wann sich der womöglich doch in körperlicher Gewalt entladen würde. Ein Gedanke, der, je öfter Peter wegen Nichtigkeiten ausflippte, an Unwirklichkeit einbüßte. Bei ihrem letzten Streit war sie sogar vor ihm zurückgezuckt, hatte vor ihrem geistigen Auge bereits sehen können, wie ihr Mann die Hand gegen sie erhob.

Nur ein Hirngespinst, fragte sie sich und wünschte, das darauffolgende „Ja" der inneren Stimme wäre überzeugender ausgefallen. Doch es klang unsicher und traf ihr Empfinden: Sie hatte Angst vor ihm, insbesondere vor der Unberechenbarkeit seines Verhaltens.

So erschreckend dies war, es gedanklich erfasst zu haben, tat auf eine gewisse Art gut. „Du hättest es Maren erzählen sollen", flüsterte sie und bemerkte aus dem Augenwinkel, dass die Dame des reiferen Paares, das sie zuvor beobachtet hatte, sich zu ihr umgedreht hatte. Hat sie dich gehört, fragte sie sich, hielt dies jedoch für unwahrscheinlich. Am Gate herrschte eine nicht unerhebliche Geräuschkulisse und die Frau saß ein Stück von Tatjana entfernt.

Und selbst, falls sie es gehört hatte, niemand kannte Tatjana hier, und war ihre Übervorsicht und das Bedürfnis, auf gar keinen Fall aufzufallen, nicht ebenfalls etwas, an dem sie arbeiten sollte?

„Chacka, ich schaff das", murmelte sie und musste grinsen, was die Dame von schräg gegenüber erwiderte. Tatjana stellte fest, dass ihr das gefiel, egal ob die sich einfach mit ihr oder über sie freute. Diese Positivität wollte sie mitnehmen. Mehr noch, es sollte die Grundstimmung sein, auf die sie ihren Aufenthalt bauen würde.

5

„Ich verspreche, dass ich mich sehr gut um ihn kümmern werde", sagte der junge Mann und strich Pablo, dem Beagle, liebevoll über den Kopf, was der mit einem dankbaren Blick beantwortete.

„Da habe ich keinen Zweifel." Den hatte Elena tatsächlich nicht, dennoch war ihr schwer ums Herz, angesichts des Abschieds vom Vorletzten der Tierheim-Erstbewohner.

Letzte Woche war der Galgo Mario und zwei Wochen vor ihm sein Kumpan Cagas vermittelt worden. Darüber sollte und konnte sie froh sein, aber diese Hundegruppe, die sie und Larissa bei den ersten Schritten dieser Einrichtung begleitet hatte, war ihr besonders ans Herz gewachsen.

Sie sah zu, wie Pablo zufrieden an der Seite seines neuen Herrchens hertrottete und beide gemeinsam durch die Tür den Raum verließen. „Ja, du wirst es gut haben", flüsterte sie und spürte eine Berührung am Bein.

Lino, die kleine, weiß-schwarz gefleckte Promenadenmischung, der Letzte der Anfangsgruppe, der sie und Jonas, mit dem sie seit einigen Monaten zusammen war, zu Frauchen und Herrchen erkoren hatte.

„Wenigstens du bleibst mir erhalten", sagte Elena und kraulte Lino hinter dem Ohr. „Na, ein bisschen mehr hat er aber schon verdient." Larissa war zu ihnen gekommen und ging sogleich in die Hocke, um Lino Streicheleinheiten zu spendieren.

„Da hast du vollkommen recht." Elena ging ebenfalls in die Knie, beugte sich vor und gab Lino einen Kuss auf das Köpfchen. „Aber du weißt, wie lieb ich dich habe, nicht wahr?"

Lino legte das Köpfchen schief, und sein Blick schien zu sagen: „Aber klar weiß ich das. Aber weißt du eigentlich, wie lieb ich dich habe?"

„Hilfe! Ich schmelze gleich. Dieser Hund braucht einen Waffenschein für diesen Blick." Larissa erhob sich.

„Nicht nur für den." Elena richtete sich ebenfalls auf und stemmte die Hände in die Hüften. „Du musst ihn mal sehen, wenn er ein Pfötchen hebt und zu zittern beginnt. Damit kocht er mich jedes Mal weich und Jonas sowieso."

„Wie geht es ihm eigentlich? Hab' ihn lange nicht mehr gesehen."

„Die Bauarbeiten spannen ihn ziemlich ein. Deshalb sehen wir uns meist erst spät und auch nicht jeden Abend."

„Kommst du damit gut zurecht?"

„Um ehrlich zu sein, finde ich das gar nicht so schlecht. Bei meinen Vorbeziehungen habe ich es meist zügig angehen lassen, auch, was das Zusammenleben anbelangt."

Larissa verschränkte die Arme vor der Brust. „Und hat man den Schritt einmal gemacht, gibt es auch kein Zurück mehr. Finde außerdem auch nicht, dass man vierundzwanzig Stunden und sieben Tage die Woche aufeinanderhängen muss."

Elena ging an den ersten Käfig, in dem ein roter Cockerspaniel saß, der bereits erwartungsvoll mit dem Schwanz wedelte. „Sehe ich auch so. Damit können auch viele Probleme auf einen zukommen, und ich verstehe auch, dass Jonas nach einem langen Tag einfach seine Ruhe haben will. Das schmälert nicht seine Liebe zu mir."

„Hat er das bereits gesagt?", fragte Larissa.

Elena, die den Cockerspaniel herausgelassen hatte, der daraufhin begeistert an ihr hochsprang, sah ihre Freundin an. „Hat er, und ich habe es aus vollem Herzen erwidert."

„Wow! Das ging schnell, oder?"

„Weiß nicht. Wir sind mittlerweile drei Monate zusammen."

„Wie die Zeit verfliegt. Kommt mir vor, als wäre es erst wenige Wochen her, dass wir um den Fortbestand des Tierheims gebangt haben." Larissa schüttelte den Kopf und öffnete ebenfalls eine Box, um deren Bewohnerin, eine Mischlingshündin, herauszulassen.

„Geht mir ebenso. Und schau mal, was wir daraus gemacht haben." Sie trat neben Larissa, um der einen Arm um die Schultern zu legen. „Wir geben vielen armen Seelen ein Zwischenheim und haben außerdem einige von denen in ein neues Zuhause vermittelt."

„Jetzt bring' mich nicht zum Weinen." Larissa schlüpfte unter Elenas Arm hervor und leinte die Hündin an.

„Sorry."

„Schon gut. Aber du weißt ja, dass ich es nicht so mit Sentimentalitäten habe." Larissa trat an die nächste Box. „Und wir sollten los, damit wir mit sämtlichen

Runden durch sind bis zum Nachmittag, da stehen weitere Besuche potenzieller Frauchen und Herrchen an.“

Elena ersparte sich den Kommentar, dass es nicht um Sentimentalität, sondern Lob ging und sie ihrer Freundin für deren Unterstützung dankbar war. Letztlich lief es jedoch auf dasselbe hinaus, denn mit Lob konnte Larissa ebenso wenig umgehen. Ihr Wesen prägte zwar eine direkte Attitüde, doch die Zurschaustellung von Gefühlen überforderte sie.

Jede von ihnen mit fünf Hunden an den Leinen zogen sie los. Da sie mittlerweile im Grunde ständig vollkommen ausgelastet waren, bedeutete das die Betreuung von zwanzig Vierbeinern, weshalb sie sich für die Aufteilung in zwei Runden zum Gassigehen entschieden hatten. Die aktuelle Zahl, die jeder von ihnen händeln musste, war herausfordernd, mehr einfach nicht möglich.

So erfüllend die Arbeit war, es erschien Elena tragisch, dass sie ohne Probleme weitere Tiere aufnehmen könnten, wären die Kapazitäten nicht erschöpft. Für viele Menschen schienen Haustiere immer noch Gegenständen zu gleichen, die man irgendwo ablud, hatte man keine Lust mehr, sich um sie zu kümmern.

Da Larissa ihre Begeisterung für Hunde teilte und der Bedarf hier auch am größten war, hatten sie sich darauf festgelegt. Mittlerweile verstärkten einige freiwillige Helfer das Team, was zwingend notwendig war, denn Elena ging noch ihrem Hauptberuf als Tierärztin in einer Tierklinik in Palma nach und Larissa als Kindergärtnerin.

Die Strandpromenade hatte sich über den schon belebten Frühling im Sommer, zur Hauptsaison, in ein unruhiges Pflaster verwandelt, auf dem buntes Treiben der unterschiedlichsten Menschen herrschte. Die trugen meist wenig Textil am Leib, der in den unterschiedlichsten Rotschattierungen erstrahlte.

Bei einem Pärchen, das an ihnen vorbeiflanierte, glaubte Elena die Opfer einer üblen Verbrühung vor sich zu haben und fragte sich, wie die beiden es aushielten, die malträtierte Haut weiterhin der Sonneneinstrahlung zu präsentieren.

Auf mehreren Volleyballfeldern warfen sich Teams aus Frauen und Männern im Wechsel in den Sand und jubelten einander zu, während in der Nähe der Wasserlinie Kinder und Erwachsene, teils johlend, in die sanft wogenden Fluten stürmten. Das Canblanc, die Cocktailbar, die als einzige exponiert auf der Promenade platziert war, konnte auch heute als Magnet für all diejenigen bezeichnet werden, die gerne beim Schlürfen eines extravaganten Drinks in dazu passender Garderobe beobachtet wurden.

Die Hundemeute an den Leinen reagierte in unterschiedlicher Weise auf die Unruhe. Ein Teil schien sogleich Reißaus nehmen zu wollen, während der Rest am liebsten den Strand gestürmt hätte, um mit den Touristen dort in die Wellen zu springen.

Doch Elena und Larissa ließen weder das eine noch das andere zu, sondern lenkten die beiden Gespanne die Promenade entlang und schließlich die Stufen hinauf, die den geschwungenen Lauf der Felsenküste nachempfanden. Von oben ergab sich ein spektakuläres Panorama, wobei links der erste Strand mit Promenade und Restaurants das Meer begrüßte, welches sich nach rechts in unendlich scheinender Weite dem Horizont anschmiegte.

Elena liebte es, in dieser Weise den Blick schweifen zu lassen, und die damit verbundene Erkenntnis, dass nur ein winziger Teil des Ozeans den Sand säumte, während eine unvorstellbar größere Menge jenseitig lag. Eine von Mutter Naturs wichtigsten Lektionen, dachte sie, während sie auf die Brücke zusteuerten, die die kurze Kluft zum felsigen Hundestrand überspannte. Denn galt es nicht nahezu für alles und jeden, dass man stets nur einen Ausschnitt erkennen konnte und sich auf dieser Basis ein Urteil bildete?

Auch bei Jonas war ihr das anfangs so gegangen. Was aber auch daran liegt, dass wir Menschen Meister darin sind, Wesentliches von uns zu verbergen, sagte sie sich.

„Was grübelst du?", fragte Larissa, die neben ihr ging.

Sie hatten die Brücke erreicht, und das Echo ihrer Schritte über die Holzplanken wurde von der kleinen Schlucht darunter zurückgeworfen, was Elena stets das Gefühl gab, eine Piratin zu sein, die über das Deck eines auslaufenden Schiffes schritt.

„Arr! Da juckt mir das Holzbein", rief Elena aus.

Larissa sah sie mit einem Ausdruck, der als eine Mischung aus Überraschung und Irritation interpretiert werden konnte, an, bevor sie in brüllendes Gelächter ausbrach. Ihre Hundemeute, allen voran zwei Dackelrüden, veranlasste das wiederum, den Kopf in den Nacken zu legen und zu heulen.

Darin stimmten schließlich auch die restlichen Vierbeiner ein, sodass die beiden wie von Sinnen gackernden Frauen inmitten der jaulenden Schar die Aufmerksamkeit der in der Nähe befindlichen Touristen erregten. Bald hatten sich Menschen um sie versammelt, die das Schauspiel fotografierten und filmten und dabei ebenfalls laut lachten.

„Madre mia", japste Elena, als sie ein wenig die Fassung wiedererlangt hatte. „Wir sollten Eintritt verlangen."

„Sei still", stieß Larissa aus, die immer noch gekrümmt dastand, um sich den Bauch zu halten. „Schnell weiter, bevor ich mein Leben aushauche."

„Das war total super!", rief ihnen ein Junge von vielleicht acht Jahren, der sich in Begleitung seiner Eltern befand, auf Englisch zu. „Darf ich die Hunde streicheln?"

„Na klar", entgegnete Elena. „Falls deine Eltern einverstanden sind."

Das waren sie, und während der Kleine voller Freude Streicheleinheiten verteilte und dabei fast vollkommen zwischen begeisterten Hunden verschwand, hatte Elena eine Idee. „Haben Sie das ebenfalls aufgenommen?", fragte sie die Eltern des Kindes, die bejahten und daraufhin von Elena gebeten wurden, ihr die Datei zu mailen.

„Das ist doch eine tolle PR. Oder, was meinst du?", sagte sie zu Larissa, nachdem sie sich von der Familie verabschiedet und die Treppe zum Hundestrand hinabgestiegen waren.

„Allerdings." Larissa nickte. „War eine gute Idee. Da kann man bestimmt was draus machen."

„Das war aber auch mal eine Show."

„Wie bist du denn auf die Idee ..." Weiter kam Larissa nicht, denn ein Kichern unterbrach sie. „Mein Holz ... Bein ... juckt", das letzte Wort glich einem Aufschrei, da sie es unter einer neuen Lachsalve ausstieß, in die auch Elena einstimmte.

Irgendwann war auch die vorüber, und die Freundinnen sahen ihren tierischen Gefährten beim Herumtoben im Wasser zu.

„Ein perfekter Augenblick, oder?", sagte Larissa, und Elena nickte stumm.

Das war er, dachte sie.

6

Das Rumpeln und anschließende vereinzelte Applaudieren rissen Tatjana aus dem Schlaf. Dass diese peinliche Unart, bei der sie sich stets fragte, was die Reaktion dieser Menschen bei einem Absturz wäre, ob die dann den Piloten ausbuhen würden, sich nicht aus Urlaubsflügen verbannen ließ, nervte sie ohnehin. So aus ihrem Traum geweckt zu werden, in dem sie sich mit Peter gestritten hatte, war besonders unangenehm.

Doch als sie durch das Flugzeugfenster den blauen Himmel erblickte, löste sich der Ärger auf. Auch, da die Vorfreude kribbelnd in sie fuhr, angesichts der Aussicht, die Villa Caro und deren Besitzerin bald schon kennenzulernen und dann auch endlich wieder einen Pinsel in der Hand zu halten.

Kaum hatte das Flugzeug gestoppt, war die Kabine erfüllt vom schnalzenden Geräusch der Gurtverschlüsse, die geöffnet wurden, um im nächsten Moment von dem der aufschwingenden Klappen der Gepäckfächer abgelöst zu werden.

Zwar versuchten die Flugbegleiter, ihre aufgeregten Passagiere wieder auf deren Plätze zu komplementieren, gaben den Kampf aber bereits nach wenigen Sekunden verloren. Eine Situation, die Tatjana an ihre Schulzeit erinnerte und die Versuche ihrer Lehrer, die letzten Sekunden vor Beginn der Ferien die Schüler auf deren Sitzen zu behalten.

Sie war froh, nur eine Tasche im Handgepäck zu haben, die sie unter dem Vordersitz verstaut hatte, und sich nicht mit den anderen an den Fächern drängeln zu müssen.

Als die Tür geöffnet wurde, begann der Strom der Reisenden sich aus der Maschine zu ergießen, und Tatjana schwamm mit. Wurde eingehüllt von Gelächter und Schwatzen, was wider Erwarten angenehm war, und vor allem keine Sentimentalität oder gar Trauer hochspülte angesichts der Tatsache, alleine und das kurz nach ihrer Trennung zu reisen.

Ganz im Gegenteil: Tatjana stellte fest, dass es sich gut anfühlte. Befreiend. Sie konnte die Tage so verbringen, wie sie wollte. Ohne endlose Diskussionen, was, wann, in welcher Reihenfolge und vor allem, weshalb getan wurde.

Die Rechtfertigung jedes ihrer Vorhaben war zu einem festen Begleiter ihres Lebens geworden, und die Erkenntnis, diesen Gefährten bei Peter gelassen zu haben, erfüllte sie mit einem Hochgefühl, das ihr ein breites Grinsen bescherte.

Der Weg zur Gepäckausgabe zog sich ewig, doch selbst der führte nur dazu, dass jeder Schritt, den sie tat, leichter war als der zuvor. Als streife sie damit die Präsenz ihres Alltags ab und komme immer mehr auf der Insel an.

Die Sonne und das Blau des Himmels empfingen sie, als sie schließlich mit ihrem Koffer das Flughafengebäude verließ, und trotz des Betons, der hier vorherrschte und nur durch einige Palmen unter-brochen wurde, hüllte sie die Weichheit des Lichts ein wie eine sanfte Umarmung.

Die Schlange zu den Taxis war lang, und Caro hatte davon gesprochen, dass es auch einen Bus gab, der sie nach Palmanova bringen würde. Doch Tatjana fand, dass ihre Abenteuerlust für heute ausgereizt war, und entschied sich dafür, sich in die Reihe der Wartenden einzugliedern.

Nachdem sie an der Reihe war und der Taxifahrerin das Ziel mitgeteilt hatte, galt ihr Blick der Landschaft, die am Fenster vorbeizog. Zunächst einige Werbetafeln, dann die grün bewachsenen Berge in der Ferne und davor Olivenhaine und aus Stein gebaute Häuser, zudem immer wieder die für die Insel charakteristischen Windräder. Mal als separate Bauwerke auf steinernen Türmen, mal auf den Dächern der Fincas, dabei jedes Mal ursprüngliche Idylle verströmend, die sie gefangen nahm.

Dann stockte ihr der Atem. Denn in dem Augenblick, als das Taxi den letzten Kreisverkehr vor Palmanova umfuhr, um auf die Hauptstraße einzubiegen, die auf den *Paseo del Mar* und damit Meer und Strand zustrebte, offerierte der Ort das Blau des Mittelmeeres und den Horizont darüber wie die Bedienung eines Edel-Restaurants das beste Gericht der Karte.

Tatjana blieb nichts anderes übrig, als mit offenem Mund zu starren und zu spüren, wie der Zauber des Ozeans sie durchdrang und Wellen des Glücks in ihr Herz spülte.

Das Taxi bog nach rechts ab, dem *Paseo* folgend, und ihr Blick ruhte weiterhin auf dem Wasser, nahm Schirme, Badende und an der Promenade Flanierende in sich auf. Die Art sorglosen Treibens, die sich nur in Urlaubsorten einstellte, wo Touristen, der Schwere ihres Alltags entflohen, Flügel des Glücks wuchsen, die sie leichtfüßig umherspazieren ließen.

Du bist jetzt eine von ihnen, dachte sie, und die Erleichterung glich einem Schwall frischer Luft, der in ihre Lungen strömte, um sie mit neuer Energie zu versorgen. Auf einmal schien dieses Vorhaben tatsächlich möglich: wieder zu sich selbst zu finden.

„*Llegamos.*" Die Taxifahrerin drehte sich zu ihr um. „Villa Caro." Sie deutete auf das Gebäude zu ihrer Rechten, vor dem sie den Wagen geparkt hatte.

„Das sieht ja schön aus!", rief Tatjana aus, dachte kurz nach und fügte dann hinzu: „*Muy bonito!*"Sie hatte einige Jahre Spanisch in der Schule gehabt und die Sprache auch stets gemocht. Doch bis auf wenige Urlaube wenig genutzt und war infolgedessen eingerostet. Hinzu kam, dass Peter stets hatte alles regeln wollen. Er selbst sprach zwar nur Englisch, das sogar fließend, und drängte es auch denjenigen auf, die eher Spanisch sprechen wollten und konnten, wobei er Tatjanas zaghafte Anmerkungen, sie könne es mit dieser Sprache versuchen, ignorierte.

Etwas, das sich durch ihre Ehe gezogen hatte: Peter, der sich zum Macher aufspielte, und sie, die dahinter verblasste. Das änderte sich einzig in den Augenblicken, in denen ihr Mann den Scheinwerfer der Aufmerksamkeit auf sie richtete, um publikumswirksam über Tatjanas Fähigkeiten zu referieren. Sogar über ihre Malerei. Allerdings nur, um sogleich darauf hinzuweisen, wie er sie doch fördere, und dass sie im Grunde alles ihm verdanke. Eine raffinierte Art, um über das vermeintliche Lob für die Ehefrau sich selbst ein solches auszusprechen.

„Si. Es una casa antigua y la han renovado muy bien." Die Taxifahrerin lächelte sie freundlich an, was Tatjana erwiderte.

Sie freute sich, verstanden zu haben, dass die Frau ihr mitgeteilt hatte, dass es sich um ein altes Gebäude handelte, das gut renoviert worden war. *„Estoy muy contento que estoy aquí."*

„Tu español es muy bien," entgegnete die Fahrerin, was Tatjana mit Stolz erfüllte. Die Dame hatte ihre Bemerkung, dass sie froh war, hier zu sein, anscheinend verstanden.

Nachdem die *taxista* ihr geholfen hatte, den Koffer aus dem Kofferraum zu holen, öffnete Tatjana die Tür, welche in die steinerne Mauer eingelassen war, die das Anwesen umgab. Das Grundstück hatte einen terrassenförmigen Aufbau, sodass die Villa mit Terrasse und Pool auf der linken Seite als Königin über allem thronte, während zwei weitere Ebenen vor allem von rot und violett blühenden Oleanderbüschen und Bougainvilleas besetzt wurden, zwischen denen ein mit Stufen durchsetzter Weg mittig von der Pforte in der Mauer zur Haustür führte.

Tatjana blieb einen Augenblick stehen, um den Anblick in sich aufzunehmen. Es ist, als hätte man die Finca auf ein rot-violett-grünes Kissen gebettet, dachte sie, was dem Anwesen tatsächlich einen juwelartigen Aspekt verlieh, den dieses mit Stolz zu tragen schien.

Ein Teil der Liegestühle am Pool war durch Hotelbewohner besetzt, die entweder lasen oder sich unterhielten, wobei im Gegensatz zur Promenade die Geräuschkulisse geringer war. Die Szenerie wirkte entspannt und auf eine authentische und unkomplizierte Art gediegen. Etwas, das Tatjana schon beim Betrachten der Bilder gefühlt hatte.

Die Villa Caro schien die Art exklusives Domizil zu sein, das seine Klasse durch seine Wahrhaftigkeit und den Geist verströmte, der es von Betreiberseite durchwirkte, und nicht aufgrund überhöhter Preise und einer schnippisch-arroganten Attitüde, wie Tatjana es von einigen Anlagen kannte, die sie im Urlaub mit Peter besucht hatte.

Den Weg entlangschreitend sog sie den Duft nach Meer und Freiheit in ihre Lungen, während die weiche Helligkeit des Lichts alles um sie herum zu einem Abbild seiner selbst werden ließ, das ein impressionistischer Maler auf eine Leinwand gebannt hatte.

Zwei Männer mittleren Alters wandten ihr die Köpfe zu, und einer hob die Hand zum Gruß, den sie in gleicher Weise erwiderte. Die Art von unaufdringlicher Freundlichkeit, die ihr gefiel.

Die schwarz lackierte Kassettenholztür ließ sich erstaunlich leicht öffnen, und Tatjana blieb einen Augenblick stehen, war der Déjà-vu-Eindruck doch zu überwältigend. Zwar handelte es sich um ein Gemälde, doch die Art, wie die Villa auf die Leinwand gebracht worden war, vor allem die zarten Gelbtöne, die den Bau in ein goldenes Licht zu tauchen schienen, vermittelte den Eindruck, ein zweites Mal auf das Haus zu schauen.

Es ist noch mehr als das, dachte sie. Denn ihr war, als hätte sich die Finca dem Künstler offenbart. Ihm all ihre Schönheit in die Finger gegeben, auf dass die jede

Facette davon über den Pinsel auf die Leinwand transferierten.

„Es ist unglaublich schön, oder?“

Tatjana wandte sich zur Seite und sah in ein lächelndes Gesicht mit braunen Augen und dunklem Haar. „Du musst Caro sein.“

„So ist es. Und du sicherlich Tatjana.“

Die beiden Frauen schüttelten einander die Hand.

Obwohl sie sie von den Fotos auf der Website kannte, faszinierte Tatjana, wie spanisch Caro aussah. Was vor allem an ihrem dunklen Haar lag.

„Ja, ich bin zwar in Deutschland geboren, aber schon seit Jahren schlägt mein Herz für die Insel.“ Caro neigte sich ihr zu, um einen verschwörerischen Tonfall anzuschlagen. „Und bereits jetzt fühle ich mich mehr hier heimisch, als ich es in der früheren Heimat jemals getan habe. Es ist, als ob meine Seele hierher gehört.“ Sie stieß ein kurzes Lachen aus. „Hört sich womöglich komisch an, aber es ist so.“

„Überhaupt nicht“, entgegnete Tatjana. „Um ehrlich zu sein, ich habe bereits jetzt das Gefühl, nach Hause zu kommen.“

„Genauso soll das sein.“ Caro streckte die Hand nach dem Koffergriff aus. „Komm, ich helfe dir damit.“

Dem Impuls, dagegen zu protestieren, gab Tatjana nicht nach. Sie hatte ohnehin den Eindruck, dass sie damit auf taube Ohren stoßen würde.

„Dein Zimmer ist auch schon hergerichtet, und mit Felipe habe ich auch bereits gesprochen.“ Caro sah auf ihre Armbanduhr. „Der heutige Kurs endet in einer halben Stunde. Was hältst du davon, wenn ich dir das Zimmer zeige, du kurz auspackst oder dich frisch machst

und in einer halben Stunde wieder an die Rezeption
kommst?"

„Hört sich prima an", entgegnete Tatjana und genoss
das Gefühl vorfreudiger Aufregung, das sie durch-
strömte.

„Herzlich willkommen", sagte eine blonde Frau, die
hinter dem Rezeptionstresen saß, und die Tatjana erst
bemerkte, als sie Caro dahin folgte.

„Das ist Cynthia, meine rechte Hand", sagte Caro, und
dem Blick, den sie Cynthia daraufhin zuwarf, konnte
Tatjana entnehmen, dass das nicht nur dahergesagt
war.

„Gibst du mir den Schlüssel für Zimmer drei?", fragte
Caro Cynthia und wandte sich dann an Tatjana. „Ich
bin mir sicher, dass du dich bei uns richtig wohlfühlen
wirst."

Tatjana sah keinen Grund, warum dem nicht so sein
sollte.

7

„Du duzt dich bereits mit ihr?", fragte Cynthia, als Caro zurückkehrte.

„Ich habe in den letzten Monaten gelernt, mich auf meine Intuition zu verlassen. Die hat mir schließlich den ein oder anderen guten Fang ins Netz gehen lassen. Anwesende natürlich ausgenommen."

„Mobbing am Arbeitsplatz und das von der Chefin selbst." Cynthia stieß ein theatralisches Seufzen aus.

„Aber mal im Ernst – irgendwie erschien mir das richtig, obwohl ich das normalerweise auch nicht mache. Bereits am Telefon hatte ich den Eindruck, und der hat sich jetzt bestätigt."

„Was denn?"

Caro beugte sich über den Rezeptionstresen, hinter dem Cynthia saß. „Sie hat irgendwas durchlebt. Ist womöglich sogar davor geflohen."

Cynthia riss die Augen auf. „Hast du eine Kristallkugel, von der ich nichts weiß, oder den sechsten Sinn?"

„Ich weiß, das hört sich komisch an. Aber da ist etwas."

„Aber wir erweitern das Angebot jetzt nicht auf Psychotherapie, oder?"

Caro rang sich ein Lächeln ab, von dem sie wusste, dass es gekünstelt wirkte. „Das nicht, aber es war von Anfang an meine Vision, den Leuten mehr zu geben als

Tage der Erholung. Ich will, dass sie hier ankommen, den Kopf von ihrem Alltag frei bekommen und die Möglichkeit haben, über sich und ihr Leben nachzudenken."

Cynthia war anzusehen, dass ihr eine weitere spitze Bemerkung auf der Zunge brannte, doch anstatt die auszusprechen, nickte sie. „Letztlich war das bei mir ja auch so."

„Freut mich, dass du es so empfunden hast." Dieses Mal kostete es Caro keine Mühe, zu lächeln. „Ich bin keine Esoterikerin und auch keine Therapeutin, aber ich vertraue auf die Kraft dieser Insel. Die sorgt sozusagen für die Therapie. Wir schaffen nur die Rahmenbedingungen."

„Das finde ich schön. Willst du das nicht als Text formulieren und aufhängen?"

Caro sah Cynthia prüfend an. „Sarkasmus oder ernsthaft?"

„Ernsthaft. So, wie du es eben ausgedrückt hast. Das klang weder schwülstig noch aufgesetzt."

Caro zuckte mit den Schultern. „Warum nicht?"

Aus dem Flur, der zu den Zimmern führte, ertönte Stimmengewirr, das sie herumfahren ließ. Sie erblickte Felipe, den Künstler, der im eigens dafür vorgesehenen Raum Seminare veranstaltete, und dem dessen Teilnehmergruppe, nach Beendigung des heutigen Kurses, nach draußen folgte. Felipe hatte einige Jahre in Deutschland gelebt, weshalb er die Sprache beherrschte, war jedoch Spanier.

„Hola cariño", begrüßte der Seminarleiter sie.

„Du erinnerst dich an den neuen Gast aus Deutschland, die Dame, die ebenfalls teilnehmen möchte? Von der ich dir gestern erzählt habe?"

„Claro que si."

„Sie ist eben eingetroffen. Ich dachte, ich mache euch miteinander bekannt?"

„Ich verabschiede nur noch kurz die Teilnehmer." Felipe wandte sich der Schar der Künstler zu, um einige Worte mit ihnen zu wechseln.

Als Caro Tatjana auf sich zukommen sah, dachte sie erneut, dass die irgendetwas durchgemacht hatte. Es war die Art, wie ihr Lächeln nicht die Augen mit einbezog, und wie sie den Kopf eingezogen hatte. Letztgenanntes war nur eine Nuance, etwas, das einem unaufmerksamen Beobachter entging, aber Caros Blick war dafür geschärft.

In ihrer Zeit als Krankenschwester hatte sie auf der Station, auf der sie arbeitete, auch misshandelte Frauen betreut. Schicksale, die ihr besonders nahe gingen. Geeint hatte diese Frauen deren geduckte Haltung. Als befänden sie sich ständig auf der Flucht, und im Grunde war dem auch so.

Sie konnte sich an den Bericht einer Patientin erinnern, die ihr erzählt hatte, dass das Zusammenleben mit ihrem gewaltbereiten Partner einem perversen Spiel glich, in dem sie versuchte, es ihm recht zu machen, um Schlägen zu entgehen. Dagegen provozierte er Situationen, um das Gegenteil zu erreichen. Ein sadistisches Spiel, das fast schlimmer war als die eigentliche Gewalt, und in dem die Phasen der Gewalt-losigkeit die Hoffnung auf Besserung schürten.

Caro hörte die Stimme der Betreffenden in ihrem Kopf: „Eines der unerträglichsten Dinge für mich ist, dass er etwas genutzt hat, was im Grunde positiv ist. Denn Hoffnung ist doch etwas, das uns antreibt. Uns dazu bringt, durchzuhalten und Gutes zu vollbringen."

„Ist etwas passiert?", fragte Tatjana und studierte Caros Miene.

Die benötigte einen Augenblick, um den Kloß, der in ihrer Kehle steckte, herunterzuschlucken. „Selbstverständlich." Sie hoffte, dass ihrem neuen Gast nicht auffiel, dass sie wieder einmal gezwungen lächelte.

Dankbar sah Caro Felipe an, der das Gespräch mit seinen Teilnehmern beendet hatte, und zu ihnen herübergekommen war. „Felipe, darf ich dir Tatjana Eichner vorstellen?"

„Du bist die *artista* aus Deutschland", stellte Felipe fest und lächelte Tatjana freundlich an.

„*Encantada*", sagte Tatjana und empfand es nicht als aufdringlich, sondern freundlich, dass der Künstler sie sogleich duzte.

„*Hablas español?*", fragte der Künstler.

„*Un poquito.*"

„Aber Felipe spricht auch sehr gut deutsch", schaltete sich Caro ein. „Er hat einige Jahre in Deutschland gelebt."

„Aber es hat dich wieder zurück in die Heimat gezogen?", fragte Tatjana und fügte sogleich an: „Kann ich nur zu gut verstehen."

„Das können wir wohl alle." Caro lachte, und die anderen beiden stimmten ein. „Felipe, du hast mir ja gesagt, dass Tatjana auch in den laufenden Kurs quereinsteigen kann?"

„*Claro. No hay problema.*"Der Künstler nickte eifrig.

„Aber ich möchte keine Umstände machen." Tatjana trat von einem Bein auf das andere.

„*No.* Nein. Wie ich bereits sagte, das ist kein Problem. Jeder Kurs hat zwar ein *objectivo*, also ein bestimmtes Thema, dem wir uns widmen, aber letztlich geht es darum, wieder in den Fluss zu kommen. Die Tür zur eigenen Kreativität aufzustoßen." Felipe fuhr sich mit der rechten Hand durch das dunkle Haar.

„Das hört sich toll an. Und genau wie das, was ich brauche." Tatjana sah kurz zu Boden, dann den Künstler an. „Früher habe ich viel gemalt. Es war mehr als nur ein Bild zu erschaffen, sondern ..." Erneut sah sie zu Boden.

„Sich ausdrücken zu können? Aufregung und Ruhe zugleich? Fließen und durchflossen werden?"

Noch bevor Tatjana etwas darauf entgegnete, entnahm Caro deren Blick, dass Felipe ins Schwarze getroffen und das in Worte gefasst hatte, was sie mit dem Malen verband.

„Das hast du so wunderbar in Worte gekleidet. Wie?" Ihr Mund blieb einen Spalt weit geöffnet, als Tatjana Felipe fasziniert betrachtete.

„Das ist das Künstlerblut, das durch deine Adern fließt und ebenso durch meine. *El sangre del artista*", entgegnete Felipe.

„Meinst du? Also, dass ich das wirklich habe?"

„Zumindest sprichst du wie eine Künstlerin davon. Morgen werde ich sehen, wie es um dein Talent bestellt ist." Felipe zwinkerte ihr zu. „*Pero. No te preocupes.* Mach dir keine Sorgen."

„Sagt sich so leicht." Tatjanas Mundwinkel zuckten, als die versuchten, ein Lächeln zu formen.

„Das wird schon." Caro berührte sie kurz an der Schulter. „Wie ich bereits am Telefon sagte. Felipe ist nicht nur Künstler, sondern auch ein guter Lehrer und hat ein Gespür dafür, dein Talent wiederzuerwecken. Oder Felipe?"

„Claro que si!" Er sah Tatjana an. „Fangen wir doch direkt mit der ersten Lektion an, denn ich habe gleich mit dem Du begonnen, wohl die Macht der Gewohnheit." Er lachte kurz. „Aber ich habe auch Manieren gelernt und kann mich richtig vorstellen. Ich bin Felipe."

„Tatjana." Dieses Mal war das Grinsen echt und wurde durch ein zartes Erröten begleitet, das zunahm, als Felipe sich vorbeugte, um Tatjana zwei Wangenküsse zu geben.

Caro überlegte, ob es an der Zeit war, Felipes sexuelle Orientierung zu offenbaren, damit Tatjana sich keiner falschen Hoffnung hingab. Aber einerseits war es mehr als unpassend, in solcher Weise Informationen über eine andere Person preiszugeben, und außerdem war sie nicht sicher, ob Tatjanas Reaktion nicht eher auf die Tatsache zurückzuführen war, dass Felipe ihr als Lehrer gegenüberstand.

Wenn sie lange nicht mehr gemalt hat, ist nachvollziehbar, dass sie vor morgen aufgeregt ist, sagte Caro sich. Und die Intuition sagte ihr zudem, dass Tatjanas Last, die sie Caros Ansicht nach trug, etwas mit einer Beziehung zu tun hatte. Sicherlich stand Tatjana nicht der Sinn danach, sich sogleich in eine neue zu stürzen.

„Komm. Ich zeige dir mal den Raum und was wir bislang im Kurs gemacht haben." Felipe sah Caro an. „Begleitest du uns?"

Die schüttelte den Kopf. „Ihr habt bestimmt genug zu besprechen, und auf mich wartet noch Arbeit." Sie sah den beiden hinterher, wie sie den Gang zu den Zimmern betraten.

Ich hoffe, das Hotel kann dir die Ruhe geben, die du brauchst, dachte Caro an Tatjana gerichtet.

8

„Die sind richtig gut." Tatjana rieb sich die Stirn. Eine verlegene Geste, denn ihr brach angesichts der Gemälde der Teilnehmer Hitze aus.

Wie sollst du da mithalten, fragte sie sich.

„*Relajate.*" Felipe lächelte sie an. „Wir arbeiten auch schon seit einigen Tagen daran, und jeder fängt klein an oder muss zunächst wieder hineinfinden. Es geht nicht darum, dich zu bewerten. Ich muss mir nur ein Bild machen, was in dir schlummert, um zu überlegen, wie ich es am besten herausholen kann."

„Alles klar." Das klang zwar gut, aber Tatjanas weiterhin rumorender Magen schien dem keinen Glauben schenken zu wollen.

„Du fängst morgen mit einer Aufgabe an, die ich dir gebe, und dann arbeiten wir uns weiter voran."

Tatjana nickte. Obwohl die Aufregung sich nicht legen wollte, gefiel ihr die positive Art Felipes und bestärkte sie in dem Eindruck, dass er tatsächlich wissen würde, wie sie am besten zurück zu ihrer Kreativität und der Malerei fand. Der Anblick der Werke der Kursteilnehmer sorgte zumindest bereits für das Kribbeln in den Fingerspitzen, das sie nur zu gut kannte.

Es war das Gefühl, das sich als Erstes einstellte, und dem bald eine Idee folgte, die sich im Kopf manifestierte, um über die Hände auf die Leinwand gebracht zu werden.

„Es fängt bereits an", sagte Felipe, und Tatjana war ein weiteres Mal beeindruckt, wie gut dessen Gespür war.

„Ich freue mich darauf."

„Genauso soll es sein."

„Woher stammt eigentlich dieses wunderbare Werk?" Tatjana war an die durch eine Art Absperrung abgetrennte Mitte des Raumes herangetreten.

„Wunderbar, *no?*"

„Diese Farben. Fantastisch." Versonnen betrachtete sie das Mosaik, das, in den Boden des Zimmers eingelassen, den durch verschiedene Blautöne dargestellten Ozean zeigte. Der wahre Blickfang des Kunstwerkes waren jedoch die orange-roten Fische, die in diesem Wasser schwammen.

„Es wurde bei den Bauarbeiten entdeckt und wurde wohl von einem Schüler Gaudis geschaffen."

„Wow!"

„Und ist außerdem das Kleinod der *jefa*, unserer Chefin, das ich mit meinem Leben bewache." Felipe legte die Hände aneinander, mit denen er eine Pistole formte, die er an die rechte Schulter hielt, was Tatjana grinsen ließ. „*Pero en serio cariña.* Das Kunstwerk ist denkmalgeschützt und wurde bereits Opfer eines Attentates."

„Nicht wirklich."

„*Si, si, si.* Frag mal die *jefa*, bestimmt erzählt sie dir die Geschichte. Aber jetzt", er deutete zur Tür, „solltest du unbedingt nach draußen und die Sonne genießen. Am besten an den Strand. Wir starten morgen um zehn Uhr."

Tatjana verabschiedete sich von dem Künstler und suchte ihr Zimmer auf, um sich einen Bikini unter ihren Sachen anzuziehen. Felipe hatte völlig recht, sie sollte an den Strand und die Sonne genießen.

An der Rezeption saß Cynthia, die ihr freundlich zuwinkte, und Tatjana passierte anschließend den Vorgarten, um durch das Tor in der Mauer auf den Bürgersteig zu treten. Nur eine Straße trennte sie von dem deutlich breiteren der gegenüberliegenden Seite, der sich wiederum mit dem Strand vermählt hatte.

Wieder schoss Aufregung kribbelnd in sie, doch dieses Mal in die Beine, die sich immer schneller bewegten, da sie es plötzlich nicht mehr abwarten konnte, den Sand unter ihren Füßen zu spüren. Ein Teil des Strandes war mit Bast gedeckten Sonnenschirmen bestanden, die in mehreren Reihen in exakter Linie ausgerichtet waren.

Dem größten Teil des beige-gelben Areals jedoch war eine derartige Besatzung erspart geblieben, dafür bevölkerten ihn Sonnenschirme sämtlicher Couleur und Handtücher, vereinzelt auch Luftmatratzen, auf denen Personen in verschiedenen Bräunungs- und Rotstadien sich den Strahlen der Sonne darboten.

Tatjana hatte vor, es ihnen gleichzutun, es jedoch nicht zu übertreiben. Als Mädchen war ihr nichts wichtiger erschienen, als sich in möglichst kurzer Zeit maximal möglich bräunen zu lassen. Beim Ibiza-Aufenthalt nach dem Abitur mit ihrer Freundesclique hatte sie es derart übertrieben, dass sich die Haut an den Schultern blasig abgelöst und sie Fieber und Schüttelfrost gehabt hatte. Seitdem waren Sonnenbäder etwas, das sie weiterhin mochte, aber zu dosieren wusste.

Sie fand einen freien Platz zwischen einer Familie, deren zwei Kinder dabei waren, ihren Vater im Sand einzugraben, und einem reiferen Ehepaar, das nicht nur zwei Klappstühle, sondern richtige Champagnergläser nebst der entsprechenden Befüllung mitgebracht hatte. Die Art, wie sie einander ansahen und immer wieder zuprosteten, wärmte Tatjana das Herz.

Es gibt sie also doch, die große Liebe, die lange hält, dachte sie, um sich im gleichen Augenblick als engstirnig zu entlarven. Denn sie wusste nicht, wie lange die Beziehung der zwei bestand. War es nicht die Art von eindimensionalem Denken, der viele anheimfielen, dass beim Anblick eines reiferen Paares automatisch davon ausgegangen wurde, dass es sich um eine seit Jahren bestehende Beziehung handelte? Als würden sich Menschen ab einem gewissen Alter nicht mehr verlieben.

Ein Gedanke, der sie nicht losließ, während sie das Handtuch ausbreitete, um sich darauf niederzulassen und den Blick auf das in kleinen Wellen heranwogende Wasser zu richten. Von den Seiten vernahm sie die Gespräche, in unterschiedlichen Sprachen geführt von Personen aller Altersgruppen und vieler Herkunftsländer, während das Meeresrauschen ihr entgegenbrandete.

Dem Meer ist egal, was wir denken, wer wir sind. Unsere vermeintliche Unterschiedlichkeit, die im Grunde keine ist, dachte sie und war erneut verwundert über diese Gedanken. Womöglich ist es das, sagte sie sich, der Beginn des kreativen Prozesses.

Sie schlang die Arme um die angezogenen Beine, spürte die wärmenden Sonnenstrahlen auf der Haut

und den Wind, dessen sanftes Wehen der zarten Berührung eines Liebhabers glich, der ihr über das Haar
strich.

Es war diese Art von perfektem Moment, den man
umarmen und festhalten möchte, jedoch sogleich weiß,
dass man ihn dadurch zerstört. Glück war kostbar und
selten, und vor allem glich es einer hauchdünnen Kera-
mik, die brach, wenn man zu fest danach greifen
wollte.

9

„Das geht ganz schön voran." Elena machte einige Schritte, um sich dann zu Jonas umzudrehen. Sie waren für den heutigen Abend verabredet, und sie hatte vorgeschlagen, ihn von der Baustelle abzuholen, da sie neugierig war.

„Läuft tatsächlich erstaunlich gut. Normalerweise bin ich da mehr Probleme gewohnt." Jonas trat an eine der Stützsäulen aus Beton und klopfte dagegen. „Ist zwar kein Holz, aber ich hoffe, das funktioniert dennoch."

Elena grinste. „*Toca madera*", sagte sie. „Den Aberglauben gibt es bei uns ebenfalls."

„Dann sollte es funktionieren."

„Wird es bestimmt." Sie legte den Kopf schief. „Oder sollte ich noch sagen, *dedos cruzados*, dass ich die Daumen drücke?"

„Warum nicht?" Jonas kam auf sie zu, blieb knapp vor ihr stehen und fasste sie bei den Hüften. „Um wirklich Glück zu wünschen, gibt es nur eine Möglichkeit."

„Und die wäre?"

Jonas tippte auf seine linke Wange, die Elena küsste, dann die rechte. Nachdem sie die ebenfalls mit einem Kuss versehen hatte, tippte er auf den Mund, und sie folgte auch dieser Aufforderung gerne.

Sie hielten einander im Arm, und Elena betrachtete über seine Schulter den Betonrohbau, der sie an das

Skelett eines großen Tieres erinnerte. „Kaum zu glauben, dass das hier irgendwann mal mit Leben gefüllt sein wird."

Nachdem er sich von ihr gelöst hatte und sie an den Schultern auf Armeslänge von sich weghielt, betrachtete Jonas Elena prüfend. „Irgendwann hört sich an, als wären es noch Jahre."

„Na ja." Sie ließ den Blick schweifen. „Es wird aber auch nicht morgen so weit sein."

„Wenn alles gut läuft, sechs Monate."

„Das wäre wirklich schnell."

„Sag ich doch. Komm. Ich zeige dir etwas." Er griff sie bei der Hand und zog sie hinter sich her. „Wir verlassen jetzt den Eingangsbereich des Teiles, der die Altenresidenz beherbergt."

Sie liefen einen Flur entlang, von dem Elena die spätere Ausgestaltung nur erahnen konnte. Doch die rechteckigen Öffnungen, die sich in regelmäßiger Abfolge zu den Seiten zeigten, würden sicherlich mit Türen versehen, die zu Zimmern führten.

„Dieser Bereich wird überwiegend administrativ genutzt. Büros, aber auch Räume für Schulungen oder Physiotherapie."

„Schulungen?"

„Natürlich. Ein weit verbreiteter Trugschluss ist, dass ältere Herrschaften nichts mehr lernen möchten. Meine Großmutter hat mit weit über achtzig noch begonnen, Italienisch zu lernen und hat es geliebt. Außerdem hält man so das Gehirn wach und flexibel. Besser kann man nicht gegen Demenz ankämpfen."

Elena schluckte, wusste sie doch, dass Jonas sich vorwarf, nicht mehr für seine Großmutter dagewesen zu sein, die im Rahmen der Corona-Pandemie verstarb. Nicht als Opfer des Virus', sondern an Vereinsamung, wie er gesagt hatte. In den vielen Monaten, in denen ältere Menschen von der Außenwelt abgeschottet wurden, womit zwar die Infektionsgefahr minimiert, aber ihnen auch das Grundbedürfnis nach zwischenmenschlichem Kontakt verwehrt wurde.

„Sie wäre sicherlich begeistert und unglaublich stolz auf dich."

Jonas blieb stehen und wandte sich zu ihr um. „Wen meinst du?"

„Deine Oma. Du setzt ihr hiermit ein Denkmal."

„Denkst du?"

Sie drückte ihm einen Kuss auf den Mund. Der Ausdruck seiner Augen, die einerseits Trauer, andererseits demütige Freude über ihre Aussage spiegelten, ließen ihn zu dem Jungen werden, der er sicherlich früher einmal gewesen war. Der Junge, der seine Oma immer vermissen würde.

„Davon bin ich überzeugt." Ein weiteres Mal küsste sie ihn.

„Dann bin ich das auch." Wieder ergriff er ihre Hand und führte sie weiter voran.

Sie betraten einen Bereich, der Elena die Luft anhalten ließ. Obwohl auch hier einzig Beton vorherrschte, war zu erkennen, um was es sich handelte. Welche Vision hier schon bald zur Wirklichkeit werden würde.

„Beeindruckend, oder?" Mit dem rechten Arm vollführte Jonas eine ausholende Bewegung. „Willkommen im Eleonorikum."

„Eleonorikum?"

„Elenor war meine Großmutter, und ich dachte, da ist es nur passend, ihr den schönsten Bereich der Einrichtung zu widmen."

„Und du hast mich allen Ernstes gefragt, ob du deiner Oma hier ein Denkmal setzt." Elena ließ den Blick schweifen und deutete dann auf die nach links und rechts ausgreifende Wand des Saales, die zugleich auch die Außenwand darstellte. „Das wird komplett verglast, oder?"

„Gut erkannt. Da scheint bereits ein wenig Bauunternehmerauge auf dich abzufärben." Jonas nickte anerkennend.

„Das wird ein spektakulärer Blick."

„Allerdings. Die Bewohner können von hier aus auf den *Paseo* sehen und natürlich das Meer, was wohl das Wichtigste ist." Er sah sie an. „Aber das ist nicht das Entscheidende an diesem Saal." Mit dem Lächeln stahl sich ein Glanz in seine Augen, was erneut den Jungen hervorbrachte. „Hier wird es stattfinden. Das ist quasi die Begegnungsstätte."

„Die was?" Sie schämte sich zwar, durch ihre Nachfrage seinen Worten die Bedeutungsschwere zu nehmen, die er denen verleihen wollte, aber sie hatte keine Ahnung, worauf er hinaus wollte.

„Hier können die Bewohner mit den Tieren zusammen sein." Er ging in die Mitte des Raumes. „Du musst dir klarmachen, dass nicht alle so fit sein werden, dass sie rüber ins Tierheim oder mit den Hunden Spaziergänge machen können. Damit aber jeder, der es möchte, mit den Tieren zusammen sein kann, schaffen wir hier eine Art Spielwiese oder Spielplatz, den wir vom übrigen Bereich abtrennen. So kann man ganz oder gar nicht einbezogen werden oder einfach nur zusehen, falls man das möchte. Ich dachte daran, hier verschiedene Vorrichtungen aufzubauen, wie sie für dieses Agility verwendet werden."

„Meinst du nicht, das ist zu viel für die Senioren?"

Er fasste sie an den Händen und sah sie an. „Tu das nicht. Genau daraus entstehen Limits, die etwas im Keim ersticken. Womöglich, womöglich auch nicht. Und es handelt sich um eine heterogene Gruppe, was bedeutet, dass es fittere und weniger fitte geben wird. Ich möchte, dass für alle Möglichkeiten geschaffen werden, und, wie gesagt – zuschauen ist ebenfalls eine Option. Selbst wenn es darauf hinausläuft, dass ihr mit den Hunden etwas veranstaltet und der Saal zum Theater wird – alles ist besser, als diese Menschen in ihren Zimmern Wände anstarren zu lassen."

„Du hast recht." Elena spürte, wie die Flammen der Begeisterung, die Jonas durch seine kleine Rede entfacht hatte, ihr entgegen züngelten und schließlich ihr Herz in Brand setzten. „Das ist eine großartige Idee, und wir werden das hinbekommen."

Er legte ihr den Arm um die Schultern und drückte sie an sich. „Kannst du dir das vorstellen? Diese Menschen und die Hunde, die einen spielen, die anderen kuscheln, sind einfach beieinander und füreinander da?"

„Ja." Ihre Stimme war kaum mehr als ein Flüstern, denn es hatte ihr die Sprache verschlagen.

Vor sich sah sie nicht mehr einen Saal im Rohbau, sie erblickte Jonas' Vision. Einen Ort, an dem Menschen, die die Gesellschaft meist aus dem Blick verlor und sie irgendwo parkte, wo sie nicht störten, nicht auffielen, wieder eine Aufgabe gegeben wurde. Und wo bedingungslose Liebe aufeinandertraf und etwas Neues schuf.

10

Du hast gar nicht geträumt! Der Gedanke war auf der einen Seite seltsam, doch ebenso nachvollziehbar. Ein Traum, schlimmstenfalls ein Alptraum von Peter war etwas, das zu erwarten gewesen war, zumal sie meist Erlebnisse derart verarbeitete.

Doch die Leichtigkeit, die die Insel ihr bereits bei ihrer Ankunft geschenkt hatte, schien sich nicht zu verflüchtigen, sondern trug sie weiter. Die Erleichterung darüber wurde sogleich von der Sorge überschattet, dass dieser Zustand nicht andauern würde und der Fall dann umso tiefer ausfiele.

Janalein, jetzt mach dir nicht so einen Kopf, und hab' mal Vertrauen in dich und deine Fähigkeiten, hörte sie nun Marens Stimme in ihrem Kopf, was sie schmunzeln ließ und zugleich daran erinnerte, dass sie mit ihrer Freundin, bis auf einige Nachrichten, noch nicht gesprochen hatte.

„Höchste Zeit für ein wenig Maren-Talk", sagte sie zu sich selbst und wählte den Kontakt.

„Janalein, wie ist die Stimmung auf Mallorca? Ich habe geschwankt zwischen meiner Neugierde, die das erfahren wollte, und der zurückhaltenden Maren, die dich nicht stören wollte."

„Zurückhaltende Maren?" Kaum hatte Tatjana die Frage ausgesprochen, musste sie lachen, und ihre Freundin fiel ein.

„Na, hör mal. Ich kann eine richtige Nonne sein."

„Die das ganze Kloster aufmischen würde."

„Das eine schließt das andere nicht aus." Maren räusperte sich. „Aber jetzt erzähl mal. Was macht die Kunst?"

„Die beginnt heute. Ich soll ein Bild malen, und Felipe, so heißt unser Kursleiter, beurteilt mich dann."

„Und du bist sicherlich aufgeregt?"

„Du kennst mich."

„Allerdings, Janalein. Gut genug, um zu wissen, dass du dir überhaupt keine Sorgen zu machen brauchst. Wenn dieser Felipe etwas taugt, wird der dein Talent erkennen."

„Dein Wort in Gottes Ohr."

„Noch bin ich nicht im Kloster. Und um ehrlich zu sein, die Chancen dafür stehen auch eher schlecht." Ein Knistern war zu hören, als ob Maren ein Kaugummi oder Bonbon aus dessen Verpackung befreite. „Und, hat sich Peter gemeldet?"

„Mehrere Anrufe und Nachrichten, die habe ich aber nicht gelesen."

„Und rangegangen bist du sicherlich ebenfalls nicht?"

„Hmm." Sie schluckte. „Sollte ihm zumindest eine Nachricht schicken, oder?"

Maren seufzte. „Du weißt, dass ich nicht allzu viel von deinem Göttergatten halte, aber das solltest du dennoch machen. Das bist du ihm nach der Zeit, die ihr zusammen seid, schuldig. Musst ja nicht ins Detail gehen, sondern nur schreiben, dass du Zeit für dich brauchst, um dir Gedanken zu machen.“

„Was ja nicht gelogen ist.“

„Eben. Dass du dafür nach Mallorca geflogen bist, brauchst du nicht zu erwähnen. Er kann ja ruhig glauben, dass du hier bist.“

„Und falls er bei dir auftaucht?“

„Da fällt mir was ein.“

Tatjana kaute auf ihrer Unterlippe, schüttelte dann den Kopf. „Nein! Ich war zu lange das Duckmäuschen. Zeit, dass ich klare Worte finde. Ich werde ihn anrufen und sagen, dass ich raus musste.“

„Mutig. Gefällt mir. Lass mich wissen, wie er reagiert hat.“

„Klar.“

Sie verabschiedeten sich voneinander, und im Anschluss blieb Tatjana, das Handy in der Hand, auf der Bettkante sitzen. Die Entschlossenheit, die sie soeben noch beim Aussprechen der Worte empfunden hatte, wurde von ihrer Sorge fortgespült wie eine Sandburg, die zu nahe am Meer errichtet worden war.

Später, sagte sie sich und stand auf, um ins Bad zu gehen. Es war bereits halb neun, und wenn sie noch frühstücken wollte, musste sie sich beeilen, um pünktlich zu Kursbeginn da zu sein.

Die warme Dusche tat gut und sogar die zunehmende Aufregung, die sie von der noch unangenehmeren Aufgabe, sich bei Peter zu melden, ablenkte. Sie würde das heute Abend erledigen und sich zunächst auf das Hier und Jetzt konzentrieren.

Vor dem Spiegel stehend, betrachtete sie sich. Das gestrige Sonnenbad hatte für eine leichte Braunfärbung des Gesichtes gesorgt. Sicherlich noch ausbaufähig, aber auch hier hatte die Insel bereits Spuren hinterlassen.

Tatjana betrachtete ihr blondes Haar und entschied, es zu zwei Zöpfen zu flechten. So hatte sie es stets getragen, bevor sie Peter kennenlernte. Obwohl der sich so in sie verliebt hatte, offenbarte er ihr kurz darauf, dass es ihm nicht nur nicht gefalle, sondern sie sich so lächerlich mache. „Schließlich bist du doch keine sechsjährige Pippi Langstrumpf", hatte er gesagt, mit diesem spöttischen Unterton und der nahezu angewidert erhobenen Oberlippe, die er stets bei Aussagen dieser Art präsentierte.

Und sie hatte sich gefügt, wie sie es noch viele Male danach getan hatte. Eine Verhaltensweise, die zur Gewohnheit wurde, woran sie Mit-, wenn nicht gar die Hauptschuld trug.

Die fassungslose Miene des eigenen Antlitzes im Spiegel riss sie aus den Grübeleien. Und schon bist du wieder mittendrin, dachte sie, ließ ein wenig kaltes Wasser in die hohlen Hände strömen, um damit das Gesicht zu benetzen.

Es war notwendig und wichtig, sich über diese Angelegenheiten Gedanken zu machen, Klarheit zu schaffen. „Aber jetzt", wandte sie sich an die Spiegel-Tatjana, „wirst du erst mal etwas für dich tun." Wie, um das zu bestätigen, nickte sie sich zu.

Kurz überlegte sie, ob sie sich schminken sollte oder nicht. Entschied sich dann zu einer Kompromisslösung, indem sie die Wimpern tuschte und einen dezenten Lipgloss auflegte. Ohnehin war die zarte Bräune ihrer Haut ein besseres Make-up als jedes der Produkte, das sie auftragen konnte.

Sie verließ das Zimmer und erklomm die Treppe, die zum Frühstücksraum führte, der im Grunde eine Terrasse war. Denn die Front bestand aus einem Glasschiebeelement, das vollständig geöffnet war, wodurch der spektakuläre Blick auf Promenade, Strand und das türkis-blaue Meer um die frische Brise, die vom Wasser herüberwehte, ergänzt wurde. Nicht nur den Geschmack von Salz und das Aroma des Ozeans führte die mit sich, sondern ebenso das regelmäßige Heranbranden der Wellen, vereinzelte Motorengeräusche von Booten und Jetskis sowie die fröhlichen Laute ausgelassener Menschen.

An einem Zweier-Tisch auf dem unüberdachten Terrassenteil nahm sie Platz und war so in den Ausblick vertieft, dass sie nicht merkte, wie sich jemand dem Tisch näherte.

„Guten Morgen. Ich hoffe, du hast gut geschlafen?" Caro hob beschwichtigend die Hände, als Tatjana ihr das erschrockene Gesicht zuwandte. „Entschuldige. Ich wollte dich nicht erschrecken."

Tatjana lachte auf und schüttelte den Kopf. „Schon gut. Ich war nur so in das Panorama vertieft, dass ich alles um mich herum vergessen habe."

„Das kann ich verstehen." Caro legte eine Serviette und Besteck vor Tatjana auf den Tisch. „Soll ich dir zuerst mal einen Kaffee bringen?"

„Das wäre fantastisch."

„Kommt sofort."

Als Caro mit der Tasse zurückkehrte, sah Tatjana sich im Saal um. „Bin ich die Einzige?"

„Man könnte auch sagen, die Letzte."

„Nein, ehrlich?" Tatjana spürte, dass ihr Hitze in die Wangen schoss.

„Alles gut." Caro stellte die Tasse vor ihr ab. „Du bist im Urlaub, und dein Kurs beginnt um zehn. Außerdem geht es doch nur um dich und nicht darum, was andere von dir denken."

Während Caro ihre Bestellung aufnahm und dann verschwand, dachte Tatjana über deren Worte nach. Es steckte viel mehr in ihnen, als es auf den ersten Blick den Anschein hatte, denn offenbarten sie nicht ein weiteres Problem oder vielmehr eine weitere Ursache, wie ihr Verhalten zu einer Situation führte, die sich negativ auf sie auswirkte?

Wie oft machst du etwas, weil du glaubst, das wird von dir erwartet, fragte sie sich und wusste, dass die Antwort auf der Hand lag. Denn meist richtete sie sich danach aus. Versuchte, es anderen recht zu machen, ohne darauf Rücksicht zu nehmen, was sie wollte.

Als Caro mit dem Kaffee kam, sah sie zu ihr auf. „Und ich mache dir wirklich zu viele Umstände, weil ich erst so spät hier bin?", fragte Tatjana.

Caro lächelte ihr zu. „Jetzt mach dir darüber bitte keine Gedanken." Sie goss in die bereitstehende Tasse ein, stellte die Kanne ab und zog anschließend den Stuhl gegenüber zurück, in den sie sich fallen ließ. „Ich kenne das. Das Gefühl, sich zurücknehmen zu müssen. Als wäre man unverschämt, wenn man sagt, was man möchte."

Tatjana schluckte, wollte etwas sagen, doch blieb stumm.

„Ich möchte dir nicht zu nahe treten. Wahrscheinlich fragst du dich bereits, wo du gelandet bist." Caro lachte.

„Nein, nein. Keine Sorge." Tatjana vollführte eine wegwerfende Handbewegung.

„Selbst falls doch. Du bist unser Gast, und wir möchten dir einen Aufenthalt bereiten, der deiner Idealvorstellung zumindest nahekommt, sofern es in unserer Macht steht. Also hau es einfach raus, und wir schauen, wie wir es umsetzen, okay?"

„Jetzt würde ich dich am liebsten umarmen."

„Na dann." Caro erhob sich und Tatjana betrachtete sie zweifelnd. „Mache ich längst nicht mit jedem Gast, aber, wie ich bereits sagte." Sie winkte Tatjana zu sich.

Die stand ebenfalls auf, blieb einen Augenblick vor der Hotelchefin stehen und drückte die dann kurz an sich. „Sorry", sagte sie im Anschluss.

„So schlimm?", fragte Caro mit einem gespielt schockierten Gesichtsausdruck, und dieses Mal lachten sie beide.

„Nein, überhaupt nicht", entgegnete Tatjana schließlich. „Was du eben gesagt hast, gilt eher umgekehrt. Du musst denken, was ich für eine seltsame Frau bin."

„Um ehrlich zu sein, nein. Mir waren schon immer diejenigen lieber, die das Herz auf der Zunge tragen und nicht vorgeben, etwas zu sein, das sie nicht sind. Das ist selten und wertvoll."

Sie sahen einander nur an, und das Erkennen, das Tatjana in den Augen ihres Gegenübers erblickte, ließ sie nahezu in Tränen ausbrechen. Doch so sehr sie ermutigt worden war, sie selbst zu sein, das ging ihr dann doch zu weit.

„Und jetzt raus damit. Was soll ich dir zum Frühstück machen?“

„Pfannkuchen!“, platzte es aus Tatjana heraus, was Caro erneut lachen ließ.

„Kein Problem. Das mache ich gerne. Mit Sahne oder Nutella?“

„Geht auch beides?“

„Aber sicher doch!“

Wie ein kleines Mädchen freute sie sich auf die Pfannkuchen. Wann hatte sie zuletzt so ein Gefühl verspürt? Pur und ohne Bedenken belastet. Einfach dem nachgegeben, was ihr Herz oder in diesem Falle ihr Magen ihr gesagt hatte.

Sie entschied, heute richtig zuzuschlagen. Immerhin stand eine große Aufgabe bevor, und dafür sollte sie gestärkt sein.

„Ich denke, das sollte schmecken“, sagte Caro mit einem Grinsen, als sie mit dem Pfannkuchenteller den Tisch erreichte.

„Ich bin schon sehr gespannt.“

„So soll es sein. Noch einen Kaffee?“

„Unbedingt.“ Tatjana riss die Augen auf, als Caro die Köstlichkeit vor ihr abstellte. „Das sieht fantastisch aus. Wie die von meinem Vater.“

„Tatsächlich?“

„Immer, wenn ich Pfannkuchen esse, muss ich an ihn denken. Zwar hat bei uns meist meine Mutter gekocht, aber dieses Gericht war stets die Spezialität meines Papas.“

„Dann hoffe ich, dass sie dem gerecht werden. Lass es dir schmecken.“ Caro nickte ihr zu, bevor sie wieder in der Küche verschwand.

Tatjana führte den ersten Bissen zum Mund und stellte fest, dass sie der Aufforderung problemlos Folge leisten konnte, während das Auge beim Anblick des blauen Meeres vor dem gleichfarbigen Hintergrund ebenfalls mit Seelennahrung gefüttert wurde.

11

„Aus einer Mülltonne?" Nicht nur Elenas Herz, auch der Magen zog sich zusammen, während Ersteres in der Brust stach und Zweiteres ihr Übelkeit verursachte.

„Können Sie das glauben? Wer macht denn sowas?" Der junge Mann verzog angewidert das Gesicht.

„Was sind das für Menschen?", ergänzte dessen Partnerin, eine blonde Engländerin, der erneut die Tränen in die Augen schossen. Bereits beim Eintreffen in der Praxis hatte sie geweint.

Gebracht hatten die beiden einen Hundewelpen. Gerade sechs Wochen alt, den sie aus einem Mülleimer geborgen hatten. Beim Einkaufen hatten die beiden auf dem Parkplatz des Supermarktes das Fiepen gehört und nachgeschaut.

Elena dachte an den Müllbeutel, in den jemand, den sie nicht als der menschlichen Spezies angehörig betrachten konnte, das kleine Wesen gepackt hatte, um es dann wie Abfall zu entsorgen. Es war schwer, da nicht den Glauben an die eigene Art zu verlieren.

„Wird er es schaffen?", fragte der junge Mann und sah sie mit traurigen Augen an.

„Ich hoffe es." Elena strich dem Welpen vorsichtig über das Köpfchen. „Auf den ersten Blick scheint ihm nichts zu fehlen, aber er ist noch sehr jung, und es wird nicht einfach. Die Infusion wird ihm helfen. Aber danach müssen wir weiterkämpfen." Sie sah in die dunklen Augen, in denen sie glaubte, Dankbarkeit zu erkennen, als das Kerlchen sie ansah.

„Jetzt hat er ja uns", sagte die junge Frau und breitete das Handtuch, in das der kleine Hund eingewickelt war, vorsichtig über dessen Kopf. „Wir lassen ihn nicht im Stich."

„Ihr werdet ihn adoptieren?", fragte Elena.

Der junge Mann sah von seiner Freundin zum Hündchen und dann zu Elena. „Wissen Sie, wir haben ohnehin darüber nachgedacht, wieder einen Hund zu haben. Unser letzter treuer Freund Otis ist vor einem halben Jahr gestorben, und auch wenn wir ihn immer noch vermissen", mit dem Zeigefinger fuhr er sanft die Schnauze des Hundes entlang, der dabei die Augen schloss, „aber jetzt hat Toby zu uns gefunden."

Die Frau sah Elena an. „Stimmt es denn, dass er ein Rüde ist?"

„Ist er. Und dazu einer, der eine zweite Chance bekommen hat." Elena sah zur Uhr. „Sie können ihn mit nach draußen nehmen. Ich helfe mit der Infusion. Und wenn die durchgelaufen ist, können Sie Toby mit nach Hause nehmen. Meine Helferin zeigt Ihnen, wie Sie ihm die Welpenmilch verabreichen. Wir sehen uns dann morgen zur Kontrolle wieder."

So tragisch und furchtbar das Schicksal des kleinen Toby war, als Elena betrachtete, wie der Mann ihn vorsichtig auf den Arm nahm und dessen Freundin darauf achtete, dass dem Kerlchen nichts geschah, wärmte Hoffnung ihr Herz. Dem Welpen war die Möglichkeit geschenkt worden, in einem liebevollen Zuhause groß zu werden, darauf kam es jetzt an.

„Que horror! Imagina el pobrecito en la basura!", empfing sie Maria, die hinter der Anmeldung saß und damit ausgedrückt hatte, dass schwer vorstellbar war, so ein armes Geschöpf im Müll zu finden.

„Aber zumindest hat er jetzt die Aussicht auf ein besseres Leben."

„Wird er es schaffen?"

Elena zuckte die Schultern. „Wird nicht einfach, er war schon ausgekühlt, als sie ihn gebracht haben, aber die beiden Helfer sind sehr engagiert, und das Kerlchen ist ein Kämpfer."

Maria erhob sich und ergriff kurz Elenas Hand. „Dann packt er es. Schließlich ist er auch bei einer guten Tierärztin gelandet."

„Nos quedamos los dedos cruzados!", entgegnete Elena, was bedeutete, dass sie weiterhin die Daumen für Toby drücken würden. „Haben wir sonst noch jemanden?"

„Nein, das war es für heute Vormittag."

„Dann würde ich mich auf den Weg machen. Ich bin ja nicht weit weg, sollte etwas sein. Erklärst du den beiden noch, wie das mit der Welpenmilch funktioniert, und worauf sie noch achten müssen? Wir haben zwar schon über die wesentlichen Punkte gesprochen, aber ich glaube, dass eine Wiederholung nicht schadet."

„Por supuesto." Maria nickte.

Elena ging in das kleine Büro, um sich umzuziehen. Sie mochte die Arbeit hier, die anders war als die in der Tierklinik. Vor einem Monat hatte sie in eine Praxis in Palmanova gewechselt, deren Inhaberin, Aurelia Gimenez, aus Altersgründen kürzertreten wollte und daher eine Partnerin suchte. Sie hatte Elena zudem offenbart, dass sie in wenigen Jahren die Praxis, die nicht weit vom Tierheim entfernt lag, vollständig an einen Nachfolger übergeben wollte.

Bereits einige Wochen zuvor hatte sich Elena Gedanken über ihre weitere berufliche Zukunft gemacht, denn die ehrenamtliche Arbeit bereitete ihr zwar Freude, aber Geldverdienen war unabdingbar. Außerdem würde ihr etwas fehlen, ginge sie nicht mehr der Tätigkeit als Tierärztin nach.

Die Praxis lag in einem Wohngebiet in Palmanova, in Richtung Son Caliu, dem Nachbarort, zu dem der Übergang fließend war. Elena trat den Weg zum Tierheim zu Fuß an, inzwischen ihr Hauptfortbewegungsmittel, auch deshalb, da sie, passend zur neuen Anstellung, eine Wohnung in Palmanova gefunden hatte.

Den Lebensmittelpunkt vollständig in den kleinen Küstenort zu verlegen, war eine der besten Entscheidungen gewesen, die sie getroffen hatte. Sie liebte die kurzen Wege und dass es ihr trotz der Überschaubarkeit an nichts fehlte. Vor allem nicht an Freundlichkeit der Menschen und maritimem Zauber, der, garniert mit Sonnenlicht, täglich an sie brandete.

Sie spazierte die Straße entlang, an der, eingestreut zwischen den Wohnhäusern, einige kleinere Restaurants lagen, die sich den Touristenströmen entzogen und überwiegend durch Einheimische frequentiert wurden, wie diese Gegend des Ortes allgemein.

Hoffentlich schafft Toby es, dachte sie, als sie den eingezäunten Hundeplatz passierte, auf dem ein Golden Retriever und ein Schäferhund ausgelassen miteinander balgten. Sie hatte dem freundlichen jungen Paar nicht die Hoffnung nehmen wollen, aber die Chancen standen nicht gut für das Kerlchen, auch wenn es so schien, dass es ein tapferer Kämpfer war.

Als sie den *Paseo* erreichte, ließ der Anblick des kleinen Hafens und des Meeres die traurige Stimmung angesichts des Findel-Welpen ein wenig verblassen. Zumal sie sich gedanklich auf die Aufgaben, die im Tierheim auf sie warteten, vorbereiten musste. Beide Jobs zugleich zu stemmen war nicht einfach, besonders dann, wenn es in einem oder sogar beiden zu traurigen Erlebnissen kam.

Denk positiv, sagte sie sich, als sie den Strand passierte und die sich in der Sonne räkelnden Touristen betrachtete, immerhin hat das Kerlchen durchgehalten, bis er gefunden wurde, er wird es schaffen! Obwohl ihr klar war, dass es sich mehr um eine Affirmation als um Gewissheit handelte, konnte sie die Bedenken, die sich kalt und schwer um ihr Herz gelegt hatten, lösen.

Als sie die Villa Caro erblickte, an der vorbei die Straße zur Minigolf-Anlage mit dem Tierheim führte, überlegte sie, dass sie sich unbedingt bei Caro melden sollte. Das letzte Treffen lag einige Zeit zurück. Leider war auch ihre neue Freundin beruflich stark eingespannt, betreute außerdem noch ihre Großmutter, mit der sie zusammenlebte, da blieb wenig Zeit für andere Treffen.

Alles eine Frage der Priorität – du musst dir die Zeit nehmen, hörte sie die Stimme ihres Vaters in ihrem Kopf, und wie immer musste sie ihm recht geben.

12

Tatjanas Hände rangen miteinander, während sie von einem Bein auf das andere trat. Zuletzt hatte sie sich im Studium so gefühlt, als sie ihre Prüfungen abgelegt hatte. Kunstgeschichte, Germanistik, Biologie. Leider hatte sie keines der Fächer mit nachhaltigem Interesse verfolgt, sodass sie auch über keinen Universitätsabschluss in einem davon verfügte.

Dies lag auch darin begründet, dass keines der damit verbundenen Berufsbilder ihr gefallen hatte. Als Lehrerin hatte sie sich nie gesehen und ebenso wenig in Forschung oder als Mitarbeiterin in einem Museum beziehungsweise anderen, mit den genannten Fächern assoziierten Einrichtungen.

Seit jeher hatte sie malen wollen. Dass sie sich nicht getraut hatte, eine künstlerisch-kreative Ausbildung einzuschlagen, offenbarte ihre Selbstzweifel.

Und dennoch stehst du nun hier, höhnte ihre innere Stimme, während ihr Mut immer weiter sank, je länger Felipe das Werk betrachtete, das sie in den letzten Stunden auf die Leinwand gebracht hatte.

Dabei hatte er ihr eine Aufgabe gegeben, die sich zunächst einfach anhörte, jedoch unglaublich schwer war. Ein Selbstbildnis galt es anzufertigen, wobei Felipe betont hatte, dass sie auch einen abstrakten oder symbolhaften Ausdruck wählen konnte, um dies darzustellen.

Tatjana hatte sich für einen dunklen Hintergrund entschieden, in dem vor allem Schwarztöne unterschiedlicher Schattierungen vorherrschten, während das Bild zum Zentrum hin immer heller wurde. Dort erblühte ein Edelweiß, das von einer leuchtenden Penumbra aus Gelbtönen umgeben war. Die Blume wuchs aus dem Gipfel eines zerklüfteten Berges hervor, der sich aus Grautönen zusammensetzte, die sich nur bei genauerem Betrachten gegen den schwarzen Hintergrund abhoben.

„Das Edelweiß", sagte Felipe schließlich, während er weiterhin Tatjanas Gemälde betrachtete. „Eine seltene Blume, die im Gebirge nur von denjenigen entdeckt wird, die mit Besonnenheit danach Ausschau halten."

Tatjana schluckte. Einerseits war dies zwar korrekt, hörte sich aber an wie auswendig gelernt. Andererseits hatte sich der Künstler noch nicht zu der Qualität der Ausführung geäußert. Mit leicht geöffneten Lippen zwang sie sich, weiter abzuwarten und nicht bereits ihre Gedanken zu äußern, die sie zu dieser Darstellung bewegt hatten. Denn Felipe hatte sie zuvor gebeten, eben dies nicht zu tun, sondern darauf zu vertrauen, dass das geschaffene Kunstwerk für sich sprach.

„Man könnte denken, dass du dich als dieses Edelweiß betrachtest, das selten ist und gefunden werden muss." Felipe sah sie an mit einem Blick, den sie nicht zu deuten wusste. „Aber das ist es nicht, was dein Gemälde ausdrückt, und deshalb ist es absolut bemerkenswert."

Tatjana erkannte das Leuchten in Felipes Augen, und sie bekam eine Gänsehaut.

„Es ist die Kreativität in dir. Deine künstlerische Quelle, nach der du wieder Ausschau hältst, und von der du fürchtest, sie nicht mehr wiederzufinden.“

Atemlos wartete sie die weiteren Worte des Künstlers ab, der in treffender Weise zusammengefasst hatte, was sie hatte aussagen wollen.

Felipe legte ihr eine Hand auf die Schulter, was er auf eine Art tat, die ehrfürchtig erschien. „Liebe Tatjana, ich kann dir sagen, dass du dir keine Sorgen zu machen brauchst. Du hast sie wiedergefunden, wenn du sie überhaupt aus den Augen verloren hattest. Und jetzt werden wir uns gemeinsam aufmachen, den nächsten Gipfel zu erklimmen. Was sagst du dazu?“

Sie öffnete den Mund, um ihn sogleich wieder zu schließen. Es gab keine Worte, die sie aussprechen konnte. Hat er dich gerade gelobt? Diese Frage hallte durch ihren Kopf, und obwohl sie auf kuriose Weise rhetorisch war, schien ihr Verstand zunächst eine Antwort darauf finden zu wollen, um daraufhin wiederum eine zu formulieren, die sie Felipe mitteilen konnte.

Felipes Lachen, das von Herzen kam, löste die Anspannung der Situation. *Lo siento mucho.* Ich lache dich nicht aus, nur dein Blick. Du siehst aus, als hättest du mit einer anderen Reaktion gerechnet.“

Erst jetzt wurde Tatjana bewusst, in welch negativer Weise sie die eigenen Fertigkeiten betrachtete. Sogar mehr als das. Missgönnte sie sich den Erfolg? Gestand sich nicht zu, in etwas aufzugehen, das ihr nicht nur gefiel, sondern in dem sie gut war, womöglich richtig gut?

Sogleich schämte sie sich der letzten Frage, die sie als anmaßend empfand. Schluss damit!, entschied sie. Zeit, endlich diese ganzen Bedenken und Einschränkungen, von denen ihr Peter einige eingeimpft hatte, über Bord zu werfen. Und mach dir bewusst, was es über dich sagt, hörte sie eine Stimme in ihrem Kopf. Es stimmte. Peters negative Affirmationen waren nur deshalb auf fruchtbaren Boden gefallen, da sie den durch die negative Haltung sich selbst gegenüber bereitet hatte.

Felipe betrachtete sie stirnrunzelnd, und Tatjana wurde bewusst, dass sie immer noch nichts gesagt hatte. Sie schluckte. „Vielen Dank! Du hast recht. Also damit, dass ich ein anderes Urteil erwartet habe.“

„Gut, dass wir darüber sprechen. Ein gewisses Maß an Selbstkritik ist gut, aber zu viel kann alles kaputt machen.“ Er deutete auf das Gemälde. „Was hast du gedacht, als du das gemalt hast.“

„Nichts. Zumindest nicht, als ich einmal drin war.“

„*Vaya.* So arbeitet ein Künstler. Das bedeutet nicht, sich kein Konzept zu überlegen und das zwischendurch immer wieder zu prüfen, aber den Fluss musst du zulassen. Das funktioniert nur, wenn du in deine Fähigkeiten vertraust.“

„Okay.“

„Am Anfang fehlt die Erfahrung, und außerdem setzen die meisten dieses Vertrauen mit Arroganz oder Überschätzung gleich. Aber das hat damit nichts zu tun. Künstlerisches Wirken bedeutet stets, zu sich selbst zu finden. Zu der kreativen Quelle, um aus der zu schöpfen. Es ist jedes Mal, auch nach vielen Jahren, eine Reise ins Unbekannte, die einen fordert, und aus der man verändert und gestärkt hervorgeht.“ Er betrachtete ein weiteres Mal das Gemälde. „Aber du, Tatjana, hast es. Ein künstlerisches Auge, handwerkliches Geschick und die Fähigkeit, etwas Komplexes in einem Bild einzufangen. Meiner Erfahrung nach ist das Letztere das Schwierigste."

„Danke", murmelte sie.

„Das meine ich ernst." Mit den Fingern der rechten Hand fasste sich Felipe ans Kinn. „Aber ich weiß nicht, ob ich der Richtige für dich bin."

Die Welle der Freude, die Tatjana angesichts Felipes Einschätzung mit sich getragen hatte, fiel augenblicklich in sich zusammen. „Was meinst du damit?"

Felipe präsentierte ihr die Handflächen. „Keine Sorge, ich nehme nicht zurück, was ich zuvor gesagt habe. Ich meine nur, mehr in dir zu erkennen. Eine künstlerische Kraft, die eine andere Art der Aufmerksamkeit und Förderung benötigt. Hier im Kurs kann ich mich auf einzelne Personen nicht so konzentrieren, wie es dafür notwendig ist. Und außerdem sind meine Methoden", er räusperte sich, „zu konventionell."

„Ich fürchte, dass ich das nicht verstehe." Tatjana bemühte sich, die Hoffnungslosigkeit, die sie empfand, aus den Worten herauszuhalten. Doch ihr war klar, dass ihre Miene ohnehin alles ausdrückte.

„Das ist was Gutes." Felipe berührte sie kurz an der Schulter. „Ich kenne einen außergewöhnlichen Künstler, Fernando Sanchez, dem ich dich gerne vorstellen würde."

„Und dann? Hält der auch Kurse ab?"

„Eigentlich nicht. Aber ich denke auch nicht, dass du einen Kurs im klassischen Sinn benötigst, um Landschaften oder Ähnliches zu malen. Wie ich bereits sagte, bist du handwerklich sehr gut. Was du finden musst, ist deine Stimme, und dabei kann dir ein etablierter Künstler helfen. Ich bin mir sicher, dass Fernando dir viel beibringen kann, und für ihn wäre diese Erfahrung auch inspirierend."

„Aber hat er denn überhaupt Interesse daran? Sich mit einer unerfahrenen Malerin herumzuschlagen?"

„Fernando ist ein Mann, der mit offenen Augen und Ohren durchs Leben geht. Man würde zwar erwarten, dass das für alle Künstler gilt, meiner Erfahrung nach ist das aber nicht so. Deshalb bin ich auch der Meinung, dass er einer solchen Idee gegenüber offen ist."

„Und falls nicht?"

„Folgender Vorschlag – ich spreche mit Fernando. Sollte er daran kein Interesse haben, und ich weiß, dass er das klar äußern wird, kannst du auf jeden Fall an meinem Kurs teilnehmen, und ich gebe dir mein Wort, mein Bestes zu geben. Aber vertrau meinem Instinkt, der mir sagt, dass für dich ein anderer Weg vorgesehen ist."

„Okay." Sie fühlte sich wie in einem dieser epischen Filme, in denen dem Helden soeben mitgeteilt worden war, welche Widrigkeiten und Herausforderungen es zu bestehen galt.

Obwohl Felipe ihr ein weiteres Mal versichert hatte, dass dies gut sei und sie auf den richtigen Weg bringen würde, verließ Tatjana das Zimmer mit dem eindrucksvollen Boden-Mosaik mit dem eigenartigen Gefühl, etwas in Gang gebracht zu haben, dessen Folgen sie nicht absehen konnte. Begleitet von der Frage, ob sich dieser Eindruck einzig auf ihr künstlerisches Schaffen oder nicht vielmehr ihr gesamtes Leben bezog.

13

„Und dann kommen die Näpfe in die Spülmaschine. Frische sind hier im Schrank. Wir haben ausreichend da, um täglich zu wechseln, was aus hygienischen Gründen am besten ist. Schließlich haben wir ja einige Bewohner zu versorgen", schloss Elena ihre Ausführungen.

Tamara, die Frau, die sich als weitere freiwillige Helferin angeboten hatte, nickte eifrig. „Das erscheint vernünftig."

„Und du kennst dich mit Hunden aus?"

„Seit mehr oder weniger fünfundvierzig Jahren. Ich bin mit einem Hund aufgewachsen, und als ich bei meinen Eltern auszog, habe ich gleich einen eigenen aus dem Tierheim adoptiert. Luca lebt zwar nicht mehr, aber dessen Nachfolger Rico." Tamara zog das Handy aus der Tasche, tippte auf das Display, das sie anschließend Elena präsentierte. „Da liegt er auf meinem Balkon in der Sonne. Das liebt er."

„Ein Hübscher. Golden Retriever?"

„Exakt. Ein Senior, der aber noch rüstig ist."

„Du hast mich von deiner Tauglichkeit überzeugt."

„Das war ja einfach."

Beide Frauen lachten.

„Im Ernst. Die Arbeit macht Spaß und ist sehr befriedigend, weil unsere Vierbeiner für alles dankbar sind.

Solltest du Fragen haben, meldest du dich bei mir. Ansonsten, könntest du die erste Gassigehrunde erledigen?“ Elena deutete auf ihren Schreibtisch. „Normalerweise machen wir das zu zweit, aber es hat sich einiges an Papierkram angesammelt, den ich erledigen muss.“

Tamara winkte ab. „Kein Problem. Auch das macht ja Spaß, und ich gehe gerne zweimal, also erst mit der einen, dann der anderen Gruppe.“

„Super. Ich danke dir.“

Elena setzte sich an den Schreibtisch und beobachtete, wie Tamara die Hunde aus ihren Boxen holte, um sie anzuleinen. Ihr gefiel die unaufgeregte Weise, in der sie das tat. Man erkannte, dass sie ihr Leben lang mit Hunden zu tun hatte, und den Vierbeinern gefiel das ebenfalls.

Wenige Minuten, nachdem Tamara losgegangen war, ging die Tür auf, und Elena sah von den Rechnungen auf, die sie bearbeitete.

„Es tut mir so leid! Ist Tamara schon da?“, fragte Larissa.

„Schon unterwegs mit der ersten Gruppe.“

„Was hältst du von ihr?“

„Macht einen sehr guten Eindruck. Aber du hattest mir ja bereits gesagt, dass du sie für fähig erachtest.“

„Dennoch schön, dass das auch dein Eindruck ist.“

„Definitiv. Wobei ich weiß, dass ich mich auf deine Einschätzung verlassen kann.“ Elena stand auf, ging auf ihre Freundin zu, die sie kurz an sich drückte, um ihr zwei Wangenküsse aufzudrücken. „Begrüßung muss schließlich sein.“

„Definitiv." Larissa grinste. „Ich konnte ihr gestern die wesentlichen Dinge zeigen, und sie hatte keine Probleme, sich zurechtzufinden."

„Und jetzt weiß sie auch, wo Näpfe und Spülmaschine sind." Elena ging zurück zum Schreibtisch und ließ sich auf den Stuhl fallen. „Du hast eine gute Wahl getroffen, und die Verstärkung können wir definitiv gut gebrauchen. Leider haben wir ja nicht nur die Hunde zu versorgen." Sie deutete auf die Papiere, die auf dem Schreibtisch lagen.

„Dann gehe ich Tamara mit der zweiten Gruppe nach und überlasse dich der Bürokratie."

„Danke." Am liebsten hätte Elena getauscht, aber sie hatten die Aufgaben bewusst so verteilt. Larissa hatte ein Gespür für Menschen und dafür, die zu führen, während Elena ein Papiertiger war. Zwar konnte die eine auch den Bereich der anderen übernehmen, aber da die Zeit ohnehin knapp war, hielten sie es für besser, dass jede das erledigte, was sie am besten und damit am schnellsten konnte.

Sie öffnete den nächsten Umschlag, zog das Schreiben daraus hervor und erstarrte beim Lesen.

„Das kann doch unmöglich sein", murmelte sie. Den Brief in den Händen haltend, saß sie einfach da und fühlte sich als Beobachterin der eigenen Gedanken, die Szenarien heraufbeschworen, die alle mit einer Szene endeten: dem Ende des Tierheims.

Sind wir so weit gekommen, haben uns durchgekämpft, um letztlich doch zu scheitern, fragte sie sich, und das Gewicht der Hoffnungslosigkeit drückte sie nieder.

Du findest einen Weg! Wieder die Stimme ihres Vaters, die stets Trauer in ihr Herz trug, obwohl sein Tod bereits Jahre zurücklag. Die Zeit heilte nicht alle Wunden, sie sorgte nur dafür, dass sie nicht mehr so präsent waren. Doch sobald die Aufmerksamkeit darauf fiel, schmerzten sie wie am ersten Tag. Zumindest traf das auf die zu, die der Verlust ihres Vaters hinterlassen hatte. Der ihrer Mutter tat nicht weniger weh, da sie die meisten Ratschläge jedoch von ihrem Papa erhalten hatte, war sein Andenken im Alltag präsenter.

Kaum, dass sie dies gedacht hatte, fühlte sie sich schlecht. Als hätte sie ihre Mutter verraten, was die ohnehin bereits gedrückte Stimmung vollends kippen ließ. Zu ihren Tränen gesellten sich nun auch noch die frischen Erinnerungen an Toby, den achtlos weggeworfenen Welpen, und das stumme Weinen verstärkte sich zeitweise zu schluchzendem Heulen.

Reiß dich zusammen!

Keine Stimme, die sie einem Elternteil oder einer ansonsten bekannten Person zuordnen konnte, und der es trotz oder womöglich gerade aufgrund dessen gelang, die Spirale der Trauer zu durchbrechen, in der sie gefangen war. Verstohlen wischte sie sich die Tränen von den Wangen. Gerade noch rechtzeitig, denn kurz darauf ging die Tür auf.

„... und deshalb ist es immer wichtig, das abzuklopfen. Schließlich wollen wir ja, dass unsere Vierbeiner in gute Hände abgegeben werden", schloss Larissa ihre Ausführungen Tamara gegenüber, während die Frauen eintraten. „Alles in Ordnung bei dir?", wandte sie sich im nächsten Augenblick an Elena.

„Ja, also." Elena wrang das Taschentuch, mit dem sie sich kurz zuvor das Gesicht abgetupft hatte, in den Händen. „Ich muss dir gleich etwas erzählen."

„Weißt du was? Den Rest machen Elena und ich, und du kommst morgen früh wieder vorbei?", fragte Larissa Tamara, die nickte und sich daraufhin verabschiedete. „Was ist denn los?" Larissa sah Elena besorgt an.

„Die Gemeinde. Sie können uns nicht mehr finanziell unterstützen." Elena spürte, dass sich weitere Tränen ankündigten.

„Komm. Wir versorgen unsere Bewohner und dabei erzählst du mir alles."

Elena stellte fest, dass Larissas Vorschlag half. Die Beschäftigung mit den Hunden, während sie ihr von dem Schreiben berichtete und dass damit der größte und entscheidende Anteil ihrer finanziellen Förderung wegbrach, führte dazu, dass Trauer und Verzweiflung nicht zu hart zuschlugen.

„Ohne dieses Geld wird es unmöglich, alles zu bezahlen", sagte Elena, während sie den letzten Hund in dessen Box schickte.

„Dann brauchen wir neue Sponsoren."

„Und wie sollen wir die bekommen?"

„Ich habe da eine Idee." Larissa zog das Handy aus der Gesäßtasche. „Darüber wollte ich ohnehin schon mit dir sprechen. Heutzutage sind die sozialen Netzwerke ja nicht mehr wegzudenken. Und auch andere Tierheime hier auf der Insel sind darin vertreten."

„Du hast vollkommen recht. Warum bin ich da nicht selbst drauf gekommen?"

„Dafür hast du ja mich. War auch so viel los am Anfang. Niemand kann an alles denken. Aber, abgesehen von unserer Homepage, erreichen wir so eine viel größere Anzahl an Leuten."

„Und möglicherweise ebenso Sponsoren."

„Exakt. Warum starten wir nicht mit dem Video."

„Welches Video?" Elena runzelte die Stirn.

„Das mit unserem Hunde-Chor. Was die Leute von uns am *Paseo* aufgenommen haben. So etwas lieben die Leute. Ein lustiges Reel mit Hunden, das außerdem zeigt, wie wir mit den Tieren umgehen. Dass wir das hier mit Herzblut machen und darin aufgehen."

„Eine großartige Idee." Die Hoffnungslosigkeit, die sich bleiern auf Elena gelegt hatte, wich der Hoffnung, die ihr warm und kribbelnd zufloss.

Noch war die Krise nicht abgewendet, aber es gab einen Silberstreif am Horizont, und den durfte sie nicht aus den Augen verlieren.

14

„Meine Mutter ist Deutsche und hat viel Wert darauf gelegt, dass ich zweisprachig aufwachse. Wofür ich ihr sehr dankbar bin." Fernando lächelte, wobei die braunen Augen, flankiert von einem Netz feiner Lachfalten, zu leuchten schienen.

Tatjana musste sich zwingen, den Blickkontakt zu unterbrechen. „Ich hatte Spanisch in der Schule und habe es auch stets gemocht. Bin aber ziemlich eingerostet."

„Wir können das ja parallel zur Malerei angehen."

„Was denn?" Kaum hatte sie aufgeschaut, war sie erneut in Fernandos Blick gefangen.

„Die Spanischkenntnisse", sagte Felipe, von dem Tatjana bereits vergessen hatte, dass er da war. „Ich meine zu erkennen, dass die Chemie hier stimmt." Der Künstler erhob sich. „Und würde euch dann allein lassen."

„Aber ..." In Tatjanas Kopf überschlugen sich die Gedanken.

„Keine Sorge, du bist hier in guten Händen." Felipe tätschelte ihr die Schulter. Und ehe sie eine weitere Frage stellen konnte, hatte er bereits das Atelier verlassen.

„Ich habe lange nicht mehr mit jemandem zusammengearbeitet, aber ich freue mich sehr darauf." Fernando erhob sich ebenfalls, was Tatjana ihm gleichtat. „Komm mal mit, dann zeige ich dir was." Er ging um eine Leinwand herum, und Tatjana folgte ihm. „Es geht nicht nur darum, wie die Brennpaste aufgetragen wird, sondern auch um die Brenndauer." Mit einem Pinsel trug er etwas auf, nahm dann den Brenner in die Hand, den Tatjana bisher nur von der Zubereitung der Karamellschicht einer Crème brûlée kannte.

„Wow!", entfuhr es ihr, als die Paste Feuer fing, um kurz darauf von Fernando mit einem angefeuchteten Lappen ausgeschlagen zu werden.

Das Schauspiel wiederholte sich einige Male und hatte etwas von einer Beschwörung, bei der die Flammen dem Künstler zu gehorchen schienen. Dessen Willen ausführten und dadurch ein Muster auf die Leinwand bannten.

„Das ist unglaublich!" Tatjana ging näher heran, als Fernando innehielt und streckte zögerlich die Hand aus. „Darf ich?", wandte sie sich an ihn.

„Natürlich."

„Ist es heiß?"

Fernando schüttelte den Kopf. „Ich lasse es stets nur sehr kurz brennen, sonst würde ich die Leinwand zerstören. Nur der Geist, die Essenz des Feuers, soll sich einprägen."

Vorsichtig fuhr Tatjana die geschwungenen Linien ab, die Fernando das Feuer hatte zeichnen lassen. „Es fühlt sich rau an."

„So ist es. Es ändert sich nicht nur die Farbe, sondern auch die Struktur, was mir besonders gut gefällt. Wenn ich dann andere Komponenten in Öl hinzufüge, heben sich diese Bereiche weiterhin ab."

„Das ist beeindruckend."

„Danke." Fernando legte den Kopf schief, sodass sein dunkles schulterlanges Haar nach links fiel.

Wie es sich wohl anfühlt, mit der Hand hindurchzufahren, fragte sie sich und schlug sogleich die Augen nieder.

„Soll ich dir einige fertige Werke zeigen?"

„Gerne." Tatjana war froh, dass Fernando auf diese Art die Situation entschärfte, und fragte sich zur gleichen Zeit, wie es in den nächsten Tagen ablaufen sollte.

Bist du vollkommen bescheuert?, herrschte sie sich an. Die Trennung von ihrem Ehemann war noch nicht offiziell, und sie machte bereits anderen Männern schöne Augen.

„Das habe ich gestern fertiggestellt. Ich nenne es *ojos oscuros* – dunkle Augen."

„Wow!", entfuhr es Tatjana erneut, und mehr konnte sie auch nicht sagen, denn das Gemälde hatte ihr die Sprache verschlagen.

Es zeigte das Porträt einer Frau, deren aufwändig ondulierte Haarpracht an Schlangen und sie, Tatjana, damit an die Medusa erinnerte, die der Sage nach tatsächlich diese Tiere auf dem Kopf trug. Am beängstigendsten und zugleich faszinierendsten jedoch waren die Augen.

Tatjana wusste nun, dass die, während der Rest mit Öl gemalt war, von Fernando in die Leinwand gebrannt worden waren. Sie wirkten dadurch wie zwei schwarze Abgründe, die nirgendwo hinzuführen schienen.

„Es hat Kraft, oder?" Fernando trat neben sie.

„Das kann man wohl sagen." Sie warf ihm einen Seitenblick zu. „Sie erinnert mich an die Medusa."

„Das ist auch beabsichtigt. In meiner aktuellen Serie interpretiere ich Sagengestalten. Vor allem aus der griechischen und römischen Mythologie."

„Das hört sich spannend an."

„Ist es auch." Er drehte sich zu ihr, und da sie nah nebeneinanderstanden, war sein Gesicht unmittelbar vor ihrem, als sie sich ihm zuwandte.

Den Mund einen Spalt weit geöffnet, erstarrte sie, während das Herz in ihrer Brust wummerte und die Welt um sie herum zu tanzen schien. Jetzt begeh' bloß keine Dummheit!, schrie sie sich zu, um sich im gleichen Augenblick zu fragen, worin die bestehen würde.

„Am besten bist du morgen gegen halb zehn hier. Passt das?"

Es dauerte einen Augenblick, bis Tatjana wieder ganz bei sich war. „Natürlich. Das passt."

„Wunderbar." Fernando kratze sich an der Braue und tat dabei einen Schritt zurück.

Ist das gerade wirklich passiert, fragte sie sich. Hatte es diesen Augenblick gegeben, oder bildete sie sich das nur ein?

Sie verabschiedete sich von Fernando und wusste auch dabei nicht, ob dies befangener verlief als die Begrüßung. Und selbst, falls dem so war, lag das nicht vor allem an ihr, denn sie versteifte sich in dem Augenblick, als er sich zu ihr vorbeugte, um sie auf die Wangen zu küssen.

Auf dem Fußweg zurück zum Hotel, die Strandpromenade entlang, rang ihr Verstand mit dem Teil in ihr, der begehrt werden wollte. Der sich nach einem Abenteuer sehnte. Aber bist du das überhaupt? Jemand, der nur nach einem Seitensprung sucht? Und wäre es das?

Sie beschloss, dass sie Hilfe zur Beantwortung dieser Fragen benötigte, holte das Handy aus der Tasche und wählte Marens Kontakt.

„Und? Wie war deine Beurteilung?"

„Anders als gedacht. Und irgendwie weiß ich auch immer noch nicht, ob ich mit dem Ergebnis zufrieden sein soll und kann."

„Na, da bin ich mal gespannt."

Sie erzählte Maren von Felipes Urteil und dass er sie gleich heute mit zu Fernando genommen hatte, der eingewilligt hatte, mit ihr zu arbeiten.

„Das hört sich doch fantastisch an. Eine großartige Möglichkeit."

„Das stimmt."

„Aber?"

„Ich weiß nicht."

„Dieser Fernando hat dich verzaubert, oder?"

Einen Augenblick war Tatjana sprachlos. Dass ihre Freundin sie gut kannte, wusste sie. Aber das war nahezu beängstigend.

„Janalein, weißt du, was ich glaube?"

„Hmm."

„Du hast so lange zurückgesteckt für Peter, dass du dir gar nicht mehr etwas Gutes für dich selbst zugestehst."

„Meinst du?"

„Das tue ich. Und deshalb ist auch mein Rat an dich, einfach zuzulassen, was passiert. Lass dir von diesem Fernando zeigen, was auch immer er dir zeigen möchte." Beim letzten Satz war Maren das anzügliche Grinsen anzuhören.

„Aber ich bin immer noch verheiratet."

„Mensch, Janalein. Ich hoffe ja nicht, dass du deine Meinung geändert hast?"

„Nein."

„Siehst du. Dann ist es doch egal, wenn es einen Seitensprung geben würde. Man muss das noch nicht mal so bezeichnen, wenn du dich damit besser fühlst."

„Vielleicht bilde ich mir das auch nur ein."

„Und wenn schon. Ein bisschen Flirten tut auch hin und wieder gut. Und wenn dieser Fernando ein toller Künstler ist, wie du sagst, dann kannst du auf jeden Fall auf diesem Gebiet etwas von ihm lernen."

„Das ist er. Definitiv."

„Siehst du. Dann lass die nächsten Tage einfach fließen. Etwas, das du viel häufiger machen solltest. Den Dingen ihren Lauf lassen. Was nicht bedeuten soll, dass es keinen Plan gibt, aber du neigst dazu, etwas im Keim zu ersticken."

„Du hast recht." Tatjanas Blick ging raus aufs Meer und dem blauen Horizont darüber. „Danke."

„Nicht dafür, Janalein. Du bist jemand, der sich Rat einholt und den auch annimmt, das ist definitiv etwas, das du auf der Habenseite verbuchen kannst. Darin bin ich deutlich schlechter."

„Nochmal danke."

„Fühlst du dich besser?"

„Deutlich besser." Sie fand einen freien Platz auf einer dem Strand zugewandten Bank und setzte sich.

„Und wie ist das Wetter?", fragte Maren.

„Traumhaft. Einfach traumhaft." Mit der freien Hand fuhr Tatjana sich durch das Haar. „Ich hatte vergessen, wie beruhigend der Anblick des Meeres ist. Oder vielmehr, ich meine zwar, es zu wissen, aber wenn ich es dann in der Realität sehe, wird mir bewusst, dass ich es im Grunde nicht wusste." Sie lachte auf. „Das hört sich schräg an, oder?"

„Überhaupt nicht. Ich verstehe, was du sagst." Maren räusperte sich. „Dann genieß die Zeit. Das Meer, die Sonne, die Kunst. Und falls es klappt, auch Fernando."

„Freches Weib!", rief Tatjana gespielt empört aus, woraufhin sich ein Pärchen mittleren Alters, das an ihr vorbeiging, zu ihr umdrehte, was sie zum Lachen brachte.

Maren stimmte ein, bevor sie sich voneinander verabschiedeten.

Genieß die Zeit, dachte Tatjana und nahm sich fest vor, genau das zu tun.

15

„Bin zu Hause." Caro legte den Schlüssel in die Schale auf dem Sideboard und zog die Tür hinter sich zu. Wie jedes Mal, wenn sie heimkehrte und nicht unmittelbar eine Antwort ihrer Großmutter Agatha erhielt, mit der sie zusammenlebte, musste sie wieder an das Erlebnis vor einigen Monaten denken, als eine Nachbarin ihre Oma umherirrend aufgegriffen hatte.

Sie hatten daraufhin Amor, die Dackelhündin, die sie von Elena aus dem Tierheim geholt hatten, von einer speziellen Hundetrainerin zum Therapiehund abrichten lassen. Amor, die ohnehin eine sensible Hundedame war, erkannte mittlerweile sehr genau, wenn Agatha einen schlechten Moment hatte und meldete sich dann. Außerdem kannte sie den Weg zum Haus und konnte Agatha dorthin führen, sollte wieder ein solcher Moment der Verwirrung auftauchen.

Bislang aber war es nicht mehr dazu gekommen, und dafür war Caro jeden Tag aufs Neue dankbar. Dennoch überschattete das Schreckgespenst der Demenz und was aus ihr folgen konnte seitdem ihr Leben.

„Du hast gekocht?" Caro traute ihren Augen kaum. Damit hatte sie nicht gerechnet und freute sich über diese positive Überraschung. Denn seit dem Vorfall traute sich ihre Großmutter einige Dinge nicht mehr zu, obwohl Caro sie bestärkte, sich nicht zu sehr einzuschränken, da der Arzt auch dazu geraten hatte. Es war wichtig, dass ihre Oma sich geistig und körperlich in Bewegung hielt.

Amor hatte zwar dazu geführt, dass sie auf ihre Spaziergänge nicht verzichtete, im Haus aber war sie mit Tätigkeiten zurückhaltend und fürchtete vor allem, dass sie etwas auf der heißen Herdplatte vergaß und dadurch ein Feuer auslöste.

„Ich wollte dich anrufen und fragen. Aber dann habe ich das ganz vergessen." Die Wangen ihrer Oma schienen zu glühen, und zunächst glaubte Caro, dass dies die ungewohnte Aufgabe des Kochens verursacht hatte, erkannte dann jedoch, dass mehr dahinter steckte.

„Nicht schlimm. Du kannst mir ja jetzt erzählen, für wen gekocht wird."

Ihre Großmutter sah sie verdattert an, was Caro zum Lachen brachte.

„Habe ich doch ins Schwarze getroffen. Wie heißt er denn?"

Wie ihre Oma den Blick niederschlug und die Wangen noch mehr erglühten, hatte etwas Anrührendes. „Emilio."

„Und woher kennst du diesen Emilio?"

„Es ist albern, oder? Immerhin bin ich doch zu alt für so etwas."

Caro ging zu ihrer Oma, drückte sie kurz an sich, um sie dann an den Schultern auf Armeslänge von sich zu halten und ihr in die Augen zu blicken. „Oma, dafür ist man nie zu alt. Ich freue mich sehr, dass du jemanden kennengelernt hast."

„Wirklich?"

„Aber selbstverständlich. Liebe kennt doch kein Alter.“

„So weit ist es ja noch nicht, mein kleiner Schmetterling.“

Caro liebte diesen Spitznamen, den ihre Großmutter ihr in Kindertagen gegeben hatte, da sie ein fröhliches Mädchen gewesen war, das, laut Agatha, stets umherflatterte.

„Erzähl mir alles.“ Mit einer Gabel pickte Caro etwas Gemüse aus der Pfanne, in der ihre Oma es anbriet. „Schmeckt sehr gut!“

„Ja?“

„Allerdings.“ Caro kaute fröhlich. „Und? Wie habt ihr euch kennengelernt?“

„Du kennst doch das *La Colmena* am *Paseo*?“

Caro nickte.

„Dort gehe ich ja bei meinen Spaziergängen vorbei, und dabei ist mir immer ein Herr aufgefallen, der mich gegrüßt hat. Und vor allem Amor. Er ist ganz vernarrt in sie. Und ich dachte auch, dass das der Hauptgrund ist, warum er mich grüßt. Ach, mein kleiner Schmetterling. Womöglich ist das doch eine dumme Idee.“

„Oma, überhaupt nicht. Es ist wunderbar, dass du Menschen kennenlernst. Völlig egal, was daraus wird.“ Sie strich ihrer Großmutter über die Schulter. „Spricht Emilio denn Deutsch?“

„Nein.“

„Also kannst du sogar noch dein Spanisch verbessern. Das ist doch prima.“

Ihre Großmutter lächelte verlegen. „Deshalb weiß ich auch nicht, ob ich alles richtig verstehe und interpretiere.“

Caro hatte für ihre Oma eine Spanischlehrerin organisiert, die zweimal wöchentlich ins Haus kam, um Kurse mit ihr abzuhalten. Neben der Tatsache, dass ihre Großmutter es liebte, die neue Sprache zu lernen, hatte der Arzt versichert, dass diese Art Training ein Werkzeug war, um gegen die Demenz anzukämpfen.

„Esmeralda, deine Spanischlehrerin, sagt, dass du gute Fortschritte machst. Insofern wirst du nichts falsch verstanden haben, denke ich."

„Womöglich, mein kleiner Schmetterling. Wo-möglich."

„Weißt du was? Juan und ich haben in letzter Zeit ohnehin wenig Zeit miteinander verbracht. Was hältst du davon, wenn ich mich heute zu ihm verabschiede, und du und Emilio habt das Haus für euch. Natürlich kannst du mich jederzeit erreichen, sollte etwas sein. Und Amor ist schließlich auch noch da."

Sie hatte mit Widerworten gerechnet, doch die kamen nicht. Dafür senkte ihre Großmutter leicht den Kopf, während ihre Wangen in zarter Röte erblühten. „Gerne, mein kleiner Schmetterling."

Am liebsten hätte Caro sie an sich gedrückt, ihr gesagt, wie süß sie das fand. Aber ist das nicht despektierlich, fragte sie sich. Bei älteren Menschen gab es die Angewohnheit, es niedlich zu finden, wenn die die Liebe zueinander entdeckten, wie bei Kindern, obwohl es damit sicherlich nicht zu vergleichen war. Die Liebe, falls ihrer Großmutter diese zuteilwurde, war keinen Deut anders oder von geringerem Wert als die, die sie mit Juan verband, und ebenso sollte sie die auch behandeln.

„Alles klar, dann mache ich mich direkt wieder auf den Weg." Sie sah die Frage im Gesichtsausdruck ihrer Oma und lächelte. „Jetzt mach dir keine Gedanken, Oma. Das ist vollkommen in Ordnung. Juan wird sich freuen und ich mich ebenfalls."

Den Hinweis, dass Juan noch nichts von seinem Glück wusste, und sie außerdem nur hoffen konnte, dass er heute überhaupt Zeit für sie hatte, schluckte sie herunter. Zur Not verkrümelst du dich ins Hotel, sagte sie sich. Auf keinen Fall wollte sie das Date ihrer Großmutter stören.

Sie packte Kleidung für den nächsten Tag und ein paar Kosmetikartikel in ihre Reisetasche, die sie über die Schulter warf. Dann gab sie ihrer Oma zum Abschied einen Kuss auf die Wange und verließ das Haus.

Um die Ecke bog ein älterer Herr mit grauem Haar und gleichfarbigem Bart, der etwas kleiner war als Caro und in der rechten Hand einen Blumenstrauß trug. Das verzückte Grinsen unter dem entrückten Blick ließ ihn federnd laufen, als ginge er auf Wolken.

Ein weiteres Mal musste Caro an sich halten, denn sie war sicher, dass es sich um Emilio handelte, und zudem beantwortete dieser Anblick, welche Gefühle er ihrer Oma Agatha gegenüber hegte.

Kurz überlegte sie, ihm entgegenzugehen und sich vorzustellen, hielt das aber ebenfalls für unpassend. Auch dies oblag ihrer Großmutter, weshalb sie sich zügig abwandte und die Straße in Gegenrichtung hinunterlief, wobei sie das Handy aus der Tasche zog.

„Meine Schöne, was verschafft mir die Ehre?", ertönte die Stimme ihres Liebsten aus dem Telefon.

„Was hältst du von einem spontanen Übernachtungs-
besuch?“

„Was bekomme ich denn dafür? Du weißt, dass die
Preise auf der Insel jede Saison steigen.“

„Ich habe aber kein Geld“, sagte Caro in einem betont
naiven Tonfall.

„Was tun wir denn da?“ Juan seufzte. „Komm mal her,
und lass dich ansehen. Vielleicht fällt mir etwas ein,
wie du dich nützlich machen kannst.“

„*Qué descarado!*“, entgegnete Caro gespielt empört. Es
bedeutete so viel wie „Wie frech“ oder „schamlos“.

„Das hast du gesagt. Ich dachte eher daran, dass hier
mal wieder ordentlich geputzt werden müsste.“

„Eine Unverschämtheit! Na warte!“, rief Caro, um daraufhin in Gelächter auszubrechen, in das auch Juan
einstimmte.

„Beeil dich, meine Schöne!“

„Das werde ich.“

16

Das Atelier lag in einer Seitenstraße, ungefähr einen Kilometer von der Villa Caro entfernt. Tatjana war sicher, es nicht mehr wiederfinden zu können, aber mit der Adresse und Handy-Navigation war dies glücklicherweise kein Problem mehr.

Als habe er sie erwartet, stand Fernando bereits im Türrahmen. Er trug ein von Ölfarben beflecktes schwarzes Hemd und eine gleichaussehende kurze Hose, während die Füße in Flip-Flops steckten. Auf dem Gesicht trug er ein schiefes Grinsen, das den schwarzen Vollbart asymmetrisch durchteilte, während er das dunkle Haar zu einem Pferdeschwanz gebunden hatte. *„Guapa! Como estas?",* begrüßte er sie.

Zwar wusste Tatjana, dass den Spaniern der Ausdruck *guapa,* was so viel wie „Schöne" bedeutete, deutlich leichter über die Lippen ging als Deutschen, dennoch benutzten die den Ausdruck nicht inflationär. Vielmehr drückten sie das aus, was sie auch wirklich meinten, während die eigenen Landsleute damit meist hinterm Berg hielten.

„Todo bien. " Es fiel ihr nicht schwer, das Lächeln zu erwidern, den Blickkontakt zu halten, ohne, dass ihr Hitze in den Kopf schoss, hingegen schon.

„Venga!" Fernando winkte sie herein, und sie folgte ihm in das Atelier. „Ich habe schon etwas vorbereitet."

Er deutete auf eine Leinwand, die mittig im Raum stand. „Ich dachte, dass ich dir ein wenig zeige, wie du mit der Paste und dem Feuer arbeitest, und dann probierst du es selbst ein wenig aus. Um wirklich sicher im Umgang damit zu werden, braucht es Jahre, aber mir geht es eher darum, dass du ein Gefühl dafür entwickelst und vielleicht auch eine Idee, wie du es in ein eigenes Werk integrieren kannst." Er drückte ihr einen Pinsel in die eine und ein Döschen mit der Paste in die andere Hand. „Zeichne damit eine Form auf die Leinwand."

Das kann ich nicht! Ein fast kindlicher Gedanke, der dennoch eindrücklich in ihren Kopf schoss, und nahezu hätte sie ihn ausgesprochen.

„Es geht weder um perfekt, wenn es das bei Kunst überhaupt gibt. Du sollst ausprobieren. Falsch existiert ebenso nicht."

Tatjana nickte zögerlich, straffte ihren Rücken und betrachtete die Leinwand. Sie atmete tief ein, dann wieder aus und nahm mit den Pinselhaaren ein wenig Paste auf, die sie dann auf die Leinwand auftrug. Mehrere Male wiederholte sie das. „Ich denke das war's", sagte sie schließlich.

„*Bueno.* Dann kommt der spannendste Teil." Fernando drückte ihr den Brenner in die Hand und musste beim zweifelnden Blick, den sie ihm daraufhin zuwarf, breit grinsen. „Keine Angst. Ich bin ja hier. Den Teil machen wir gemeinsam, bis du dich so sicher fühlst, es alleine zu versuchen. Und auch dann bleibe ich in der Nähe."

Obwohl sich die Worte auf das künstlerische Schaffen bezogen, brachten sie eine Saite in ihr zum

Schwingen, die seit langer Zeit nicht mehr angeschlagen worden war. Sie warf Fernando einen Seitenblick zu, und so verrückt es war, kannte sie ihn doch gerade erst seit einigen Stunden, in diesem Augenblick war sie sicher, dass er ein Mann war, der da war, wenn man ihn brauchte. Der einem zur Seite stand, um zu stützen und nicht, um die Aufmerksamkeit auf sich zu lenken.

Mit zittrigen Fingern ergriff sie den Brenner, benötigte zwei Anläufe, um den Zündknopf zu betätigen, woraufhin rauschend die blaue Flamme aus der Öffnung sprang. „Und jetzt?", wandte sie sich an den Künstler.

„Jetzt liebkose die Leinwand." Von hinten griff er um sie herum nach ihren Armen und führte so die Hände, die die Flamme über die Leinwand hielten. „Du sagst mir wann."

Das Kribbeln ob der unerwarteten Annäherung erfüllte ihren Bauch, sodass sie zunächst nicht verstand, was er meinte.

„*Guapa! Dime!*", rief Fernando, und als von ihr weiterhin keine Reaktion erfolgte, griff er nach dem Lappen, um die Flammen auszuschlagen.

„Tut mir leid", murmelte Tatjana, als das Ergebnis sichtbar wurde. Das Feuer hatte sich so tief in die Leinwand gefressen, dass die mit Paste bestrichenen Teile fast vollständig fehlten. „Ich glaube, so ist das nicht richtig, oder?" Sie war den Tränen nahe. Hier stand sie nun und hatte direkt beim ersten Mal versagt.

Das Lachen Fernandos riss sie aus ihrem Selbstmitleid. Ein dunkler, kehliger Laut, der immer weiter anschwoll. Schließlich hielt der Künstler sich den Bauch, um, den Kopf in den Nacken gelegt, zur Decke zu lachen, während Tränen seine Wangen herabrannen. *„Lo siento"*, keuchte er schließlich und wischte sich mit den Händen durch das Gesicht. „Aber es ist schön, dass es dir nicht anders geht als mir."

„Soll das heißen ...?", fragte sie und deutete auf die Leinwand.

„Por supuesto! Selbstverständlich ist es mir am Anfang nicht anders gegangen. Ganze Leinwände habe ich hier niedergebrannt. Ein Wunder, das das Atelier noch steht."

„Also bin ich nicht völlig unfähig?"

Fernando berührte sie am Arm. *„Cariño,* mach dir nicht den Druck, von Anfang an alles zu können. Das ist bei niemandem so. Und außerdem bist du doch genau deswegen hier. Um etwas zu lernen, aber nicht nur im Sinne von Fertigkeiten, sondern ebenso über dich selbst. Das ist im Grunde die Kernkompetenz der Kunst."

Die Ursache der Hitze, die sich in ihr ausbreitete, konnte Tatjana nur schlecht zuordnen. Einerseits war es Scham, die in der gegensätzlichen Empfindung wurzelte, doch versagt zu haben, und dass dieses Denken, wie Fernando gerade ausgeführt hatte, falschem Ehrgeiz geschuldet war. Andererseits lag es an seiner Nähe, deren Wirkung auf sie nicht zu leugnen war. Ihr Körper verzehrte sich nach seiner Berührung, das Herz sehnte eine Annäherung herbei, während der Verstand beides ablehnte.

„Machen wir einfach einen neuen Versuch." Fernando ging in den hinteren Bereich des Ateliers und kehrte mit einer neuen Leinwand zurück, die er auf die

Staffelei setzte, nachdem er die verbrannte heruntergenommen hatte.

„So wie eben?", fragte Tatjana.

Fernandos verschmitztes Grinsen ließ die Hitze erneut in ihr aufflammen. „Lassen wir doch dieses Mal ein wenig Leinwand übrig."

Endlich konnte Tatjana lachen und sich dadurch der Anspannung entledigen. „Einverstanden. Dieses Mal schlage ich früher zu."

„In diesem speziellen Fall ist das günstig. Ansonsten rate ich davon ab."

„Sehr vernünftig." Sie nahm Pinsel und Paste in die Hände und entschloss sich zu einer ähnlichen Form wie zuvor, die sie damit auf die Fläche bannte.

Dankbar registrierte sie, dass ihre Hände nicht zitterten, als sie nach dem Brenner griff. Sie holte Luft. „Dann wollen wir mal."

„Wird schon." Fernando zwinkerte ihr zu.

Dass sie sich dieses Mal besser anstellte, war Tatjana bereits beim Anzünden klar, denn nun wusste sie in etwa, welchen Abstand die Flamme zum Pastenauftrag einnehmen musste, damit dieser zu brennen anfing. Zuvor hatte sie sich zu stark angenähert, weshalb sie einen dunklen Fleck hinterlassen hatte.

Sie griff nach dem Tuch, das Fernando ihr reichte, und schlug mit wenigen gezielten Schlägen das Feuer aus. „Besser, oder?" Den Lappen noch in Händen haltend betrachtete sie ihr Werk.

„*Mucho mejor.* Viel besser." Fernando beugte sich vor, um das Ergebnis eingehender zu betrachten. „Möchtest du damit bereits arbeiten oder noch einen weiteren Brennschritt einlegen?"

Kurz überlegte sie. „Da oben wäre noch gut.“

„*Vale.*“ Fernando nahm das Tuch entgegen und reichte ihr erneut Pinsel und Paste.

Der zweite Durchgang geriet weniger gut als der zuvor, was daran lag, dass es Tatjana nicht auf Anhieb gelang, die Flammen zu löschen, war jedoch deutlich besser als der erste Katastrophenversuch.

„Ist gar nicht so einfach.“

„*Si.*“ Fernando stemmte die Hände in die Hüften. „Es bleibt stets eine Ungewissheit, da das Feuer nie ganz berechenbar ist. Genau das macht es für mich aus. Das steckt ohnehin in jedem Kunstwerk, dass selbst der Künstler nicht ganz weiß, was am Ende herauskommt. Bei dieser Technik jedoch ganz besonders.“ Er verschränkte die Arme vor der Brust, und Tatjana beobachtete verstohlen das Spiel seiner Brustmuskeln, die sich dabei unter dem dunklen, mit Farben verspritzten Hemd abzeichneten. „Dann geht es jetzt ans Malen. Oder zündelst du noch einmal?“

Tatjana schüttelte den Kopf, den sie daraufhin schief legte. „Wobei ich nicht weiß, ob meine ursprüngliche Idee noch passt.“

„Genau das meinte ich. Durch den Prozess mit dem Feuer kommt etwas Lebendiges herein, was dich häufig dazu zwingt, die ursprüngliche Idee zu verwerfen. Aber mach dir keine Gedanken. Ich kann mich an kein einziges Mal erinnern, wo sich das nicht letztlich ausgezahlt hat.“

Ursprüngliche Pläne verwerfen, um etwas Neues zu probieren, dachte Tatjana. Hatte Fernando dies tatsächlich nur auf die Kunst bezogen, oder war es nicht

vielmehr etwas, dass sie auch ansonsten beherzigen
sollte?

17

„Sie haben sich großartig um ihn gekümmert. Wenn Sie das weiter so engagiert machen …" Elena sprach den Satz nicht zu Ende, obwohl er ihr auf der Zunge brannte. Nicht nur, um dem jungen Paar Hoffnung zu machen, die den kleinen Toby adoptiert hatten, sondern auch, um sich selbst laut sagen zu hören, dass er es schaffen würde. Doch so erfreulich die Verbesserung war, der Welpe hatte damit noch nicht den Gipfel erklommen, geschweige denn diesen überwunden.

Der Grat zwischen Mut machen und keine falschen Erwartungen zu wecken, war im medizinischen Alltag schmal und tückisch. Mehr als einmal war Elena von diesem Drahtseil gestürzt, sowohl in der einen als auch der anderen Hinsicht. Deshalb hatte sie sich einen gedämpften Optimismus angewöhnt und musste sich stets ermahnen, den nicht fallen zu lassen.

„Er ist ein Kämpfer. Ich bin mir sicher, dass er es schafft", sagte der Mann, und seine Freundin nickte eifrig.

„Super! Engagement und Zuversicht sind mehr als die halbe Miete." Elena nahm eine Eingabe im Krankenblatt im PC vor. „Mit der Welpenmilch kommen Sie zurecht?"

Das Paar bejahte.

„Dann sehen wir uns morgen noch einmal, falls das passt?"

„Aber klar doch", antwortete die Frau.

Nachdem sie sich voneinander verabschiedet hatten, blieb Elena noch einen Augenblick im Zimmer und starrte auf den Stahltisch, der den tierischen Patienten als Behandlungsplatz diente.

Daran musst du denken, sagte sie sich und wusste sogleich, worauf es sich bezog. Natürlich war Tobys Schicksal schrecklich, und sie wollte nicht wissen, wie vielen Lebewesen Ähnliches und Schlimmeres tagtäglich zugefügt wurde. Aber es war wichtig, an diejenigen zu denken, die für eine Besserung sorgten. Die einem solchen Wesen eine weitere Chance gaben. Für es da waren und kämpften.

„Todo bien?", fragte Maria, als Elena aus dem Zimmer kam.

„Unserem kleinen Patienten geht es deutlich besser. Ich denke, dass er es schafft." Es tat gut, dass auszusprechen.

„Gracias a dios!" Maria hob die gefalteten Hände gen Zimmerdecke, dann sah sie Elena etwas verlegen an. „Und natürlich an dich. Schließlich ist es deiner guten Behandlung zu verdanken."

„Danke, aber auch das stimmt nur zum Teil, denn der Dank gilt vor allem den beiden. Sie müssen sich wirklich ins Zeug gelegt haben und werden das hoffentlich auch weiterhin tun. Die tagtägliche Pflege ist jetzt das Wichtigste für das Kerlchen."

Der Vormittag ging mit weiteren tierischen Patienten zügig vorbei, so dass Elena schon bald den Weg zum Tierheim antreten konnte, wo sie bereits von Larissa und Tamara erwartet wurde. Dem Blitzen in den Augen ihrer Freundin entnahm sie, dass die mit einer tollen Neuigkeit aufwarten konnte.

„*Dime*", sagte Elena, um Larissa aufzufordern, ihr zu erzählen, was sie so froh machte.

„*Mira!*"Larissa hielt ihr das Handy hin. „Das ist unser Instagram Account."

„Über tausend Follower? Seit wann besteht der denn?", fragte Elena.

„Erst gestern Abend habe ich den erstellt. Nach unserem Gespräch."

„Das ist ja Wahnsinn."

„Oder? Ich habe mich an die lokalen Medien gewandt und mich nicht nur auf die spanischsprachigen beschränkt, sondern auch Zeitschriften, Radiosender et cetera angesprochen, die auf Deutsch und Englisch berichten. Und bei den meisten habe ich etwas erreicht. Viele unterstützen uns und weisen auf unseren Account hin."

„Das ist großartig."

„Und Tamara hat mich heute unterstützt, so dass wir noch weitere Fotos und Videos aufnehmen konnten. Aber schau mal." Larissa wählte einen Beitrag aus, und Elena erkannte, dass es sich um das Video von ihnen mit den Hunden am *Paseo* handelte.

„Zweitausendmal wurde das angeschaut?", fragte Elena.

„Und es kommen immer noch mehr dazu", ent-gegnete Tamara.

„Dann hast du nicht nur die richtige Idee gehabt, sondern die auch noch großartig umgesetzt." Elena sah von Larissa zu Tamara. „Ihr habt die großartig umgesetzt. Vielen Dank!"

„Sehr gerne." Tamaras Wangen röteten sich, und sie schlug den Blick nieder, was Elena entzückend fand.

„Ich denke, dass wir noch etwas mehr tun sollten." Elena fuhr sich durch das Haar. „Vielleicht ist das etwas, bei dem wir Caro an Bord holen können." Sie sah Larissa und Tamara an, die sie irritiert fixierten, und hob entschuldigend die Hand. „*Perdona.* Da habe ich laut gedacht. Mir schwebt ein Fest vor, eine Art Spenden-Gala, wobei sich das zu hochtrabend anhört. Vielleicht können wir da was gemeinsam mit der Villa Caro auf die Beine stellen."

„Und was ist mit Jonas?", fragte Larissa.

„Keine Ahnung. Noch befindet sich die Seniorenresidenz im Rohbau."

„Aber für die Leute ist das doch bestimmt trotzdem interessant. Zumal das Konzept mit dem Tierheim etwas völlig Neues ist." Larissa wandte sich an Tamara, deren fragenden Blick sie bemerkt hatte. „Jonas ist Elenas Freund, der auf dem Nachbargrundstück nicht nur eine Seniorenresidenz errichtet, sondern die mit unserem Tierheim verbindet."

„Verbindet?" Tamara runzelte die Stirn.

„Tiere steigern das Wohlbefinden von uns Menschen. Und gerade die Älteren leiden häufig unter Vereinsamung und dem Eindruck, nicht mehr gebraucht zu werden", entgegnete Elena.

„Das heißt, die Bewohner dieser Seniorenresidenz arbeiten hier mit?" Mit dem Handrücken fuhr Tamara sich über die Stirn.

„Warum nicht?“, schaltete sich Larissa ein. „Hilfe ist immer willkommen. Und ich finde es schade, dass wir das Wissen und die Fähigkeiten von Generationen, die womöglich im Alltag nicht mehr so stattfinden, so wenig erschließen. Meine *abuela* hat bei meinen Eltern im Haus gelebt und bis ins hohe Alter fantastisch gekocht und ihren Gemüsegarten versorgt.“

„Es ist auch eine Frage, was jemand einbringen kann. Für diejenigen, die beispielsweise schlecht zu Fuß sind, soll drüben ein Bereich eingerichtet werden, in dem sie mit den Hunden zusammen sein können. Aber es wird außerdem Bewohner geben, die rüstig sind und Aufgaben übernehmen können und wollen.“ Elena verschränkte die Arme vor der Brust.

„Da ist was dran, und das Konzept hört sich ungewöhnlich, aber spannend an.“ Tamara nickte, als würde sie sich selbst zustimmen. „Und definitiv etwas, was die Leute interessiert, da gebe ich Larissa recht.“

„Dann könnten wir doch eine Art Nachbarschaftsfest daraus machen“, schlug Larissa vor.

Elena verzog das Gesicht. „Ich verstehe zwar, was du meinst, aber mit der Bezeichnung sollten wir dennoch vorsichtig sein, sonst wollen wirklich noch Geschäfte aus der Nachbarschaft mitmachen.“

„Wäre das denn schlimm?“, fragte Tamara.

„Schließlich wollen wir ja Geld für das Tierheim sammeln, im besten Fall neue Sponsoren finden, die uns dauerhaft und regelmäßig unterstützen. Das klappt besser, wenn der Fokus auf uns liegt und nicht auf mehreren.“ Elena ging zu ihrem Schreibtisch rüber. „Ich rufe Caro mal an. Das wollte ich ohnehin schon länger machen.“

Sie wählte den Kontakt der Hotelbesitzerin, die den Anruf nach zweimaligem Klingeln entgegennahm. „Elena. Dich wollte ich schon die ganze Zeit anrufen. Sorry. Aber es war so viel los."

„Du brauchst dich nicht zu entschuldigen. Ich bin ja nicht besser und habe mir das bereits gedacht."

Nachdem sie einander kurz auf den neuesten Stand gebracht hatten, berichtete Elena von der Idee des Festes.

„Eine großartige Idee!", sagte Caro schließlich. „Selbstverständlich unterstütze ich euch gerne. Wir können bei uns auf der Terrasse ein Abendessen veranstalten."

„Hört sich super an. Und davor ist bei uns im Tierheim Tag der offenen Tür. Ich wollte Jonas noch fragen, ob er sich ebenfalls beteiligen möchte."

„Wie kommt die Baustelle denn voran?"

„Gut, würde ich sagen. Wobei ich natürlich Laie bin. Aber mein Liebster ist zufrieden, und man kann zumindest erahnen, was einmal daraus wird."

„Das kann ich mir nur zu gut vorstellen. Immerhin liegt es noch nicht lange zurück, dass ich hier selbst noch in einer Baustelle gelebt habe. Da braucht man gute Nerven. Wobei Jonas ja vom gleichen Schlag ist wie mein Juan. Die Herren haben damit ja tagtäglich zu tun."

„Hast du manchmal auch den Eindruck, dass es im Grunde ein Spielplatz für große Jungs ist?", fragte Elena.

Das brachte Caro zum Lachen. „Da sagst du was. Irgendwie schon. Wobei ich meinem großen Jungen sehr dankbar bin, dass er das auf die Beine gestellt hat."

„Stimmt auch wieder. Soll jeder das machen, was ihm Spaß macht und er am besten kann.“

„So ist es. Und sicherlich gibt es auch in dem Bereich einige große Mädchen, die sich auf diesen Spielplätzen ausleben“, sagte Caro.

„Dann werde ich mich mal bei meinem großen Jungen melden.“ Elena gähnte lautlos. „Wir bleiben in Kontakt?“

„Aber unbedingt.“

18

„*Que maravilloso!* Das ist dir wirklich gut gelungen." Fernando nickte anerkennend, und Tatjana war erfreut, dass sie den Stolz, der sie angesichts dessen Äußerung erfüllte, ohne Vorbehalte annehmen konnte.

Normalerweise fiel es ihr schwer, Lob zu akzeptieren. Unmittelbar bemächtigte sich ihrer in diesen Situationen der Eindruck, etwas Unrechtmäßiges zu tun. Als habe sie die Anerkennung nicht verdient.

„Danke", sagte sie und lächelte. Es war nicht nur die Aufrichtigkeit, mit der Fernando seine Begeisterung formuliert hatte, sondern, dass sie den Eindruck teilte. Was sie auf die Leinwand gebracht hatte, war tatsächlich gut, das konnte auch sie nicht leugnen.

Sie hatte den knorrigen Stamm eines Olivenbaums gemalt, wobei die durch das Feuer geschwärzten Bereiche innerhalb des Stammes das Abbild eines Gesichtes schufen. Als lebe im Holz der Geist einer älteren Frau. Die unterschiedliche Ausgestaltung mit Farben und Rußschwärzung schuf einen Tiefeneindruck, der dem Werk eine Dreidimensionalität verlieh, wobei das Gesicht einen Abgrund zu bilden schien.

„Der Gesamteindruck erschließt sich erst nach längerem Hinschauen, und selbst dann treten die einzelnen Aspekte nur nach und nach zu Tage. Das gefällt mir sehr gut." Fernando zeigte auf eine Stelle. „Hier könntest du noch eine weitere Braunschattierung einbringen, dann hebt sich das Dunkle noch besser ab."

„Gute Idee."

„Ich weiß." Schmunzelnd sah er sie an, und Tatjana musste schlucken. „Aber was hältst du von einem Feierabendbier? Oder ist dir eher nach einem Aperol Spritz?"

„Weder noch. Ich bin eher eine Weißwein-Lieb-haberin."

„Eine Liebhaberin also."

Sie wusste nicht, wie sie Fernandos Aussage deuten sollte, ob er einfach nur herumblödelte oder sich dahinter eine Anmache verbarg.

Hör auf, dir was vorzumachen!, herrschte sie sich an und konnte dennoch den Eindruck nicht abschütteln, dass dem nicht so war, sondern Fernando klare Signale in ihre Richtung sandte. Doch selbst falls dem so war, wäre sie überhaupt bereit, darauf einzugehen?

„*Bueno!* Weißwein habe ich auch noch da. Und dazu Pizza?"

„So rum hat das mir noch nie jemand angeboten."

Fernando runzelte die Stirn. „So rum?"

„Na, das Essen zum Wein. Normalerweise ist das doch umgekehrt."

„Wir Künstler sind eben unkonventionell."

„Wir? Verstecken sich dahinten noch weitere, oder sprichst du von dir im Plural?" Tatjana zuckte angesichts der eigenen Äußerung zusammen. Seit wann traust du dich, so frech zu sein, fragte sie sich.

Fernando legte den Kopf schief und betrachtete sie eingehend. „Stille Wasser sind tief, hat meine Mutter stets gesagt, und wieder einmal behält sie recht."

Noch ehe Tatjana darüber nachdenken konnte, ob Fernando dies im Positiven meinte, war der im hinteren Bereich des Ateliers verschwunden, um kurz darauf mit dem Flyer einer Pizzeria zurückzukehren. „Was ist deine Lieblings-Pizza?", fragte er.

„Ich mag es gerne scharf." Erneut war ihr die Äußerung entschlüpft, bevor ihr richtig klar war, was sie gesagt hatte. Machte sich ihr Unterbewusstsein selbstständig, um eine Mission zu erfüllen, deren Ausgang ihr klar war, auch wenn ihr Verstand das Gegenteil behauptete?

„*Caliente? Vale*", entgegnete Fernando mit einem schiefen Grinsen.

Passend dazu brach in Tatjana erneut Hitze aus, denn der Ausdruck bedeutet im Spanischen nicht nur, dass etwas heiß, sondern ebenso, dass jemand erregt war.

„Am besten schaue ich noch mal in die Karte", murmelte Tatjana, die den Eindruck hatte, ihr Kopf sei ein Heißluftballon, der sie jeden Augenblick vom Boden heben würde.

Sie vertiefte sich mehr in das überschaubare Angebot der Pizzeria als nötig, froh darüber, dadurch der Begegnung mit Fernandos Blick zu entgehen. Ohne sich des Eindrucks erwehren zu können, den zu spüren, wie er ihren Hinterkopf berührte, um sie zum Aufsehen aufzufordern.

Irgendwann hatte sie eine Pizza gefunden, sogleich wissend, dass sie sich diese würde hineinzwängen müssen. Denn die Anspannung ließ ihren Magen rumoren und versagte dem die Füllung, was sich mit Sicherheit nicht bessern würde.

In der Zeit, bis die Pizza geliefert wurde, beschäftigte sich Tatjana mit ihrem Gemälde. Es war, als habe ihr langer Blick in die Karte der Pizzeria die knisternde Spannung zwischen ihr und Fernando erstickt. Oder hast du dir das nur eingebildet, dass es die überhaupt gab, fragte sie sich.

„*Si.*“ Fernando, der im Atelier aufgeräumt hatte, während Tatjana malte, war erneut neben sie getreten. „So bekommt es noch mehr Tiefe. *Muy bien.*“ Mit der rechten Hand erfasste er das Kinn und lenkte den Blick prüfend auf die Leinwand. „Das wäre etwas für eine Serie.“

„Eine Serie?“

„In zwei Monaten habe ich eine Ausstellung in Palma. Natürlich mit meinen Werken. Aber es wäre eine Möglichkeit, dich einem interessierten Publikum zu präsentieren.“

„Wow! Das ist ein tolles Angebot.“

„Aber?“ Er sah sie an, und mit einem Mal war das Knistern wieder da, prickelte auf ihrer Haut und schickte im Wechsel Kälte- und Hitzeschauer darüber.

Es geht nicht! Die Stimme der Vernunft, die wie ein Schwert die verdichtet elektrisierende Atmosphäre durchteilte. Der Schwall kalten Wassers, der die Hitze der Leidenschaft löschte.

„Ich bin nur noch eine gute Woche hier. Da werde ich keine ausreichende Menge an Bildern malen können.“

„Ich dachte an eine Kombination deiner und meiner Werke. Ich lasse mich von dir inspirieren und schaffe korrespondierende Gemälde. So kann ich es den Veranstaltern auch schmackhaft machen.“

Peters Gesicht erschien vor ihrem geistigen Auge, und auf einmal stürzte die Last der Zukunft, die Folgen ihrer Entscheidung auf sie ein. Die ganze Zeit hatte sie drohend über ihr gelauert, während der Zauber des Neuen und Unbekannten eine Blase um sie geschaffen hatte. Jetzt war die zerplatzt.

„Ich kann nicht. Ich muss." Sie schluckte geräuschvoll. „Fernando, das ist ein unglaubliches Angebot, was ich wirklich zu schätzen weiß, aber in Deutschland warten viele Aufgaben auf mich. Leider überwiegend unangenehme, und ich kann nicht noch weitere Verpflichtungen auf mich nehmen." Ihr Blick fand den seinen. Obwohl er nur unwesentlich größer war als sie, schien sie aus der Tiefe zu ihm heraufzuschauen.

„*No te preocupes*. Mach dir keine Gedanken." Er legte ihr die Hände auf die Schultern. „Du brauchst das nicht jetzt zu entscheiden. Wir arbeiten einfach weiter und sehen, wie viele Bilder du fertigstellen kannst, und dann entscheiden wir. *Suena bien?*"

Sie nickte und spürte kurioserweise Erleichterung und Enttäuschung zugleich, als Fernando sie losließ und sich wieder dem Gemälde zuwandte. „In jedem Falle bist du talentiert und auch in der Lage, das zu nutzen. Es wäre eine Schande, würdest du das nicht weiter ausbauen."

Es klingelte, und Fernando verließ sie, um dem Pizzaboten zu öffnen. Tatjana betrachtete ihr Werk und ließ die Worte nachwirken. Dass sie begabt war, hatte man ihr bereits gesagt, aber diese Woge der Bestärkung und das von Künstlern war ihr neu. Zwar hatte sie an einigen Kursen teilgenommen, dort aber stets den Eindruck gehabt, sich nicht aus der Masse der Teilnehmer hervorzuheben. Sogar mehr als das, denn es war ihr meist schwer gefallen, die Aufgaben zu erfüllen, die in diesen Seminaren vorgegeben wurden.

„Pizza ist da."

Am liebsten hätte sie Fernando in die Arme geschlossen, denn dieser begeisterte Gesichtsausdruck, während er mit den Pizzakartons auf sie zukam, hatte etwas Bubenhaftes.

„Soll ich etwas vorbereiten?" Sie schlug sich die Hand an die Stirn. „Die Frage kommt wohl etwas zu spät. Tut mir leid."

„*Cariño.* Ist alles bereits erledigt. Komm." Mit Kopfnicken bedeutete er ihr zu folgen.

Das Atelier war ein großer Raum, wobei der hintere Bereich ein wenig erhöht über drei Stufen zu erreichen war. Große Gemälde Fernandos, die dort in der Mitte aufgestellt waren, wirkten dabei wie ein Raumteiler, so dass der angrenzende Raum von unten nicht eingesehen werden konnte.

„Das ist absolut entzückend!" Tatjana klatschte in die Hände.

„Schön, dass es dir gefällt."

Ein kleiner runder Tisch stand in der Mitte des Areals, an das sich noch ein weiterer Raum anschloss, was die Tür in der Rückwand vermuten ließ. An der Decke war eine Art Netz angebracht, dessen Lichter in unregelmäßigen Abständen zart aufblinkten.

„Das ist mein Sternenhimmel." Fernando stellte die Pizzakartons ab und entzündete eine Kerze. „Leider ist es im Ort in der Nacht zu hell, um die richtigen bei Nacht gut betrachten zu können. Da habe ich mir meinen eigenen geschaffen."

Den Kopf in den Nacken gelegt, starrte Tatjana zu Decke. „Das ist dir sehr gut gelungen." Sie deutete auf eine Stelle in der Mitte der Decke. „Was ist denn das?"

„Das war ein Experiment. *Espera.*" Er trat an die Wand und betätigte einen Schalter, woraufhin eine Lampe aufflammte, die die Stelle beleuchtete.

„Wow!", entfuhr es Tatjana erneut, und zu mehr war sie auch nicht fähig. „Das sieht aus wie eine Galaxie."

„Genau. Es ist eine Gipsmischung, die ich mit unterschiedlichen Farbpigmenten eingefärbt habe."

„Und die Form?"

„Auf einer Art Töpferscheibe, das war der schwierigste Part, um die Spiralform hinzubringen, habe ich einige Versuche benötigt."

„Das kann ich mir vorstellen. Aber es sieht fantastisch aus." Die Wirkung des skulpturalen Elementes im Meer der Lichter, auch dadurch, dass das Licht es so gekonnt in Szene setzte, war nichts weniger als überwältigend. In Farbtönen, die von Gelb, Orange und sogar bis Blau und Violett reichten, schien die Galaxie um die eigene Achse zu rotieren und wachte als Königin im Zentrum der Szenerie.

„Dann lass uns essen, sonst wird die Pizza kalt. Und du hast auch währenddessen noch Zeit, in den Himmel zu schauen." Fernando öffnete die Kartons und beförderte den Inhalt in einer gekonnten Schwenkbewegung auf die vorbereiteten Teller.

Trotz des Ambientes und einer angeregten Unterhaltung, die sich entspann, kehrte das elektrisierende Prickeln nicht zurück, und Tatjana war sich nicht sicher, was schwerer wog: Dass es so war oder dass sie es bedauerte.

19

„Und wie war dein Date?" Caro war froh, ihre Oma wohlauf anzutreffen, denn seit sie sich für deren Treffen mit Emilio zurückgezogen hatte, plagte sie ihr Gewissen. Zwar hatte Juan sie darin bestärkt, dass nichts vorgefallen sei und sie ihrer Großmutter Freiraum lassen sollte, dennoch hatte sie sich wie eine Raben-Enkelin gefühlt, dass sie sich nicht bei ihrer Oma gemeldet hatte.

„Mein kleiner Schmetterling, es war wunderbar." Das Strahlen im Gesicht Agathas unterstrich das Gesagte und ließ Caro warm ums Herz werden.

„Das freut mich." Sie zögerte einen Augenblick, da sie überlegte, ob ein weiteres Nachfragen angemessen war, entschied sich jedoch dagegen. Es ging um ihre Großmutter, die eine andere Generation war, das galt es zu respektieren. „Wann siehst du Emilio wieder?", fragte sie stattdessen.

„Wir wollen morgen gemeinsam mit Amor spazieren gehen."

„Hört sich nach einem guten Plan an." Caro ließ den Blick durch die Küche schweifen. „Soll ich etwas kochen, oder sollen wir bestellen?"

„Wenn du möchtest, von gestern ist noch einiges übrig. Du weißt ja, dass ich keine große Esserin bin." Ein verschmitztes Grinsen huschte über das Gesicht ihrer Oma, als sie hinzufügte: „Und Emilio wohl auch nicht."

Euch hat es vor Nervosität den Appetit verschlagen, dachte Caro und musste die Lippen anspannen, um nicht ihrerseits zu lächeln.

„Gerne. Wäre ja schade, wenn es verkommt." Caro sah zu Amor, die in ihrem Körbchen lag, von wo aus sie stets alles im Blick hatte. „Muss sie nochmal raus?"

„Erst nach dem Essen. Wir waren vorhin noch."

„Brauchst du Hilfe?"

„Mein kleiner Schmetterling. Setz dich einfach hin, und lass deine Oma machen."

Caro nahm auf einem der Barhocker, die vor dem Küchentresen standen, Platz und sah Agatha zu, wie die die Speisen aus dem Kühlschrank holte, um sie aufzuwärmen.

Was eine neue Liebe doch alles auslösen kann, dachte Caro. Wobei dies nicht ganz richtig war. Den Hauptverdienst trug Amor. Dabei waren nicht einmal ihre erlernten Fähigkeiten als Therapiehündin ausschlaggebend, sondern der Umstand, dass ihre Oma durch sie Vertrauen gefasst hatte, in ihre Begleiterin, aber auch sich selbst.

Sie in der Küche in Aktion zu sehen, zu wissen, dass sie gestern einen Abend mit jemandem verbracht hatte, in den sie sich möglicherweise verliebt hatte – das war viel mehr, als Caro jemals zu erwarten gehofft hatte. Kaum zu glauben, dass sie die Entscheidung, ihre Großmutter zu sich nach Mallorca zu holen, getroffen hatte, als die in einem Krankenhausbett lag. Mit der Aussicht, den Lebensabend in einem Pflegeheim zu verbringen.

„Was ist los, mein kleiner Schmetterling?"

Als sie aufsah, blickte Caro in die blassblauen und gütigen Augen ihrer Oma. „Ich habe gerade gedacht, dass ich noch vor einigen Monaten nicht damit gerechnet habe, dass es für uns so läuft. Wir hier sitzen würden. Oder vielmehr noch, dass ich hier sitze, während du voller Elan durch die Küche wirbelst.“

Agatha umrundete den Küchentresen, blieb vor Caro stehen und ergriff deren Hände. „Und das verdanke ich dir.“

„Das hast du dir ...“

„Nein“, unterbrach ihre Oma sie. „Das meine ich nicht böse, aber du sollst das nicht immer sagen und denken. Es ist keine Selbstverständlichkeit, was du für mich getan hast.“

„Aber umgekehrt gilt das doch genauso.“

„Für Eltern und Großeltern besteht das natürliche Bedürfnis, sich um die Kinder und Enkel zu kümmern. Aber umgekehrt muss das nicht sein. Du hast dein eigenes Leben und hast dich dazu entschieden, mir darin einen Platz einzuräumen. Das ist nichts, was ich erwartet hätte und erwarten würde.“

Caro stand auf, um ihre Oma in die Arme zu schließen. „Und es war die absolut richtige Entscheidung, die ich jederzeit wieder so treffen würde.“

„Das macht es umso schöner“, flüsterte Agatha ihr ins Ohr.

Sie hielten einander im Arm, genossen die Wärme des anderen und das feste Band der Zuneigung, das erneut an Stärke gewonnen hatte.

20

Immer noch starrte sie auf das Display ihres Smartphones, den Daumen wenige Millimeter über Peters Kontakt und dennoch unfähig, die kurze Distanz zu überwinden. Die Ausreden schwirrten weiter durch ihren Kopf. Dass sie getrunken hatte und daher kein solches Gespräch führen sollte. Dass sie in Gedanken Betrug begangen hatte, was sich ebenfalls negativ auf den Austausch mit ihrem Noch-Ehemann auswirken würde.

Doch über all dem stand die Gewissheit, dass es höchste Zeit war. Kein Herumlavieren mehr. Längst überfällig, dass sie Peter reinen Wein einschenkte.

Kaum hatte sie den Anruf initiiert, wurde ihr übel, und einen Augenblick befürchtete sie, sich übergeben zu müssen. Jetzt werd nicht hysterisch, herrschte sie sich an und führte das Handy ans Ohr.

„Was verschafft mir denn diese Ehre?“

Es war nicht die Frage, sondern der verächtlich-sarkastische Ton, in dem Peter sie in das Telefon spie, der sie zusammenzucken ließ. „Ich bin's“, sagte sie und schloss die Augen. Wie dämlich war das denn bitte? Aber es war zu spät. Die Worte waren ihr entschlüpft und beim Empfänger eingetroffen.

„Ja, wer ist denn ‚ich‘?“ Die Frage war so von Sarkasmus durchtränkt, dass Tatjana den Eindruck hatte, sie perforiere ihr das Trommelfell. „Bis vor kurzem hatte

130

ich noch eine Ehefrau, doch die ist dann von einem Moment auf den anderen abgehauen. Nur einen Zettel hat sie mir dagelassen. Wer diese Person ist, weiß ich ehrlich gesagt nicht." Peters Tonfall veränderte sich, während er die Worte sprach. Die letzten zwei Sätze sprach er mit einer Stimme, die von Trauer erstickt wirkte.

Lass dich nicht einlullen, Janalein. Marens Stimme in ihrem Kopf ließ sie sich aufrichten. Es war genau das Konzept, was er verfolgte. Zunächst auf das Gegenüber einprügeln, um dann Mitleid zu erwecken.

Obwohl sie dies nüchtern analysierte, verweigerte sich ihr Herz dieser Einschätzung, forderte, dass sie darauf einging, denn immerhin waren die Vorwürfe nicht ganz von der Hand zu weisen.

„Willst du gar nichts dazu sagen?"

Tatjana holte Luft, froh darüber, den Ärger in seinem Tonfall zu hören, denn das ließ den mitleidigen Teil in ihr verstummen. „Ich weiß, dass es kein feiner Zug war, mich nicht früher zu melden."

„Na, das ist doch schon mal was."

Sie beschloss, seine Bemerkung zu ignorieren und sich dadurch auch nicht zu Wut anstacheln zu lassen. „Aber ich musste raus. Es ging nicht mehr. Es geht nicht mehr. Schon seit einiger Zeit.

„Was willst du damit sagen?"

„Peter, sei doch ehrlich. Auch du weißt, dass wir Probleme haben."

„Wie jedes Paar."

„Wir haben schon zwei Ehetherapeuten durch."

„Auch damit sind wir nicht allein."

„Ich weiß aber nicht, ob bei anderen Paaren die Therapeuten ebenfalls die weitere Behandlung ablehnen, weil einer der Partner im Einzelgespräch versucht, den Therapeuten zu therapieren." Sie rieb sich die Augen.

„Die hatte auch keine Ahnung. Die war doch völlig unfähig."

„Wie alle außer dir. Es sind immer die anderen, die unfähig sind. Und ich habe das auch viele Jahre geglaubt, dass du das arme Opfer bist, derjenige, dem stets übel mitgespielt wird. Und habe dabei ignoriert, wie du austeilst und verletzt."

„Was sind das denn für Worte? Und was für ein Ton?" Er schluckte geräuschvoll. „Du hast wirklich Nerven, mich einfach so sitzen zu lassen und mir dann so zu kommen. Hat diese Maren dir das eingeredet?"

Tatjana presste die Lippen zusammen, um nicht etwas Patziges darauf zu erwidern. „Diese Maren" war eine typische Formulierung Peters, als wären ihre Freundin und sie Bekannte, die sich gerade mal seit einigen Wochen kannten und nicht beste Freundinnen. Auch für Peter war „diese Maren" daher durchaus keine Unbekannte.

Dass die beiden einander nicht ausstehen konnten, stand wiederum auf einem anderen Blatt. Tragischerweise hatte Tatjana ihrer Freundin dafür anfangs die Schuld gegeben, da sie Peter gegenüber feindselig war.

Natürlich war Tatjana damit Peters Linie gefolgt und hatte erst später erkannt, dass dies zu dessen Masche gehörte. Auch bei anderen Freunden und langjährigen Bekannten redete er ihr ein, dass die hinterhältig und falsch seien. Und häufig kam es dann bei Treffen zu unangenehmen Situationen, die Peter so hinstellte, dass er das Opfer war.

Obwohl die Provokation stets von ihm ausging. Meist als Scherz getarnt, wenn er zum Beispiel über das Outfit oder eine Äußerung seines Gegenübers witzelte, um dann pikiert zu reagieren, wenn ihm Gegenwind entgegenschlug.

„Wie du weißt, ist Maren meine beste Freundin, und ja, sie hat mir für einiges die Augen geöffnet."

„Aha. Für was denn?"

„Dass du einige Menschen vergrault hast, die mir wichtig waren."

Er lachte. Ein gehässiger Laut, der ihr einen kalten Schauder über den Rücken fahren ließ. „Das hast du schon alleine hinbekommen, meine Liebste."

„Da widerspreche ich dir noch nicht mal. Leider habe ich mich von dir blenden lassen. Bin auf dein Spiel hereingefallen." Sie seufzte. „Aber das ist jetzt egal. Ich werde in fünf Tagen zurückkehren, dann sprechen wir noch einmal persönlich. Ich wollte nur, dass du das weißt."

Er sog die Luft ein.

Tatjana ihrerseits hielt den Atem an. Erwartete eine wütende Tirade, doch es herrschte nur bedrückende Stille.

Gerade, als sie fragen wollte, ob er noch dran sei, hörte sie ihn erneut ein Lachen ausstoßen. Nicht minder gehässig als das zuvor. „Mir doch egal. Mach, was du willst. Du hast mich sowieso nicht verdient."

Einen Augenblick hielt sie das Handy noch ans Ohr, bis sie begriffen hatte, dass Peter das Gespräch beendet hatte.

Du hast es hinter dir, sagte sie sich, doch Erleichterung wollte sich nicht einstellen. Denn sie hatte den eigentlichen Konflikt nur vertagt. Die wahre Schlacht stand ihr noch bevor.

Im Zimmer ging sie auf und ab, doch die Beklemmung fiel nicht von ihr ab, sodass sie beschloss, noch einmal nach draußen zu gehen. Die Rezeption war um diese Zeit nicht mehr besetzt, was ihr nicht unrecht war. Sie wollte jetzt nicht gefragt werden, wie es ihr ging.

Sie verließ das Hotel, ging die wenigen Stufen hinab und durchquerte den ummauerten Vorgarten, bis sie durch die Pforte auf die Straße gelangte, die sie überquerte.

An der Promenade herrschte nicht mehr das intensive Treiben des Tages, aber im Licht der Straßenlaternen waren weiterhin Menschen unterwegs und die Außenbereiche der Restaurants auch noch nicht geleert.

Tatjana ging auf den Strand zu. Streifte die Riemchen-Sandalen von den Füßen und spürte die ausklingende Wärme des Sandes unter den Sohlen. Mit jedem Schritt, den sie tat, grub sie die Füße tiefer in den Untergrund, bis sie jedes Mal mit den Zehen einen Schwall der Körnchen in die Luft katapultierte.

So verrückt es erschien, es beruhigte sie. Je näher sie dem Meer kam, desto beruhigender grub sich das Geräusch der Brandung in ihre Ohren und spülte tatsächlich die Anspannung des Gespräches fort.

Die Füße im heranwogenden Wasser und den Blick vom Orange-Rot der untergehenden Sonne eingefärbten Horizont zur beleuchteten Strandpromenade hin und her schweifen lassend, entschied sie sich schließlich, beim Blick aufs Meer zu verweilen.

Selbst, wenn es an einem Tag von Wellen aufgeworfen wird, dachte sie, kommen auch wieder Tage, an

denen der Ozean zur Ruhe kommt und sanft-spiegelnd
daliegt.

21

„Also, was hältst du von der Idee?“, fragte Elena, während sie in Jonas’ blaue Augen sah.

„Hört sich gut an. Ich weiß nur nicht, ob ich es gut finde, wenn irgendwelche Leute über die Baustelle stromern. Schließlich gibt es hier Bereiche, die gefährlich sind.“

„Das musst du auch nicht. Du hast doch dieses Modell, was zeigt, wie das Gebäude fertig aussehen wird.“

„Du meinst, dass ich nur das ausstelle?“ Jonas wiegte den Kopf. „Das ist kein Problem, aber meinst du, das reicht? Also, um mich wirklich an der Veranstaltung zu beteiligen?“

„Womöglich kann eine Angehörige des Organisationsteams ein gutes Wort für dich einlegen.“

„Ist das so?“ Mit gehobenen Brauen und einem spöttischen Ausdruck, der seine Mundwinkel umspielte, sah er sie an.

„Wenn du dich ins Zeug legst?“

„Worin denn?“

Elena zuckte mit den Schultern.

Er machte einen Schritt auf sie zu, schlang seine Arme um ihre Hüften und zog sie an sich. „Ich hätte da eine Idee“, raunte er ihr ins Ohr.

Kichernd fuhr sie zusammen, da sein Atem auf ihrer Haut kitzelte, was ihr eine Gänsehaut verursachte. „Hier?“

„Warum nicht?“ Der Ausdruck in seinen Augen hatte etwas von einem Rabauken, der den nächsten Streich plante.

„Weil ich mir nicht den Hintern aufschürfen will“, entgegnete sie und musste erneut kichern.

„Und wenn ich mir den Hintern aufschürfe?“ Er grinste breit und griff mit beiden Händen nach dem eben angesprochenen Körperteil.

„Ich kann nicht sagen, dass ich das nicht gerne sehen würde, aber ich bevorzuge dann doch einen kuscheligeren Ort.“ Sie neigte sich vor. „Und außerdem möchte ich deinen Bauarbeitern keine Show bieten.“

„Spielverderberin“, sagte Jonas in gespielt beleidigtem Tonfall.

„Heute Abend schlafe ich bei dir, und da darfst du gerne für mich mit dem Popöchen wackeln.“

Sie lachten beide, und Elena registrierte aus dem Augenwinkel, dass tatsächlich einige Arbeiter, die etwas entfernt standen, daraufhin zu ihnen herübersahen. „Deine Männer bekommen schon Stielaugen, lass uns wieder zum Geschäftlichen kommen.“

„Na gut.“ Jonas löste sich von ihr, und ihm war anzusehen, dass er den Gedanken auf einen anderen Ausgang dieser Annäherung noch nicht aus seinem Kopf verbannt hatte.

„Und ich habe mir noch etwas anderes überlegt.“

„Tatsächlich?“

Grinsend schüttelte Elena den Kopf, denn das Aufflackern in Jonas’ Augen verriet ihr, dass er die Aussage auf die doppeldeutige Neckerei zurückführte. „Ich bin wieder bei der Veranstaltung."

„Schade."

„Blödmann." Sanft schlug sie ihm auf die Brust und musste zugeben, dass sie die Hand gerne dort gelassen hätte, nicht ohne sie zuvor vom Stoff des Hemdes befreit zu haben. Jetzt fang du nicht auch noch an, sagte sie sich. „Wir können das Modell doch im Tierheim ausstellen, und du bietest kurze Begehungen an. Kleine Gruppen, die du herumführst. Dann ist auch sichergestellt, dass niemand im Alleingang über die Baustelle stolpert und in irgendein Loch fällt."

„Gute Idee. So können wir das machen." Er sah auf seine Uhr. „So leid es mir tut, meine spanische Sonne, aber ich fürchte, wenn wir den Männern nicht doch noch eine Show bieten, erwarten die von mir, dass ich mich wieder um sie kümmere."

„Solange du einen Unterschied zwischen denen und mir machst."

Jonas hob die Schultern und schob die Unterlippe vor. „Wenn meine Bedürfnisse weiterhin kein Gehör finden, muss ich sehen, wie ich auf meine Kosten komme."

Erneut schlug sie ihm auf die Brust, dieses Mal jedoch deutlich fester.

„Aua!", rief Jonas aus, wobei klar war, dass sie ihm nicht wirklich wehgetan hatte. „Gewalt in der Ehe."

„Na, soweit ist es doch noch nicht."

„Für Ehe oder Gewalt?"

Sie holte erneut aus, woraufhin sie ein weiteres Mal in Gelächter ausbrachen. „Du kannst später was erleben."

Er ergriff ihren Arm und zog sie zu sich. „Das hoffe ich doch."

Sie küssten einander, und Elena genoss es, wie er ihr dabei sein Becken drängend entgegenstreckte.

„Hauptsache, das ist keine leere Drohung", flüsterte er. „Ich habe mir so viel Mühe gegeben, ungezogen zu sein, da muss doch etwas für rausspringen."

„Du bist unmöglich."

„Erzähl mir was Neues." Er zwinkerte ihr zu, bevor er sie freigab, um sich von ihr ab- und den Arbeitern zuzuwenden.

Ich liebe diesen verrückten Kerl, dachte sie, und die Woge der Zuneigung, die ihr wärmend über die Haut strich, sorgte nahezu dafür, dass sie hinter ihm hergelaufen wäre, um Jonas ein weiteres Mal in die Arme zu schließen. Aber für heute hatten sie dessen Männern mehr als genug geboten, wobei sie wusste, dass es Jonas nicht interessierte.

Doch sie stellte sich jedes Mal die Frage, ob es ihr egal war, dass sie ihre Liebe gegenüber Jonas' Mitarbeitern derart offen zeigten.

Für den Augenblick erschien ihr aber unerheblich, wie die Antwort lautete, denn auch sie sollte mit der Arbeit beginnen. Heute hatte sie in der Praxis einen freien Tag, was ihr erlaubte, den komplett im Tierheim zu verbringen. Und sie wollte vor allem mit Larissa den Tag der offenen Tür vorbereiten, der schon in drei Tagen stattfinden sollte. Derart knappe Planungen waren im Grunde nicht ihr Fall, aber Larissa hatte sie mit ihrer Begeisterung angesteckt und versichert, dass es zu schaffen war.

Schon die zweite Person in deinem Leben, die dich entgegen deinen sonstigen Gewohnheiten handeln lässt, dachte sie, auch in Bezug auf Jonas und ihre Turtelei in der Nähe der Arbeiter. Die Frage, die sich stellte, war nur, ob sie das beunruhigen sollte, oder nicht vielmehr als etwas Gutes zu werten war. Schließlich heißt es doch, man soll sich aus der Komfortzone herausbewegen, sagte sie sich.

„Gut, dass du da bist, ich habe schon einiges regeln können", empfing sie Larissa, die an Elenas Schreibtisch saß.

„Da bin ich gespannt."

„Ich konnte mit Enrique, dem Besitzer des *La Colmena* reden, und er kann hier eine kleine Bar aufbauen. Softdrinks, Wasser, Bier."

„Meinst du, das ist notwendig?"

„Trinken wollen und müssen die Leute. Nur Flaschen und Gläser hinstellen kannst du nicht, das gibt nur Chaos. Beziehungsweise zig angebrochene Flaschen, und nach kurzer Zeit keine sauberen Gläser."

„Da hast du wohl recht."

„Klar hab ich das. Wenn man schon die ein oder andere Privatfeier veranstaltet hat, kennt man die Probleme, das ist nicht anders. Viele Menschen auf einem Haufen verhalten sich wie ..." Sie brach ab und schüttelte den Kopf. „Ich wollte sagen, wie ein Rudel Hunde, aber damit würde ich unsere zauberhaften Bewohner verunglimpfen."

„Ich weiß, was du meinst."

„Und Enrique stellt jemanden ab, der ausschenkt, kassiert und bei Bedarf neue Getränke und Gläser anfordert. Er verdient also was, und wir haben damit nichts am Hut.“

„Das hast du dir sehr gut ausgedacht und organisiert.“

„Dachte ich doch. Wenn du Caro sagst, dass sie am Abend vielleicht ein *barbacoa* auf der Terrasse veranstaltet? Sie kann ja überlegen, ob sie einzelne Getränke und Speisen verkaufen oder eine Art Pauschale nehmen möchte“, sagte Larissa.

„Ebenfalls eine gute Idee. Und was hältst du von einer Tombola. Die Auslosung nehmen wir dann am Abend vor?“

„Finde ich gut und war tatsächlich auch in der Sache bereits aktiv.“ Larissa grinste. „Und das mit einer raffinierten Idee.“

„Du machst es spannend.“

„Wir verlosen Patenschaften.“ Larissa sah Elena an, und es war offenbar, dass sie in deren Gesicht nach einer Reaktion suchte.

„Okay?“ Elena fuhr sich durch das Haar. Die Begeisterung ihrer Freundin für den eigenen Vorschlag sorgte für das Problem, dass eine anders lautende Reaktion ihrerseits umso mehr als Dämpfer wahrgenommen werden würde. Aber sie wollte ehrlich sein. „Bei Zoo-Tieren ist das eine gute Sache, aber die bleiben in der Regel ja auch dort.“

„Deshalb dachte ich auch daran, die für unsere Boxen zu vergeben.“

Elena zog die Brauen zusammen, dann lichtete sich ihre Miene. „Jetzt verstehe ich. Also besteht die Patenschaft immer für den Bewohner, der gerade die Box bewohnt?“

„Exakt.“

„Das ist wirklich raffiniert.“

„Wir können die Paten auf Instagram und unserer Homepage bekannt geben.“

„Und was macht so ein Pate?“

„Du meinst, außer das Gesicht in die Kamera zu halten und die entsprechenden Bewohner zu streicheln?“

„So in etwa.“

„Ich dachte, dass wir eine Wochen- oder Monatspauschale festlegen. Was das Futter und Tierarzt in etwa kosten.“

„Dann wäre es kostenneutral“, murmelte Elena.

„So hatte ich mir das vorgestellt.“

„Aber meinst du, dass jemand daran Interesse hat. Also Pate zu werden?“

„Unterschätz nicht, wie gerne die Leute etwas Gutes tun, und auch diejenigen, die sich dafür feiern lassen. Es müssen ja keine Privatpersonen sein, sondern wir können auch lokale Firmen und Unternehmen ansprechen. Wenn wir es dann entsprechend öffentlich machen, haben diese Geschäfte in einem gute Werbung.“

Elena strich sich mit den Fingerspitzen über den Mund, bevor sie nickte. „Das könnte funktionieren.“

„Und falls nicht, haben wir nichts verloren. Beziehungsweise führen wir die Boxen, die nicht von jemandem gesponsert werden, eben so weiter. Für die Tombola verlosen wir dann Wochen- oder Monatspatenschaften.“

„Das ist eine großartige Idee. So machen wir das.“

„Freut mich, dass sie dir gefällt.“

Sie besprachen noch die weitere Planung, und immer mehr wich die Anspannung Vorfreude, die Elena empfand, wenn sie an das bald bevorstehende Fest dachte.

22

„Ach, so ein Mist!" Tatjana schlug die Hand vor den Mund, was keine gute Idee war, da die noch den Pinsel hielt und sie sich dadurch knallrote Farbe auf die Stirn klatschte.

Fernando kam angerannt, erblickte sie und die unfreiwillige „Selbstverschönerung" und brach in Gelächter aus. „*Madre mia!* Leidenschaft ist nichts Schlechtes, aber warum lenkst du die gegen dich selbst anstatt auf die Leinwand?"

Froh über dessen Reaktion, musste Tatjana nun selbst lachen. „Heute will es irgendwie nicht gelingen."

„Hmm." Fernando baute sich vor ihr auf, zog ein Papiertaschentuch aus der Hosentasche und tupfte die Farbe von Tatjanas Stirn. „Ich würde ja sagen, du hast ein Brett vorm Kopf, aber im Moment siehst du eher so aus, als hättest du das gerade frisch entfernt." Er grinste breit, und ihm war anzusehen, dass er eine neuerliche Lachsalve zurückhielt. „Was ist denn los? Ich habe dir bereits angemerkt, dass dich etwas beschäftigt. Direkt, als du heute Morgen hier reingekommen bist."

„Tatsächlich?" Sie wusste nicht, ob das Gefühl der Rührung oder Scham darüber vordringlicher war. „War das so offensichtlich?"

Fernando wischte ihr mit der Ecke des Taschentuchs über die Nase, was mit Sicherheit nichts mit dem Entfernen der Farbe zu tun hatte, sondern vielmehr einem Anstupsen glich. „Das kam zumindest ziemlich klar rüber."

In seiner Miene suchte sie nach einem Hinweis, wie das zu deuten war. Sie war nicht allzu gut darin, Menschen einzuschätzen. Häufig zu naiv, sodass sie auf Sarkasmus oder als Witz Gemeintes hereinfiel. Und Fernando schien sich für sie als das berühmte Buch mit sieben Siegeln auszuwachsen, was seine Absichten und Hintergedanken anbelangte. Also entschied sie aufzugeben, sich selbst eine Theorie zu liefern, wie er die Bemerkung gemeint hatte, und stattdessen seine Frage zu beantworten.

„Ich bin verheiratet, aber meine Ehe steckt in einer Krise." Sie atmete seufzend aus. „Im Grunde habe ich mich getrennt."

„Oh, das tut mir leid." Die Betroffenheit war klar zu erkennen, selbst für sie, und da Fernando fertig war damit, ihr Gesicht zu säubern, entfernte er sich ein wenig von ihr.

Das Bedauern, das folgte, konnte sie wiederum ebenfalls klar deuten. Immerhin ist es ja auch dein eigenes Gefühl, ertönte eine schnippische Stimme in ihrem Kopf. Aber sie würde nicht auch noch diesen inneren Kampf ausfechten. Derzeit gab es ausreichend, weshalb sie sich Gedanken machen musste und sollte.

„Muss es nicht. Es war lange überfällig."

„Das ist ja immer so, dass einer Trennung eine Phase der Separation vorausgeht. Selbst wenn es ein vermeintlich plötzliches Ereignis ist." Fernando betrachtete kurz das Taschentuch, faltete es so, dass der rotverfärbte Anteil innen lag, um es dann in die Hosentasche zu schieben. „Meine Frau hat mich betrogen. Ein plötzlicher Seitensprung. So wollten wir es anfangs sehen. Aber natürlich war die Wahrheit anders, lag die Ursache tiefer."

„Wie lange ist das her?"

„Zwei Jahre. Und ich kann dich beruhigen. Man kommt darüber hinweg. Es gibt immer noch diese Momente, in denen ich das Gefühl zurücksehne, aber nicht sie. Verstehst du, was ich meine?"

Tatjana dachte einen Augenblick darüber nach. „Ich denke schon. Ist es nicht das, was man im Grunde schon früher verliert, dieses Gefühl?"

Mit gestrecktem Zeigefinger deutete er auf sie. „Sehr klug gesagt. Zu dieser Erkenntnis zu gelangen hat mich Monate gekostet, womöglich sogar das erste Jahr der Trennung."

„Das geht mir bereits länger durch den Kopf. Dass mein Mann und ich zusammen sind und ich mich frage, wo es ist." Sie rieb die Fingerspitzen aneinander, als würde sie die Qualität eines Stoffes prüfen. „Nicht die Leidenschaft, das steht auf einem anderen Blatt, aber diese Gewissheit. Die klare Erkenntnis, dass er nicht der Mann ist, mit dem ich zusammen sein will."

„Der Anfang vom Ende." Fernando riss die Augen auf und hob die Hand. „*Lo siento.* Ich wollte nicht ..."

Tatjana machte eine wegwerfende Handbewegung. „Du hast ja recht. Und es ist sogar noch schlimmer.

Nicht nur, dass mir die Verbundenheit fehlt, seit einigen Monaten bin ich sogar froh, wenn ich meine Ruhe habe, für mich bin."

„Was ja auch in einer funktionierenden Partnerschaft legitim ist."

„Hin und wieder, ja. Aber um ehrlich zu sein, habe ich zuletzt nach Möglichkeiten gesucht, um nicht mit Peter zusammen sein zu müssen."

Fernando sah sie nur an, ohne etwas zu sagen.

„Er ist auch ..." Sie brach ab.

„Was denn?"

Kann ich mit einem Fremden so offen über meine Ehe sprechen, fragte sie sich. Andererseits war das womöglich am einfachsten, denn Fernando würde in der Zukunft keinen Anteil mehr an ihrem Leben haben. War es da nicht völlig egal, was er wusste?

Der Gedanke trieb einen glühenden Nagel in ihr Herz. Sie wollte das nicht. Nicht nur, dass sie auf der Insel bleiben, weiter malen wollte, es fiel ihr schwer, sich mit dem Gedanken anzufreunden, dass Fernando in ihrem Leben in Deutschland ebenfalls nicht vorkam. Und sie ahnte, dass sich dies in den nächsten Tagen nur in eine Richtung verändern würde.

„Meine beste Freundin Maren sagt, dass Peter ein Narzisst ist. Der primär an sich denkt und andere für seine Bedürfnisse ausnutzt und manipuliert."

„Ist das so?"

Sie zuckte die Achseln. „Natürlich habe auch ich einen Anteil daran."

„Bei Partnerschaften sind es immer beide. Trotzdem kann das Pendel mal mehr in eine Richtung ausschlagen." Er hakte die Daumen in den Bund seiner Hose ein.

„Obwohl meine Frau mich betrogen hat, war ich daran nicht unbeteiligt. Voran gingen Monate, wenn nicht Jahre, in denen ich ihr zu wenig Aufmerksamkeit geschenkt habe." Er vollführte eine ausholende Handbewegung. „Mir war die Kunst immer wichtiger." Er legte den Kopf schief und sah Tatjana an. „Aber eines habe ich gelernt. Auch wenn mich eine Mitschuld trifft und ich die somit nicht ganz auf meine Ex-Frau abwälzen kann, und selbst wenn man sagen kann, dass ich sie vernachlässigt habe, ich habe auch viel über mich gelernt."

„Nämlich?"

„Dass ich so bin. Ich bin ein Künstler mit Leib und Seele. Was nicht heißt, dass ich eine Partnerin nicht ebenfalls liebe. Ich habe mir aber vorgenommen, mir und auch einer potenziellen Freundin gegenüber von Anfang an ehrlich zu sein."

„Und das bedeutet?" In ihren Kopf stahl sich trotz aller vorigen Beteuerungen die Frage, ob er ihr das nur erzählte, um die Erkenntnisse aus seiner Beziehung mit ihr zu teilen.

„Dass die Kunst immer meine erste Liebe sein wird und jede Frau sich damit arrangieren muss."

„Dann liebst du deine Arbeit mehr als eine Partnerin?" Sie hatte gehofft, die Empörung aus ihrem Tonfall heraushalten zu können, was ihr misslang.

„Das hört sich schlimm an, oder? Anfangs empfand ich ebenso. Habe gedacht, dass ich das doch niemandem sagen kann. Aber dann wäre ich ja wieder ins alte Fahrwasser gelangt." Er berührte sie sanft an der Schulter. „Niemand muss sich schämen oder rechtfertigen für das, was er ist. Unehrlichkeit diesbezüglich ist hingegen etwas, worüber sich der andere beklagen kann. Außerdem ist die Stufe, auf der meine große Liebe steht, breit. Das heißt, dass eine Frau neben der Kunst durchaus einen Platz findet." Er neigte sich ein wenig vor, und ein Schmunzeln umspielte seine Mundwinkel. „Diejenige muss nur wissen, wie sie die erklimmen und sich am besten auf ihr positionieren kann."

Die Hitze schoss so unvermittelt in sie, dass sie zusammenzuckte. Die Frage, ob das eine Anmache war, wirbelte durch ihren Kopf, ohne dass sie die erfassen, geschweige denn beantworten konnte.

„*Perdona!* Ich habe dich wohl erschreckt." Fernando lächelte schuldbewusst und schüttelte dann den Kopf. „Das ist mein Problem. Dass ich zu viel rede und mein Gegenüber überfahre. Kehren wir zu dir zurück."

Erneut bemächtigte sich ihrer dieses ambivalente Gefühl von Bedauern und Erleichterung, das sie bereits zuvor in Bezug auf den Künstler gespürt hatte. „Also, ich", mehr brachte sie nicht heraus, doch sie fand das besser, als stumm zu bleiben, um die Situation nicht noch peinlicher werden zu lassen, als sie ohnehin schon war.

„Wir müssen auch nicht weiter darüber reden." Fernando streckte ihr die Hände entgegen. „Komm."

Tatjana sah ihn irritiert an.

„Ich will dir etwas zeigen."

Sie reichte ihm die Hände.

„Jetzt schließ die Augen." Er legte den Kopf schief. „Na los. Passiert schon nichts."

Also folgte sie der Aufforderung.

„Und jetzt stell dir das Gefühl vor, dass dein Werk in dir auslöst."

„Okay."

„Nicht sprechen, nur Visualisieren oder vielmehr, dich darauf einlassen."

Was soll das werden? Sie presste die Lippen aufeinander, nahezu bereit, die Frage laut zu wiederholen. Weder war sie ein spiritueller Mensch noch konnte sie mit Meditation etwas anfangen.

„Du musst locker lassen."

Sie spürte Fernandos Hände an den Hüften und wollte schon die Augen öffnen.

„Lass sie zu", sagte er. „Was bist du doch für ein unruhiger Geist. Auch deshalb brauchst du die Kunst, um zur Ruhe zu kommen. Ergreife diese Chance."

Dass das Quatsch war, wollte sie ihm sagen, doch etwas hielt sie davon ab. Eine tiefe Gewissheit, die ihr mitteilte, dass er recht hatte. Ruhelos, das erfasste ihren Zustand am besten. In den letzten Jahren hatte sie sich nirgendwo zuhause gefühlt, ständig auf dem Sprung, während das eine noch stattfand, gedanklich bereits im Nächsten.

„Das ist besser. Atme tief ein, dann wieder aus, und lass all diese Gedanken los. Es ist nicht wichtig, was war, oder was noch kommen wird. Jetzt bist du hier. Bei deinem Werk. Willst dich dem ganz widmen."

Anstatt sich zu fragen, was Fernando da redete, und ob sie sich auf diesen esoterischen Kram einlassen konnte, spürte sie, dass sie es bereits tat. Als hätte ihr Verstand entschieden, ihrer Intuition das Feld zu überlassen, die sich von den Worten des Künstlers angesprochen fühlte.

Mit jedem Atemzug fiel die Anspannung ein wenig mehr ab, und vor ihrem geistigen Auge sah sie die Rose, die sie malen wollte. Jedoch keine im klassischen Sinne, sondern diese sollte überwiegend schwarz sein. Sie hatte vor, die Blütenblätter, vor allem die Konturen, mit der Feuerpaste in die Leinwand zu brennen. Der innere Bereich der Blüte sollte in blutrot erstrahlen.

Als würde in der Blume ein Herz schlagen, oder als sei sie eines. Einerseits zart und verletzlich, andererseits dunkel und stark. Sie spürte das Pulsieren des Blutes in den Ohren und sah, dass die Rose synchron dazu ebenfalls schlug.

In jedem von uns stecken die Dunkelheit und das Licht, dachte sie und wusste plötzlich, dass dies die Essenz ihres Gemäldes war.

23

„In drei Tagen schon?", fragte Cynthia.

„Nicht viel Zeit, aber das müsste reichen. Elena meinte, dass wir ein Barbecue ausrichten können bei uns auf der Terrasse. Am Abend. Quasi als Abschluss der Veranstaltung."

„Rodrigo am Grill, und ich gebe Getränke aus?"

„Ich würde euch beiden helfen."

„Aber du willst ja auch Zeit haben, mit den Leuten zu sprechen. Kontakte knüpfen et cetera." Cynthia schlug die Beine übereinander. „Vielleicht kann Gertrud uns noch verstärken."

„Gute Idee." Caro sah auf die Uhr an der Wand. Sie hatte Cynthia in ihr Büro gebeten, um die Mitwirkung am Tag der offenen Tür, den Elena für das Tierheim geplant hatte, zu besprechen.

„Willst du sie selbst fragen?"

„Ja. Kannst du sie mir reinschicken?"

„Klar." Cynthia erhob sich. „Wie geht es eigentlich deiner Oma?"

„Prima. Ich glaube, sie hat eine neue Liebe."

„Tatsächlich? Das ist ja großartig."

„Finde ich auch. Dass sie dafür offen ist – so war sie schon immer. Stets in der Lage, sich auf Neues einzulassen."

„Das ist viel wert." Cynthias Hand umfasste den Ellenbogen. „Man ist nie zu alt, um die Liebe zu finden."

„Wenn man dafür offen ist. Ich hoffe, dass ich das von meiner Großmutter übernehmen kann. Denn, dass ich verwundert darüber war, zeigt doch, dass ich eine falsche Denkweise habe."

„Wie wohl die meisten. Mich hat es ja ebenfalls überrascht. Als hätte ein Mensch ein Haltbarkeitsdatum und wenn das überschritten ist, keine Möglichkeit, jemanden kennenzulernen."

Das brachte Caro zum Schmunzeln. „Schön formuliert und treffend. Um ehrlich zu sein, habe ich das ebenfalls gedacht. Sogar jetzt sage ich mir, dass meine Oma eine Ausnahme ist und ich ab einem gewissen Alter niemanden mehr finden würde."

„Vielleicht musst du das nicht. Juan ist großartig."

„Ist er. Aber Beziehungen können sich ändern und auseinandergehen. Nicht, dass ich das erwarte, aber so ist es leider."

„Allein zu sein muss keine Katastrophe bedeuten."

„Natürlich nicht. Ich bin auch froh, dass Juan und ich einander Freiräume lassen."

„Bringt sie ihn mit?"

Caro schenkte Cynthia einen irritierten Blick, dann begriff sie. „Emilio? Ihren neuen Freund? Das weiß ich nicht. Kennengelernt habe ich den auch noch nicht."

„Spricht deine Oma denn Spanisch?"

„Sie lernt fleißig und mit Begeisterung. Und die Liebe ist sicherlich ein Faktor, der förderlich ist."

„Unter Garantie." Cynthia griff nach der Türklinke. „Dann schicke ich dir Gertrud." Sie verschwand aus dem Büro.

Gertrud, Caros stets gutgelaunte, reifere Angestellte betrat es nur kurze Zeit später. „Chefin, ich hoffe, dass ich nicht meine Sachen packen muss?"

„Quatsch! Dich lassen wir so schnell nicht mehr gehen, ganz im Gegenteil." Caro bedeutete ihr, Platz zu nehmen.

„Soll ich einziehen?"

„Das auch nicht. Etwas dazwischen."

„Im Garten zelten?"

Sie lachten, und Caro wurde bewusst, wie sehr sie die Albereien mit Gertrud mochte, die nie respektlos waren. Insbesondere hatte sie nie Caros Autorität als Chefin in Frage gestellt, was Caro aus ihrer Zeit als Krankenschwester bei Kollegen mit ähnlich großem Altersunterschied bereits erlebt hatte.

„Eher, ob du uns in drei Tagen bei einer Abendveranstaltung unterstützen kannst."

„Klar. Ich kann steppen, mich am Trapez schwingen und Stimmen imitieren."

„Getränke und Essen servieren wäre super. Wobei wir das andere nicht aus den Augen verlieren sollten. Können doch mal einen Themenabend anbieten, mit dir als Alleinunterhalterin."

„Besser nicht. Wir wollen ja, dass die Gäste wiederkommen." Gertrud strich ihr Sommerkleid glatt. „Aber das Kellnern ist kein Problem. Beim Frühstück habe ich das ja bereits hin und wieder übernommen. Was ist das denn für eine Veranstaltung, wenn ich fragen darf?"

„Hast du schon Elena kennengelernt? Die Betreiberin des Tierheims nebenan?"

„Von beidem gehört, aber noch nicht in Augenschein genommen."

„Das können wir an dem Abend ändern. Zumindest wirst du Elena kennenlernen. Sie organisieren einen Tag der offenen Tür, und wir unterstützen sie mit einem Barbecue. Außerdem können auch wir uns so vorstellen.“

„Schöne Idee. Da helfe ich gerne.“

„Prima.“

Nachdem Gertrud das Büro verlassen hatte, rief Caro Elena an, um ihr mitzuteilen, dass die Planung auf gutem Weg war.

„Super, dass du uns unterstützt“, sagte Elena.

„Mache ich gerne und ist auch eine schöne Möglichkeit, um hier meinen Einstand zu feiern. Das musste alles so schnell gehen mit der Hoteleröffnung, dass ich für so etwas keine Zeit hatte. Aber solche Veranstaltungen, mit denen man auch die Nachbarn besser kennenlernt, sind wichtig.“

„Absolut. Uns geht es ja ähnlich. Man stürzt sich gleich in die Arbeit, und das bleibt auf der Strecke.“

Caro seufzte. „Da sagst du was. Muss mir gleich an die eigene Nase packen, da ich es stets versäume, mich bei dir zu melden. Damit wir uns mal treffen und etwas austauschen.“

„Ach, Caro. Auch da ticken wir völlig gleich. Ich bekomme das ja ebenfalls nicht hin. Aber geht es deiner Großmutter und Amor gut? Vor einigen Tagen haben wir Pablo, den Beagle vermittelt, der mit Amor und Lino zu unseren ersten Hunden gehörte. Da habe ich wieder an deine Oma, dich und natürlich Amor denken müssen.“

„Meine Großmutter und ihre Hündin, das ist wie ein altes Ehepaar. Amor hat die Ausbildung zur Therapiehündin mit Bravour bestanden."

„Ja, sie ist ein kluges Tier. Vielleicht können wir einen gemeinsamen Spaziergang mit den Hunden machen."

„Mit allen?"

„Nein. Das würde wohl den Rahmen sprengen. Ich dachte an Lino, Amor, deine Großmutter und mich."

„Sehr gerne. Und anschließend trinken wir irgendwo einen Kaffee."

„Oder einen Weißwein."

„Da sage ich auch nicht nein."

Sie verabschiedeten sich voneinander, und so sehr Caro Elena mochte und mit ihr sicherlich die Absicht eines baldigen Treffens teilte, war ihr klar, dass die Chancen dafür schlecht standen. Mit Berufen, die erfüllend, aber auch fordernd waren und dazu noch Menschen und Familie, für die das ebenfalls galt, war es einfach schwierig, freie Zeit zu finden.

Das Klingeln ihres Handys riss sie aus ihren Gedanken. Es war Juan. Als hätte er meine Gedanken gelesen, sagte sie sich, wohl wissend, dass auch ihre Partnerschaft in letzter Zeit zu kurz kam.

„War schön, dass du mal wieder da warst, meine Schöne."

„Fand ich auch. Ist viel zu selten in letzter Zeit."

Eine kurze Pause entstand. „Du hast viel um die Ohren."

„Stimmt zwar, aber ich will mir dennoch wieder mehr Zeit für uns nehmen."

„Es gibt immer wieder diese Phasen, wo es zeitlich angespannter ist. Bei dir wird das in der Saison stets so sein. Damit kann man sich arrangieren. Im Herbst und Winter wird es wieder ruhiger.“

„Du weißt immer das Richtige zu sagen, oder?“

„Ich bin halt ein weiser Mann. Schließlich habe ich auch schon graue Haare.“

„Und die sind der Maßstab für Weisheit?“

„Aber hallo, meine Schöne. Erinnerst du dich nicht mehr an Herr der Ringe und Gandalf? Massenweise graue Haare und unermessliche Weisheit.“

„War der nicht weißhaarig?“

„Umso besser.“

„Und was rät mir mein weiser *guapo?*“

„Dass wir uns heute Abend sehen.“

„Kommst du zu mir?“

„Außer deine Großmutter hat wieder ein Date.“

„Das bringe ich in Erfahrung und melde mich wieder.“

„Kann es kaum erwarten.“

Was für ein Glück du hast, so viele Menschen in deinem Leben zu wissen, denen etwas an dir liegt, dachte sie, nachdem das Gespräch mit ihrem Liebsten beendet war. Sie freute sich bereits sehr darauf, ihn heute Abend zu sehen.

24

„*Estupendo!*" Fernando nickte anerkennend, während er Tatjanas Gemälde betrachtete. „Die Kontraste zwischen den Farben sind spektakulär."

„Vielen Dank." Sie sah von ihm zur Leinwand und musste zugeben, dass sie mehr als zufrieden mit ihrem Werk war. Die dargestellte Rose hatte durch die eingebrannten Konturen einen plastischen Effekt gewonnen, der sie nahezu dreidimensional hervortreten ließ. „Habe ja auch einen guten Lehrer."

Die rechte Hand an die Brust haltend vollführte Fernando eine Verbeugung. „*Muchas gracias.* Aber ich gebe nur Anstöße und das ein oder andere Hilfsmittel in die Hand. Der absolut größte und entscheidende Teil stammt von dir."

„Muss zugeben, dass ich mich anfangs seltsam gefühlt habe mit dieser Meditationsübung von dir. Aber es hat funktioniert."

„Da war ich mir sicher. Vor Jahren noch war ich genauso wie du. Hab das alles als esoterischen Mist abgetan. Aber ich habe viel über mich gelernt, indem ich mich tatsächlich auf mich eingelassen habe. Das hört sich komisch an, aber viele Menschen sind im Grunde pausenlos damit beschäftigt, sich mit anderen Personen oder Dingen von sich selbst abzulenken."

„Es ist auch ständig etwas los. Irgendwas zu tun."

„Überwiegend, weil wir uns zu Sklaven der Umstände machen lassen oder meinen, dass alles umgehend erledigt werden muss. Damit meine ich nicht, dass es Termine gibt, die eingehalten werden müssen. Wenn eine Ausstellung bevorsteht, muss ich häufig auch die Nächte durcharbeiten und etwas zu Papier bringen, selbst wenn die Muse mit Küssen geizt. Aber es sollte nicht ständig so sein.“

„Das Gleichgewicht ist entscheidend.“

„*Exacto.* Außerdem wirkt es sich auf die Kreativität und zudem die Arbeitsleistung aus, wenn man hin und wieder den Kopf frei bekommt.“ Er deutete auf das Bild. „Wie du eindrucksvoll bewiesen hast.“

„Wegen dieser Ausstellung, von der du gesprochen hast?“

Er sah sie an. „Hast du dir darüber Gedanken gemacht?“

Hatte sie nicht. Es war ihr einfach in den Kopf geschossen und hatte sich von da aus über ihren Mund Luft gemacht. Doch sie war auch hier bereit, ihrer Intuition zu vertrauen. „Ich wäre gerne dabei.“

„*Que bien!* Das freut mich wirklich sehr.“

„Ich weiß nur nicht.“ Sie räusperte sich. „Ich habe dir ja von meiner Ehe und den Schwierigkeiten erzählt. Um ehrlich zu sein, ich weiß nicht, was mich zu Hause erwartet, und ob ich zur Vernissage ein weiteres Mal herkommen kann.“

Fernando wiegte den Kopf. „Es ist nicht obligatorisch. Wobei natürlich auch für dich schöner wäre, wenn du dabei sein könntest.“

„Dafür würde ich einiges geben.“

„Das kannst du noch kurzfristig entscheiden. Wir versuchen noch mindestens ein, zwei, besser drei Gemälde fertigzustellen, und ich werde die als Inspiration für eigene Werke nehmen. Das ist dann eine Kooperationsserie innerhalb meiner sonstigen Ausstellung.“

„Hört sich großartig an.“

„Na dann.“ Fernando breitete die Arme aus.

Einen Moment stand Tatjana unschlüssig da, dann tat sie einen Schritt auf ihn zu, woraufhin er sie kurz an sich drückte, um ihr zwei Wangenküsse zu geben.

„Auf eine gute Zusammenarbeit“, sagte er.

„Okay.“ Ihr Körper fühlte sich an, als sei sie in ein Ameisennest gestürzt, weshalb sie nicht mehr über die Lippen brachte. Sprachlos machte sie außerdem, dass Fernando ihr tief in die Augen sah, mit diesem Ausdruck darin, der sie irritierte. „Dann sollte ich mich wohl ranhalten.“ Warum hast du das gesagt, fragte sie sich augenblicklich.

Fernandos Miene veränderte sich, und es bedurfte keines intensiven Studiums derer, um die Enttäuschung abzulesen. „Dann störe ich dich nicht weiter.“

Ihm hinterherblickend, wie er sich in seinen Bereich des Ateliers zurückzog, blieb sie zurück und hätte sich ohrfeigen können. War das der Moment gewesen? Und falls ja, für was? Einen Kuss?

Insbesondere die letzte Frage erschien ihr seltsam, ließ sogleich die Gewissheit hervorsprudeln, dass sie sich etwas vormachte.

Womöglich ist das gar nicht die Frage, sagte sie sich und spürte, dass sie damit auf der richtigen Spur war. Es ging primär darum, dass sie sich darüber klar wurde, was sie wollte, und das bezog nicht nur Fernando, sondern auch Peter und ihr gesamtes Leben mit ein.

Die Weggabelung, an der sie stand, gewährte ihr die Möglichkeit einer Änderung, die profunder war, als sie es anfangs vermutet hatte. Egal, wie sie sich entschied, sie wäre nicht mehr dieselbe, und es bedeutete, etwas aufzugeben. Die Frage war nur, ob dies neben ihrem früheren Leben nicht auch daraus liebgewonnene Gewohnheiten und Privilegien betraf, damit sich dadurch die Möglichkeit eines Neubeginns eröffnete.

Obwohl sie ahnte, dass die Entscheidung bereits gefallen war, zumindest wusste ihr Herz, was es wollte, musste sie auch hierfür in sich hineinhorchen. Wie sie es auch beim Malen getan hatte.

Doch auch hier führte es zu nichts, das verkrampft anzugehen. Du solltest dich darauf verlassen, dass du die richtige Entscheidung triffst, Janalein, erklang die Stimme Marens in ihrem Kopf, und sie nahm sich vor, sie anzurufen, sobald sie zurück im Hotel war.

Zunächst beschloss sie aber, sich ihrem Werk zu widmen. Wie erhofft ging sie erneut ganz in der Arbeit auf, befand sich im Schaffensfluss, aus dem sie erst gerissen wurde, als Fernando zu ihr kam.

„Fertig?", fragte er.

Sie trat einen Schritt zurück, um das Geschaffene aus der Distanz zu betrachten. „Das ist es."

„*Vale.* Dann sehen wir uns morgen?"

„Selbstverständlich."

Der Abschied glich einem ungelenken Tanz, bei dem keiner von beiden zu wissen schien, wer führte, und Tatjana trat den Rückweg zum Hotel mit gemischten Gefühlen an. Einerseits war da die bohrende Frage, ob sie eine Chance verpasst hatte. Eine, die sich möglicherweise nur einmal ergeben hatte. Andererseits hielt ihre Vernunft es für besser, dass in ihr ohnehin kompliziertes Gefühlsleben zum momentanen Zeitpunkt keine Affäre oder neue Liebelei Einzug hielt.

In ihrem Zimmer rief sie sogleich Maren an. „Ich weiß nicht, ob ich schon bereit bin für einen neuen Mann."

Ihre Freundin stieß einen Laut zwischen Seufzer und unterdrücktem Lachen aus. „So ist sie, mein Janalein. Denkt kompliziert, noch bevor überhaupt etwas passiert ist."

„Aber es würde dann direkt heikel werden."

„Das sagst du."

„Also liegt es an mir?"

„Janalein, natürlich kannst du nicht aus deiner Haut, das kann niemand. Aber was fühlst du denn in Bezug auf diesen Fernando?"

„Keine Ahnung."

„Glaub ich dir nicht. Die Frage kann sogar ich beantworten."

„Er gefällt mir."

„Na bitte. Und warum kannst du das nicht einfach zulassen?"

„Weil ich nicht sagen kann, ob mir eine Affäre reicht, und ob ich andererseits bereit bin für eine neue Beziehung. Offiziell habe ich mich noch nicht einmal von Peter getrennt. Und dann ist da auch noch die Zusammenarbeit, die wirklich toll ist. Ich lerne sehr viel von ihm."

„Warum sprichst du das nicht an?"

„Ich habe ihm schon ein wenig von meiner gescheiterten Ehe erzählt."

„Das ist der erste Schritt. Der nächste ist, ihm von deinen Gefühlen zu berichten."

Tatjana schluckte. Hast du den Verstand verloren, wollte sie ihre Freundin fragen, aber die Worte blieben unausgesprochen, da ihr bewusst war, dass Maren recht hatte. Sie war kein Teenager mehr, und Fernando, der sicherlich zehn Jahre älter war als sie, umso weniger. Es war nur richtig, die Angelegenheit wie eine Frau ihres Alters zu besprechen.

„Natürlich weiß ich, dass das nicht einfach ist", sagte Maren, die ihr Schweigen wohl als Ablehnung des zuvor Vorgebrachten deutete.

„Es stimmt, was du sagst. Ich muss es ansprechen. Insbesondere, da er offen zu mir war, was das Thema Beziehung anbelangt, und mir eine tolle Möglichkeit für eine Ausstellung bietet. In zwei Wochen hat er eine Vernissage in Palma und wird meine Werke ebenfalls präsentieren."

„Dann glaubt er an dich und deine Fähigkeiten."

„Definitiv."

„Das ist viel wert. Umso mehr ist Ehrlichkeit wichtig."

„Womöglich fühlt er nicht so, sondern schätzt mich nur als Künstlerin."

„Was ebenfalls ein großer Gewinn ist." Maren holte tief Luft. „Janalein, was hast du zu verlieren? Oder vielmehr, verlierst du nicht viel mehr, wenn das unausgesprochen bleibt? Im schlimmsten Fall hast du einen Mentor oder Lehrer gefunden, der dich auf deinem künstlerischen Weg unterstützt und im besten Fall einen heißen neuen Lover."

„Du siehst zu viele Liebesschnulzen."

„Jeden Tag mehrfach – du kennst mich doch."

Sie lachten.

„Was ich definitiv sagen kann, ist, dass du dich anders anhörst und ich großartig finde, dass du deine kreative Ader wiederentdeckt hast und aus der schöpfst. Du wolltest oder willst einen Neuanfang, und das ist dir bereits gelungen."

Tatjana schloss die Augen. „Ist es das? Noch steht mir das Gespräch mit Peter bevor."

„Na und? Ich meine das nicht als Verharmlosung. Natürlich ist das keine Unterhaltung, die man gerne führt, aber auch da: Was hast du zu verlieren?"

Tatjana erzählte ihrer Freundin noch von dem heute fertiggestellten Gemälde, wobei ihr auffiel, dass sie keine Fotos davon gemacht hatte, so dass sie Maren versprechen musste, das morgen nachzuholen.

Nachdem sie aufgelegt hatte, blieb sie auf dem Bett sitzen, während die Frage Marens durch ihren Kopf echote: „Was hast du zu verlieren?"

25

Obwohl Tatjana sich am nächsten Tag im Atelier sogleich auf das nächste Gemälde stürzte, in der Hoffnung, Kopf und Herz würden Ruhe geben, was die Überlegungen zu Fernando anbelangte, erfüllte die sich nicht.

Womöglich leistet dein aktuelles Werk einen gegensätzlichen Beitrag, fragte sie und trat einen Schritt zurück, um es zu betrachten.

Die dunkle Silhouette eines Mannes dominierte das Bild wie ein dunkler Schatten, der darauf lag. Exakt der Effekt, den sie zu erzielen beabsichtigte. Dass die Form in die Leinwand gebrannt war, machte sie umso eindrücklicher, und der Kontrast zum Rest des Gemäldes, eine lichtüberflutete Sommerlandschaft, wirkte nahezu verstörend.

Sie dachte an Peter, ihren Schatten, wobei diese Eigenschaft nicht in dessen Person lag, wie sie zugeben musste. Zumindest nicht vollständig. Es war vielmehr, was aus ihrer Beziehung geworden war, dem Miteinander, das sie anfangs bestärkend, dann zunehmend anstrengender und mittlerweile als Belastung empfand.

Woher kam die Scham, die sie angesichts ihrer Gedanken, sogar des Werkes empfand? Als würde sie alle Schuld auf Peter abwälzen, obwohl das nicht stimmte. Mit ihrem Wunsch, ihm alles recht zu machen, hatte sie sich aus den Augen verloren, nicht für eigene Vorstellungen und Ziele gekämpft.

Du hast dich selbst im Stich gelassen.

„Was ist los?", fragte Fernando, der gekommen war, um nach ihr zu sehen.

Sie schüttelte den Kopf und wollte sagen, dass nichts sei. Doch dann dachte sie an das Gespräch mit Maren, den Vorsatz, offen anzusprechen, was sie empfand. „Ursprünglich dachte ich, dass mein Noch-Ehemann dieser Schatten ist, der auf mein Leben fällt, und aus dem ich heraustreten muss." Sie schwieg und kratzte mit der einen Hand die andere.

Er stand einfach da und wartete schweigend darauf, dass sie fortfuhr.

Völlig anders als Peter, dachte sie, denn der hatte am liebsten sich selbst reden gehört, und das meist in endlosen Ausführungen, wobei sich Inhalt und Argumentationskette meist wiederholten. Die Erinnerung daran brachte etwas ins Rollen. Manövrierte sie aus der Sackgasse der Selbstvorwürfe zurück auf den Weg, der vor ihr lag.

„Anfangs habe ich alles auf ihn geschoben, Peter die Schuld für alles gegeben. Dann schwang das Pendel zurück, und ich dachte, dass alles an mir lag."

Fernando nickte.

„Beides ist wohl richtig, wie meistens in Beziehungen." Sie deutete auf das Gemälde. „Was mir gerade bewusst wurde, ist, dass der Schatten nicht Peter ist. Zumindest nicht als Person. Es ist das, zu dem unsere Beziehung geworden ist, was unser beider Leben überschattet. Die unerfüllten Erwartungen, die zerplatzten

Träume." Sie sah Fernando verwundert an, als der ihr applaudierte. „Wofür ist das?"

„Einerseits dafür." Er deutete auf das Bild. „Für mich jetzt schon das Beste deiner Werke. Aber ebenso für das, was du gesagt hast." Nachdem er einen Schritt auf sie zugemacht hatte, nahm er ihre Hände in seine. „Das ist ein Meilenstein."

„Was meinst du? Das Gemälde?"

Er schmunzelte. „Das auch, aber deine Selbsterkenntnis meine ich. Ich möchte mich nicht zum Lehrmeister aufspielen, kann dir aber sagen, dass es der Punkt war, an dem ich meine in die Brüche gegangene Beziehung endlich verarbeiten konnte. Es piekst zwar immer noch, dass sie mich betrogen hat, aber das ist mein verletztes Ego. Ich kann es sogar nachvollziehen und habe ihr verziehen. Und das ist hauptsächlich für mich wichtig. Viele Menschen halten sich an ihrem Ärger fest, manchmal Jahre und Jahrzehnte, und das vergiftet einen."

Tatjana blickte in die braunen Augen, spürte die aufwallende Hitze und hörte ihr Herz in den Ohren wummern, mit jedem Schlag den Befehl „Küss ihn!" aussendend. Doch sie befolgte den nicht. Dies war der Moment, aber nicht dafür, sich von ihren Gefühlen leiten zu lassen, sondern endlich auszusprechen, was sie seit Tagen beschäftigte.

„Ich muss dir etwas sagen", begann sie und schlug den Blick nieder.

Er ließ ihre Hände los. „Alles in Ordnung?"

Sie zuckte die Achseln. „Vielleicht ist es das allgemeine Gefühlschaos. Ich weiß momentan nicht, ob ich dem vertrauen kann."

„Du machst einiges durch."

„Ja." Das ist es nicht, schoss ihr in den Kopf. Denn zutreffend war, dass sie sich ihrer Gefühle, zumindest Fernando gegenüber, klar war und sie das erschreckte. Eine Ernsthaftigkeit war dabei, die sie erschütterte. War dieser Mann, den sie kaum kannte, jemand, den sie als Partner haben wollte? Und welche Konsequenz ergab sich daraus?

„Nimm dir alle Zeit, die du brauchst. Für die Werke und natürlich für dich selbst." Fernando strich sich das Haar, das er heute offen trug, hinter die Ohren, was Tatjana noch besser gefiel als der Pferdeschwanz. „Ich bin da, zumindest so lange du noch hier bist. Also, falls du reden möchtest. Falls nicht, ist das natürlich ebenfalls okay."

Tatjana presste die Lippen aufeinander, während in ihr ein Kampf tobte, ob sie das, was sie gedacht hatte, aussprechen sollte. „Danke", flüsterte sie schließlich.

„*Vale.*" Fernando sah von ihr zum Gemälde. „Dann lasse ich dich mal weitermachen. Ich bin ja nicht weit weg." Sein Lächeln wirkte unsicher.

Ein letztes Mal bäumte sich der Impuls, ihm reinen Wein über alles einzuschenken, in ihr auf und wurde von ihren Vorbehalten niedergeschlagen. „Okay", war das Einzige, das sie herausbrachte.

Er schenkte ihr einen letzten Blick, bevor er kaum merklich nickte, sich umwandte und in seinen Bereich des Ateliers zurückkehrte.

Mit ihrem Gemälde blieb Tatjana zurück und betrachtete den Schatten. Es ist schwer, aus dem Schatten herauszutreten, dachte sie, und ihr wurde klar, dass

diese Redensart in ganz besonderem Maße auf sie zutraf.

Deutlich schwieriger und entscheidender war es, die
Grenze der eigenen Dunkelheit zu überschreiten. Doch
nur so gelangte sie ins Licht, um den Weg, der vor ihr
lag, erkennen zu können.

26

„Das ist genau das, was wir gesucht haben. Ein Projekt, dessen Engagement wir unterstützen und das sehr gut zu uns passt." Die Dame lächelte Elena freundlich an.

„Freut mich sehr, das zu hören. Und wir können jede Unterstützung brauchen." Fast hätte sie hinzugefügt, dass ihr Hauptsponsor abgesprungen war, aber das war eine Information, die sie *Señora Gestora*, der Leiterin der Mercadona Supermarkt-Filiale in Palmanova, nicht zu geben brauchte.

Die letzten Tage bis zum Tag der offenen Tür waren wie im Flug vergangen, und es erschien Elena, als habe sie nur einmal geblinzelt und sich bereits mittendrin wiedergefunden. Sie hatte nicht mit dieser Resonanz gerechnet, und es überwältigte sie, dass derart viele Menschen erschienen waren.

„Wie wäre es, wenn wir Sie mit Futterspenden unterstützen, und das in unserer Tierbedarfsabteilung mit einem Aufsteller kenntlich machen. Gerne mit einem Bild von Ihnen und Ihrer Partnerin. Dann erhalten Sie außerdem weitere Aufmerksamkeit."

„Das ist eine großartige Idee."

„Dann werde ich mich in den nächsten Tagen telefonisch bei Ihnen melden, und wir besprechen die Details." *Señora Gestora* reichte Elena die Hand. „Eine tolle Arbeit leisten Sie hier. Ich danke Ihnen, dass ich mir einen Eindruck verschaffen durfte."

„Danke, dass Sie da waren."

„Erfolgreich gewesen?", fragte Larissa, kaum dass Elena sich von der Frau verabschiedet hatte.

„Das kann man wohl sagen. Höchstwahrscheinlich haben wir einen Futter-Sponsor."

„Das ist fantastisch." Larissa nickte in Richtung zweier junger Männer. „Ich habe wahrscheinlich ein Paten-Pärchen an Land gezogen."

„Das läuft ja bei uns." Elena legte ihrer Freundin den Arm um die Schultern. „Dank deiner Idee haben wir die Bedrohung in eine Chance verwandelt."

„Zusammen sind wir halt unschlagbar."

„Das stimmt."

„Sieht nach Harmonie aus."

Elena erblickte Caro, die vor ihnen stand. „Du hast es geschafft?" Sie begrüßten einander mit Wangen-küssen.

„Das lasse ich mir doch nicht entgehen", sagte Caro, nachdem sie auch Larissa Hallo gesagt hatte.

„Ich dachte, dass du nicht die Zeit finden würdest."

Caro legte den Kopf schief. „Hab sie mir genommen. Oder vielmehr habe ich die durch meine liebe Cynthia."

„Wolltest sichergehen, dass die Veranstaltung, an der du dich beteiligst, auch funktioniert?", fragte Larissa grinsend.

„Da hatte ich wenig Zweifel. Vielmehr ging es mir darum, euch im natürlichen Lebensraum zu begegnen."

„Aber Vorsicht, wir haben noch nicht gejagt."

Die drei Frauen lachten.

„Dein Spanisch ist richtig gut mittlerweile“, sagte E-
lena.

„Danke.“

„Bei diesem Lehrer würde ich sogar Chinesisch lernen“, bemerkte Larissa trocken.

Elena stieß ihr den Ellenbogen in die Seite und
schenkte Caro einen entschuldigenden Blick. „Es tut
mir leid. Wie eingangs erwähnt, hat sie noch nicht gejagt.“

Larissa ließ den Blick schweifen. „Und es sieht auch
nicht so aus, als würde ich demnächst die Chance dazu
bekommen. Die beiden hübschen Männer sind leider
nur aneinander interessiert, und sonst ist bislang noch
nichts Geeignetes dabei.“

Erneut knuffte Elena ihre Freundin in die Seite. „Du
bist auch nicht zum Flirten hier, sondern um Sponsoren zu finden.“

„Wie läuft es denn?“, fragte Caro.

„Sehr gut. Wir konnten bereits interessante Kontakte
knüpfen und sogar neue Spender gewinnen.“

„Super!“ Caro deutete auf das Poster, das über den Boxen hing. „Die Idee mit der Patenschaft ist spitze. Ich
würde gerne eine übernehmen.“

„Nichts lieber als das“, sagte Elena.

„Wir sprechen ein anderes Mal genauer darüber. Jetzt
will ich euch nicht vom Gewinnen neuer Sponsoren ab-
halten.“ Caro drückte die beiden Frauen zum Abschied.
„Sehen wir uns später bei mir?“

„Por supuesto!“, entgegneten die beiden wie aus einem Munde, was „selbstverständlich“ bedeutet und die
drei in Gelächter ausbrechen ließ.

Elena wandte sich an eine reifere Dame, nachdem Caro gegangen war, die sich ebenfalls für die Übernahme einer Patenschaft interessierte. Wer hätte gedacht, dass das so gut funktioniert, fragte sie sich und genoss den weiteren Verlauf des Tages, bei dem der einzige Wermutstropfen war, dass sie sich dem Tierheim nicht mit ganzer Kraft widmen konnte. Sie liebte ihre Arbeit als Tierärztin, aber es wäre schön, nicht beides voneinander trennen zu müssen.

Der Gedanke geisterte noch durch ihren Kopf, da kam ein strahlender Jonas auf sie zu. „Da bist du ja", empfing sie ihn. „Wie läuft es bei dir?"

„Hätte nicht geglaubt, dass das so gut ankommt. Ich habe schon zwei kleinere Gruppen über die Baustelle geführt."

„Und jetzt machst du Pause?"

„Ich hatte gehofft, du ebenfalls?"

„Für einen Kaffee sollte Zeit sein."

Sie gingen zu der kleinen Bar herüber, die von einer Servicekraft des *La Colmena* betrieben wurde, und bestellten zwei Kaffee.

„Um ehrlich zu sein, wollte ich auch eine Idee mit dir besprechen." Jonas führte die Tasse zum Mund und nippte daran. „Der ist gut."

„Jetzt bin ich gespannt."

„Ich weiß, dass es schwierig für dich ist, beide Jobs unter einen Hut zu bekommen. Von der Praxis hierher zu eilen bedeutet Unruhe und auch Zeitverlust." Er schien ihren Blick zu bemerken und hob beschwichtigend die Hand. „Keine Sorge, ich empfehle dir nicht, als Tierärztin aufzuhören oder das Tierheim fallen zu lassen. Ich weiß, wie sehr du an beidem hängst. Vielmehr habe ich mir eine Möglichkeit überlegt, beides zu kombinieren."

„Tatsächlich?" Sie hob die Brauen.

„Wir könnten drüben für dich Räumlichkeiten schaffen, damit du dort eine Praxis einrichten kannst."

Der Mund blieb ihr offen stehen, und sie benötigte einen Augenblick, um zu begreifen, was er ihr angeboten hatte. „Du meinst das ernst?"

„Na klar. Wir haben die beiden Einrichtungen ohnehin miteinander verwoben, warum nicht noch einen Schritt weitergehen? Du hättest deutlich kürzere Wege, könntest fast beide Berufe miteinander kombinieren."

„Das hört sich fantastisch an. Aber ich müsste das mit *Señora Gimenez* besprechen."

„Hast du nicht ohnehin gesagt, dass sie die Praxis in nächster Zeit abgeben möchte? Sie könnte ja noch eine Zeitlang bei dir mitarbeiten."

Elena nickte zögerlich. Es erschien ihr einerseits nahezu obszön gewagt, andererseits spürte sie die eindeutige Zustimmung in sich, die ihr signalisierte, dass dies die Lösung war. „Und die Miete?"

„Da finden wir sicherlich eine gute Möglichkeit."

„Ich will die Räume nicht umsonst."

„Da mach dir mal keine Sorgen. Ich werde dich schon zur Kasse bitten." Jonas grinste anzüglich.

„Ernsthaft", sagte sie, lächelte dabei jedoch ebenfalls. „Das soll keine Gefälligkeit sein, sondern sich auch für dich lohnen."

„Mach dir darüber keine Gedanken. Wichtiger wäre, dass, wenn du das willst, wir uns gemeinsam überlegen, wie viel Platz du brauchst, wie viele Zimmer, Anschlüsse et cetera."

„Ich bin richtig aufgeregt."

Er nahm ihr die Tasse aus der Hand, stellte die mit seiner auf die Theke und schlang die Arme um ihre Hüften. „Dann hatte ich wohl eine gute Idee."

Sie drückte sich an ihn. „Hattest du."

„Und keine Sorge. Die Maklerprovision, die mir zusteht, kannst du abarbeiten."

„Abarbeiten?" Sie hob den Kopf, um ihm in die Augen zu sehen.

„Kannst heute damit anfangen." Er beugte sich vor, und sie schloss die Augen, als sich seine auf ihre Lippen legten. Genoss den wohligen Schauder, der sie überlief, als seine Zungenspitze die ihre traf.

Was habe ich für ein Glück, dachte sie.

27

„Absolutamente, mi corazón." Erneut lehnte Emilio sich zu Agatha herüber und strich ihr mit dem Finger liebevoll über die Wange.

Reiß dich zusammen!, wies Caro sich an, denn am liebsten hätte sie vor Verzückung in die Hände geklatscht. Kaum hatte sie Emilio, den Freund ihrer Großmutter, kennengelernt, hatte sie den bereits in ihr Herz geschlossen. Was nicht nur an dessen allgemeiner Liebenswürdigkeit lag, sondern auch, wie er diese ihrer Großmutter schenkte.

Der Gesichtsausdruck, wenn er sie betrachtete, als gäbe es für ihn nichts Schöneres auf der Welt, kombiniert mit den zärtlichen Gesten, wie der soeben beobachteten, hatten bei Caro zügig zu der Gewissheit geführt, dass ihre Oma einen besonderen Mann kennengelernt hatte.

„Quieres algo más?", fragte Caro Emilio und deutete auf dessen leeres Glas.

„No. No", entgegnete der.

„Ich denke, wir machen uns dann auf den Weg", sagte ihre Oma.

„Jetzt schon?", fragte Juan, der neben Caro stand, und dessen Miene zu entnehmen war, dass er Caros Einschätzung hinsichtlich Emilio teilte.

„Wir müssen noch mit Amor Gassi gehen. Und ihr jungen Leute habt doch mehr Freude, wenn euch die Alten nicht stören." Agatha zwinkerte Juan zu.

„So ein Quatsch", erwiderte der.

„Aber mein kleiner Schmetterling hat doch zu tun." Agatha hakte sich bei Emilio unter. *„Nos vamos"*, richtete sie sich an ihn, woraufhin der nickte.

Juan und Caro sahen ihnen nach.

„Was für ein niedliches Paar", sagte Juan schließlich.

„Ich freue mich so für meine Oma und bin außerdem stolz auf sie."

„Ihr Spanisch ist richtig gut geworden." Juan nickte anerkennend.

„Absolut."

„Die Liebe ist die beste Lehrmeisterin."

„Kann ich bestätigen." Sie erfasste Juans Hand. „Komm, wir mischen uns mal ein wenig unter die Gäste."

Das war leichter gesagt als getan, denn das Barbecue hatte offiziell erst vor einer halben Stunde begonnen, und noch waren wenige Personen eingetroffen. Einer der Stereotypen, der tatsächlich zutraf, war der, dass die spanischen Landsleute meist zu später Stunde zu Veranstaltungen eintrafen. Zumindest, falls diese keine feste Anfangszeit auswiesen.

Sie hatte erwartet, Tatjana hier zu sehen, Bescheid gesagt hatte sie ihr zumindest und zudem eine positive Rückmeldung erhalten. Seit ihr Gast auf Felipes Betreiben hin zu Fernando gewechselt war, hatte Caro Tatjana kaum noch zu Gesicht bekommen.

Den Künstler hatte Caro vor einigen Wochen kennengelernt, als der Felipe im Hotel, nach dessen Kurs, besucht hatte. Er war ganz anders als Felipe, der eher den schillernden Künstler verkörperte, denn Fernando wirkte nüchterner, doch auf seine Art nicht weniger sympathisch als Felipe.

„Was denkst du gerade, meine Schöne?" Juan legte den Kopf schief, während er sie ansah.

„Nur an einen Gast. Eine Dame aus Deutschland, die ursprünglich bei Felipe ein Kunstseminar belegen wollte, von dem aber sofort hochgestuft wurde."

„Hochgestuft?"

„Er hat sie an seinen Kollegen Fernando Sanchez vermittelt."

Juan nickte anerkennend.

„Du kennst ihn?", fragte Caro.

„*Por supuesto!* Ich bin sicherlich kein Kunstkenner, aber seine Werke gefallen mir. Er arbeitet mit Feuer."

„Oha."

Juan grinste. „Aber nur auf der Leinwand. Er brennt etwas darin ein und malt andere Teile darum. Musst du dir unbedingt mal anschauen. Lohnt sich."

„*Aquí esta la jefa*", ertönte es hinter ihnen, was sie herumfahren und in die strahlenden Gesichter Elenas und Jonas' blicken ließ.

„Wie schön, dass ihr da seid." Caro begrüßte die beiden mit Wangenküssen, was Juan ihr gleichtat. „Wie war euer Tag?"

„Sehr gut. Ich hätte nicht geglaubt, dass es solch ein Erfolg würde", erwiderte Elena.

„Kann mich ebenfalls nicht beklagen", ergänzte Jonas.

Die beiden erzählten Caro und Juan von den Interessenten und den Kontakten, die sie knüpfen konnten, und endeten mit Jonas' Vorschlag, für Elena eine Tierarztpraxis im Neubau der Seniorenresidenz einzurichten.

„Das hört sich großartig an", sagte Caro und sah Elena an. „Wirst du das Angebot annehmen?"

Elena zuckte die Achseln.

„Hey, Liebste. Ein wenig mehr Begeisterung bitte." Jonas warf in gespielter Fassungslosigkeit die Hände in die Luft.

„Du weißt doch, dass es nicht daran liegt, dass ich das nicht zu schätzen weiß." Elena ergriff den Arm ihres Freundes und wandte sich dann an Caro. „Aber es ist halt ein Wagnis, sich selbstständig zu machen. Davon kannst du ja ein Lied singen."

„Allerdings." Caro hakte sich bei Juan unter. „Aber ebenso, dass es eine der besten Entscheidungen ist, die ich bislang getroffen habe."

„Welche gehört noch dazu?" Juan stieß ihr sanft mit der Hüfte in die Seite.

„Da fällt mir nichts ein", entgegnete Caro grinsend.

„Wir haben uns Frauen angelacht, oder?" Jonas verdrehte die Augen, um dann zu Juan zu sehen, der, wie er, lachen musste, worin auch die Frauen einstimmten.

„Soll ich euch etwas bringen?", fragte Gertrud, die auf die Gruppe zugekommen war. „Also, dass ihr beiden so ein hübsches Paar seid, das wusste ich ja bereits, aber, dass ihr beschlossen habt, euch zu vermehren, nicht", wandte sie sich an Caro, und als sie deren fragenden Blick bemerkte, deutete sie mit dem Kopf in Richtung Elena und Jonas, was die Anwesenden bis auf Elena erneut in Gelächter ausbrechen ließ.

Caro präsentierte ihrer Freundin entschuldigend die Handflächen, bevor sie der auf Spanisch erklärte, was Gertrud gesagt hatte, was bei Elena, dadurch verzögert, ebenfalls zur Erheiterung führte.

Als Gertrud ihnen die bestellten Getränke brachte und die Terrasse sich weiter mit Menschen füllte, dachte Caro, welch ein Glück ihr zuteilwurde. Sie war nicht nur hier am Ort ihrer Träume und durfte dem nachgehen, was sie liebte, sie hatte auch noch einen Traummann an ihrer Seite. Und nicht zu vergessen die lieben Menschen, die sich aus Freunden und Familie zusammensetzten.

28

Tatjana war aufgeregt und das, obwohl es kein Date war. Warum fühlt es sich dann an wie eines, fragte sie sich.

Die letzten zwei Tage waren wie im Flug vergangen, und sie hatte sogar das unangenehme Gespräch mit Fernando hinter sich gebracht. Wobei sie nicht sagen konnte, ob das eher dem Herumreden um den heißen Brei entsprochen hatte.

Denn anders, als Maren ihr geraten hatte, hatte sie die Gefühle, die sie für Fernando empfand, nicht angesprochen. Immer noch waren sie der rosarote Elefant im Raum, um den sie seitdem noch befangener herumgetänzelt war. Um ehrlich zu sein, hatte die Unterhaltung nicht nur zu keiner Verbesserung beigetragen, sie hatte alles verkompliziert.

Dennoch oder womöglich genau deshalb hatte sie Fernando gefragt, ob er am Abend in die Villa Caro kommen wollte. Caro hatte Tatjana mitgeteilt, dass im benachbarten Tierheim ein Tag der offenen Tür abgehalten wurde und am Abend ein Barbecue zum Abschluss auf der Terrasse des Hotels geplant war.

Die Frage war heute einfach so ihrem Mund entschlüpft, als sei ihr Herz es satt, durch den Verstand abgeschottet zu werden. Und Fernando, der das möglicherweise ähnlich sah, hatte direkt zugesagt.

Ihre Zeit neigte sich dem Ende zu. Nach heute waren es nur noch zwei weitere Tage, wobei ihr Flug übermorgen am Abend ging, sodass sie den Tag wohl überwiegend mit Packen und der Fahrt zum Flughafen verbringen und, falls überhaupt, nur kurz im Atelier vorbeischauen würde. Auch der Abschied lag wie eine Wolke über ihr oder bedeutete vielmehr Düsternis, auf die sie sich unaufhaltsam zubewegte.

Von vorangegangenen Urlauben kannte sie eine Trauer, die sich zum Ende einstellte. Doch nicht nur, dass die meist mit dem ambivalenten Gefühl der Freude über die Rückkehr nach Hause verbunden war, die Wehmut, die sie nun empfand, hatte einen anderen Charakter.

„Es fühlt sich nicht an, wie nach Hause zurückzukehren", flüsterte sie.

Bleiern legte sich die Bedrückung auf sie, die bei der Ankunft auf der Insel von ihr abgefallen war. Doch die war nicht der Grund, der sie beunruhigte, sondern, dass sie ahnte, dass es nicht daran lag, zu Peter und dem anstehenden Gespräch zurückzukehren.

Der Grund, weshalb sie so empfand, war, dass sich etwas verändert hatte. Tiefgreifender, als sie das erwartet hatte und derzeit erfassen konnte. Aus dem Schatten ihres früheren Daseins herauszutreten bedeutete mehr, als sich von Peter zu trennen. Ihr bisheriges Leben galt es auf den Prüfstand zu stellen und sich vor allem Klarheit zu verschaffen, was sie wollte.

Ihr Unterbewusstsein und das Herz waren ihrem Verstand und dem bewussten Denken diesen Schritt bereits voraus. „Ist es nicht vielmehr so, dass du das bereits weißt, aber dein Verstand dem zustimmen muss?", fragte sie ihr Spiegelbild, das mit einem wimperngetuschten Auge zurückblickte, während die Hand das Bürstchen bereits vor das ungeschminkte hielt.

Die Miene der Spiegel-Tatjana verriet ihr, dass auch sie die Antwort auf die Frage kannte. Wie mit dieser Erkenntnis umzugehen war, verriet sie ihr hingegen nicht.

Deshalb schminkte sie sich zu Ende und verwarf den Gedanken, Maren anzurufen. Einerseits hatte sie nicht mehr ausreichend Zeit, andererseits wusste sie, was die ihr raten würde: Lass es einfach auf dich zukommen.

Und warum tust du das nicht, fragte sie sich, um sogleich die nörgelnde Stimme zu ignorieren, die ätzte, dass es eben nicht „einfach" war.

„Treiben lassen", sagte sie, während sie die Ohrringe anlegte. „Sei ein Blatt im Wasser." Sie musste lachen. War das ebenfalls eine Änderung, die sie durchlief oder bereits durchlaufen hatte, dass sie nun mit sich selbst sprach, um Lebensweisheiten auszugeben?

Aber selbst der Versuch, alles ins Lächerliche zu ziehen, änderte nichts daran, dass Spiegel- und Selbsterkenntnis-Tatjana, wie sie ihre neuen „Freundinnen" taufte, recht hatten.

Es gelang ihr, die Grübeleien so weit in den Hintergrund zu drängen, dass sie sich der Frage, was sie anziehen sollte widmen konnte. Entgegen kam ihr dabei die begrenzte Auswahl im Vergleich zum Kleiderschrank zu Hause. Trotz dessen wusste sie, dass das leichte, smaragdgrüne Sommerkleid ein Volltreffer war, denn es passte zu ihrem blonden Haar, das sie heute offen trug.

Obwohl sie die letzten Tage überwiegend im Atelier verbracht hatte, erstrahlte ihre Haut in einem zarten Braunton, der, in Kombination mit den grünen Ohrringen und der gleichfarbigen Halskette, ihr den Look bescherte, den sie beabsichtigte: schlichte, sommerlich-leichte Eleganz.

Erneut betrachtete sie ihr Spiegelbild, und es fiel ihr schwer, den Blick abzuwenden. Nicht einzig, da ihr gefiel, was sie sah, sondern weil der Eindruck, in die Zukunft zu sehen, sie nicht losließ. Das ist dein zukünftiges Ich, dachte sie. Zumindest war es die Version von ihr, die möglich war. Diejenige, die ihr mit der Zeit durch die Finger rinnen würde, falls sie nicht zugriff?

„Bist du bereit dazu?", fragte sie Spiegel-Tatjana und hätte die Frage zu gern bejaht. Doch so einfach war das nicht. Oder doch?

Sie schlüpfte in ihre Schuhe, prüfte ein letztes Mal ihr Outfit im Spiegel, ohne sich im zurückgeworfenen Bild zu verlieren und die damit verbundene Gefühls- und Gedankenwelt weiter aufzuwirbeln.

Es war gut, dass sie nun unter Menschen kam, wobei insbesondere einer davon den inneren Sturm weiter anfachte. Fließen, dachte sie, lass es einfach fließen, und anstatt sich zu fragen, ob das funktionieren würde, stellte sich die Leichtigkeit wieder ein, legte sich federnd bei jedem Schritt unter ihre Füße, wie sie es bei der Ankunft auf Mallorca wahrgenommen hatte.

In dieser leichtfüßigen Manier verließ sie ihr Zimmer und begab sich in die Lobby, wo sie sich mit Fernando treffen wollte. In fünf Minuten wäre es so weit, daher entschloss sie sich, draußen auf ihn zu warten.

Die Dämmerung sandte erste Ausläufer über die Insel, die der untergehenden Sonne als Bühne dienten, um den Horizont in ein spektakuläres Lavarot zu tauchen. Während der Himmel dem Blick in einen Vulkanschlot glich, sorgte die Spiegelung dessen im Wasser dafür, dass dieses in Rosé-Violett widerhallte. Den in der Bucht ankernden Booten verlieh dies die Anmutung, sie wogten auf einem seidenen Tuch, das aus Mandelblüten gewoben worden war, sanft hin und her.

Der hypnotische Sog des Anblicks und das begleitende Bedauern, dies nicht auf eine Leinwand bannen zu können, nahmen Tatjana derart in Beschlag, dass sie nicht bemerkte, wie Fernando sich näherte.

„Umwerfend siehst du aus."

Sie zuckte zusammen, sah ihn an, um im gleichen Augenblick ein nervöses Kichern auszustoßen.

„Ich wollte dich nicht erschrecken." Fernando wirkte verlegen.

Einander begrüßten sie mit Wangenküssen. Zwar verlief das Ritual ein wenig müheloser als zuletzt im Atelier, dennoch lag die Schwere des Nicht-Ausgesprochenen wie ein Felsbrocken zwischen ihnen.

„Alles gut. Ich war nur gefangen von diesem Anblick." Sie deutete gen Horizont.

„Increíble, no?" Er trat neben sie und richtete den Blick in die gewiesene Richtung, wodurch das rote Licht sein Gesicht in ein glühendes Gewand kleidete.

Tatjanas Hand sehnte sich danach, die seine zu erfassen, um in diesem Augenblick, der schlichtweg perfekt war, vereint zu sein. Doch die Barriere war immer noch da, und selbst, da dieser Moment sie verminderter erscheinen ließ, war ihr bewusst, dass es sich um eine

Täuschung handelte. Eine wunderbare Beobachtung, selbst das Teilen eines besonderen Erlebnisses, konnte nicht die Lücke füllen, die zwischen ihnen klaffte. Nur Worte konnten das.

„Schade, dass ich die Staffelei nicht da habe", sagte Tatjana, weniger wegen des Inhalts des Gesagten, sondern um die Stille zu vertreiben, die ihr unangenehm wurde.

„Du musst schnell sein."

Irritiert blickte sie ihn an.

„Weil der Farbton sich zügig ändert. Siehst du?"

Dieses Mal folgte sie seinem Fingerzeig und erkannte, was er meinte. Das feurige Rot hatte sich auf die Kontur der Berge in der Ferne zurückgezogen, sodass es aussah, als würde die eine flammende Aura umgeben, während der Himmel sich anschickte, das schwarze Tuch der Nacht überzuziehen.

„Wir sollten ohnehin reingehen", sagte sie und war unsicher, ob sie dadurch einen holperigen Übergang initiierte oder sich der bereits zuvor abgezeichnet hatte. Du scheinst ein Händchen dafür zu haben, romantische Situationen zu zerstören, meldete sich eine sarkastische Stimme zu Wort.

„Ja, lass uns etwas trinken."

Zumindest stellt er sich nicht geschickter an, dachte Tatjana und musste sich auf die Zunge beißen, um nicht zu lachen.

„Was ist los?" Fernandos Frage und das schiefe Grinsen verrieten, dass ihr nicht gelungen war, die Reaktion vollkommen für sich zu behalten.

„Ich dachte nur ...“ Die Lachsalve drängte nach vorne und entlud sich in etwas, das einem grunzenden Husten glich.

„Bist du in Ordnung?“ Fernando schien sämtliche Zähne zu präsentieren, während seine Mundwinkel nach oben strebten.

Das gab ihr den Rest. Sie wieherte los, schlug sich die Hand vor den Mund, was dazu führte, dass sie noch mehr lachen musste. Das verdrillte Gummiband der Anspannung, das sie in den letzten Tagen immer enger umeinander geschlungen hatte, war zerschnitten, und die freien Enden tanzten, um so endlich die aufgestaute Energie abgeben zu können.

„Das war ein ziemlicher Fehlstart, oder?“, fragte Tatjana, immer noch kichernd.

„Zumindest können wir darüber lachen. Hat gut getan.“

„Absolut.“ Sie kratzte sich an der Stirn. „Hör mal. Als wir sonst gesprochen haben – eigentlich wollte ich noch mehr sagen.“

Aufmerksam betrachtete er sie, und erneut musste sie feststellen, wie gut ihr das gefiel. Damit signalisierte er klar sein Interesse an dem, was sie sagen wollte, ohne sie jedoch unter Druck zu setzen.

„Es stimmt, dass momentan einiges bei mir los ist und ich mich dadurch im Ausnahmezustand befinde. Aber das hat nicht nur mit meiner Trennung oder bald anstehenden Trennung zu tun. Vielmehr steht mein ganzes Leben auf dem Prüfstand.“

Er nickte und verblieb stumm.

„Und dann bist da du.“

Seine Brauen hoben sich, und sie hatte den Eindruck, sein Blick, der weiterhin ihre Augen fixierte, intensiviere sich. Doch er sagte weiterhin nichts.

„Da ist so viel, was dich betrifft. Zum einen deine Unterstützung, was mein künstlerisches Schaffen anbelangt. Du hast mir viel beigebracht. Vor allem, an mich selbst und mein Talent zu glauben." Sie schluckte und kämpfte die Stimme nieder, die ihr riet, hier aufzuhören. „Und darüber hinaus – du bist für mich nicht nur ein Lehrer."

Sie hoffte, dass er etwas sagen würde, was ihr half, die Klippe zu umschiffen. Doch seine braunen Augen blickten in die ihren, und sein Mund öffnete sich nicht, während die Mundwinkel ein Lächeln umspielte.

Du musst das Boot alleine auf Kurs bringen, sagte sie sich und atmete tief durch. „Ich finde dich auch als Mensch faszinierend. Womöglich bin ich sogar dabei, mich in dich zu verlieben." Bei den letzten Worten hatte sie ihre Schuhe fixiert, und nun lag die Furcht bleiern auf ihr, hinderte sie daran, den Kopf zu heben, um in seinem Gesicht nach einer Reaktion zu suchen.

Die Stille dehnte sich endlos, und je länger sie dauerte, desto mehr scheute sie sich aufzusehen.

Dann spürte sie eine Berührung, seine Fingerspitzen an ihrem Kinn, die den Kopf sanft anhoben. Worte waren überflüssig. Die Wärme seines Blickes, die leicht geöffneten Lippen, jetzt zu einem eindeutigen Lächeln geformt, und wie er den Kopf schief legte – Tatjana schloss die Augen, und als sie seinen Kuss schmeckte, war es, als würde die Sonne sich hinter den Bergen wieder erheben.

Ihr Herz pochte und sandte kribbelnde Wellen des Glücks durch ihren Körper, während sie sich zugleich fragte, warum sie nicht früher mit der Sprache herausgerückt war, und andererseits, wie es nun weitergehen würde.

Sie lösten sich voneinander, und Tatjana sah verlegen zu Boden.

„Komm." Er reichte ihr die Hand.

Du überstürzt die Sache! Einem blinkenden Signalschild gleich, flammte der Gedanke in ihrem Kopf auf und zog ihre gesamte Aufmerksamkeit auf sich. Immer noch den Blick gesenkt, erkannte sie nur Fernandos Hand und nicht dessen Gesichtsausdruck, wofür sie dankbar war. Denn so blieb ihr die Enttäuschung erspart, die sich sicherlich zeigte, als sie dessen Hand nicht ergriff.

„Dann wollen wir mal", sagte sie und gab sich alle Mühe, unbekümmert zu klingen. Als wäre nichts passiert. Es war absurd, wie unmittelbar sie in das alte Verhaltensmuster zurückschlüpfte, um es sich über den Kopf zu ziehen, wie ein Kind, das im Bett lag und sich vor einem Monster verstecken wollte.

Doch obwohl sie sich dessen bewusst war, konnte sie nicht anders, wollte sogar so handeln. Denn die Analogie mit der Bettdecke war durchaus passend. Sie hatte gespürt, was sie wollte und wie intensiv ihre Gefühle gegenüber Fernando zu werden drohten.

Übermorgen reist du ab und musst deine Ehe beenden, du bist kein Teenager, der sich Hals über Kopf in die nächste Liebesbeziehung stürzt. Doch sie wusste, dass die Aussage ihres Verstandes nicht ihr Herz erreichte, das Fernandos Berührung herbeisehnte.

Dessen Hand halten und die Lippen auf ihren spüren wollte.

Jedoch setzte sich die Ratio durch, hinderte sie daran, in den Momenten, da sein Blick auf ihr ruhte, den in derselben Intensität zu erwidern. Den Kopf schief zu legen, um zu signalisieren, dass sie anknüpfen konnten. Denn dieser Weg stand ihr heute Abend noch offen, wurde aber mit zunehmender Zeit schmaler und würde morgen vollends versperrt sein.

Als sie am Ende des Abends in der Lobby voreinander standen, konnte sie das Ticken der ablaufenden Möglichkeit förmlich hören. „Es war ein schöner Abend", sagte sie und schämte sich des plauderhaften Tons, den sie anschlug, als habe sie vergessen, wie sie begonnen hatten.

Er schob die Hände in die Hosentaschen, was ihn wirken ließ wie einen Jungen, der etwas ausgefressen hatte.

Genauso fühlt er sich, dachte sie, und es ist deine Schuld. Das Gewissen rang mit dem Verstand. Er hat es nicht verdient, mit diesem Eindruck gehen zu müssen. Als hätte er etwas Falsches getan. Die Stiche, die dies in ihrem Herzen verursachte, vermochten nicht, sie aus dem umhüllenden Kleid des Verhaltensmusters zu treiben. Trotz der Tatsche, dass dieses unmodisch war, ja sogar Umstandsmode glich, die verhüllte, um Tatsachen zu verbergen, fühlte sie sich ohne nackt und verletzlich.

Und so entledigte sie sich dessen nicht, ließ zu, dass ihre wahren Absichten verborgen blieben, als sie sich von Fernando verabschiedete.

29

„Und die Ausstellung kann wirklich stattfinden, wenn ich nicht da bin? Ich werde zwar versuchen zu kommen, aber keine Ahnung, was mich zu Hause erwartet." Obwohl sich das, was ihr Herz sie aussprechen lassen wollte, in ihrer Kehle zu einem Kloß verdichtete, hinderte der die anderen Worte nicht daran, herauszufließen. Wofür sie einerseits dankbar war, andererseits schimpfte sie sich selbst ihres falschen Spiels.

„Mach dir keine Gedanken." Die Hände in den Taschen rief Fernando ihr das Bild des gestrigen Abends vor Augen. Auch sein enttäuschter Gesichtsausdruck war derselbe. „Das bekomme ich auch so hin."

Klingt das trotzig, fragte sie sich, um sogleich hinzuzufügen, dass es ihm nicht zu verdenken war. Wie sollte er ihr Verhalten verstehen? Zunächst den Kuss, um anschließend auf Abstand zu gehen.

Auch heute hatten sie nur das Nötigste gesprochen, sie hatte sich zudem gescheut, ihm mehr als unbedingt notwendig in die Augen zu schauen. Als wäre der andere infektiös, waren sie umeinander herumgeschwänzelt und hatten Körperkontakt tunlichst vermieden.

Ist Verliebtsein die ansteckende Krankheit, die du in dir trägst? Marens Stimme in ihrem Kopf klang sarkastisch und erinnerte sie daran, dass sie sich heute bei

190

ihrer Freundin melden musste. Gestern und heute Morgen hatte sie dafür nicht die Energie aufgebracht.

Die Vorwürfe, die sie sich selbst machte, durch Maren formuliert und ausgesprochen zu hören, war mehr, als sie verkraften konnte. Doch irgendwann musste sie da durch.

Und wieso lässt du es nicht einfach zu?

Als ob es einfach wäre!

Die widerstreitenden Strömungen in ihr, die sich immer mehr zu einem Sturm aufpeitschten, wirbelten ihre Gefühls- und Gedankenwelt durcheinander. Und ihr war klar, dass es sich nicht beruhigen würde, sondern die Fragen drängender wurden, je länger sie ihnen Antworten schuldig blieb. Ebenso waren ungestillte Bedürfnisse Vögel, die nicht aufhörten, das Gefieder aufzuplustern, bis sie die Schwingen ausbreiten konnten, um endlich zu fliegen.

„Okay. Dann sollte ich mal los, schließlich muss ich noch packen", sagte sie und stutzte damit den Flügeln ihrer Sehnsucht die Flügel.

„*Vale*." Das klang nicht enttäuscht oder wütend, sondern kraftlos, was viel schlimmer war.

In seinen Augen fand sich derselbe Ausdruck. Während sie ihr Sehnen einsperrte, schien Fernandos als Opfer der Resignation im Sterben zu liegen.

Das ist dein Werk.

Obwohl der Gedanke mit scharfer Klinge in ihre Wahrnehmung schnitt, riss er sie nicht aus dem falschen Schutz der Distanziertheit. Die Verabschiedung geriet zu einem Schauspiel, das den ersten Versuchen eines ungeübten Ensembles ähnelte, das zudem das Drehbuch nicht zu kennen schien.

Mit einem wunden Gefühl in der Brust verließ Tatjana das Atelier und fühlte sich wie eine Verurteilte auf dem Weg zum Henker. Was nicht nur dem geschuldet war, was sie bei ihrer Rückkehr nach Deutschland erwartete, sondern auch dem, was sie zurückließ. Und insbesondere die Art, auf die du es verlassen hast, mahnte eine innere Stimme.

Die Tränen schossen ihr unvermittelt in die Augen, vernebelten ihr die Sicht, sodass sie stehen blieb. Ein jüngeres Pärchen, das ihr entgegenkam, betrachtete sie irritiert, und sie gab vor, etwas in die Augen bekommen zu haben. Doch die Peinlichkeit drang weniger in sie als der Eindruck, einen Fehler begangen zu haben. Er glich einer Kette, die ihr um den Hals gelegt und mit einem Stein beschwert wurde. Die sie in eine gebeugte Haltung zwang und die Trauer weiter anstachelte.

Anstatt unmittelbar zur Villa Caro zurückzukehren, setzte sie sich auf eine der Bänke an der Strandpromenade, in der Hoffnung, die Sonne könne ihr abgekühltes Gemüt erwärmen und der Anblick des Meeres die Niedergeschlagenheit vertreiben.

Doch die Wolke aus diesen Emotionen war dicht und verdichtete sich weiter. Anstatt zu trösten, sorgte der Anblick für Sehnsucht. Die Gewissheit, dass sie bald auch Mallorca und damit die Leichtigkeit hinter sich ließ.

Eine Erkenntnis formte sich in ihrem Bewusstsein aus, die auf seltsame Weise tröstend war: Es half nichts, gegen die Traurigkeit anzukämpfen, deshalb ließ sie die einfach zu.

Das nahezu still daliegende Wasser, in dessen Kräuselung der Oberfläche die Sonnenstrahlen glitzernd reflektiert wurden, und das ebenso die ankernden Boote trug, nahm ihre Sorgen auf. Es erinnerte sie daran, dass alles ständig im Fluss war und so, wie nichts festgehalten werden konnte, kein Ende endgültig war. Selbst da ihr Aufenthalt bald vorüber war, sie würde zurückkehren. Und bei dieser Wiederkehr trüge sie mit Sicherheit weniger emotionales Gepäck mit sich.

Endlich drang das Sonnenlicht zu ihr durch, und wenn es dem auch nicht gelang, die dunklen Wolken vollends aufzulösen, schenkte es ihr doch ein wenig Zuversicht. Ihr fiel der Ausspruch der Einheimischen ein. *„Poco a poco."* Was so viel bedeutete wie „Stück für Stück."

Ja, vor ihr lag noch ein Weg, der nicht einfach zu werden versprach, aber sollte sie es nicht als Gewinn werten, dass sie sich immer klarer darüber wurde, was sie wollte und was nicht? War dies nicht die entscheidende Frage, die es zu klären galt?

Als sie aufstand und die wenigen Schritte auf die steinerne, bankartige Begrenzung zuging, die Promenade und Strand trennte, fielen ihr diese leichter. Sie betrachtete die am Strand auf Liegestühlen und Handtücher Lagernden, hörte die Rufe der Kinder, die im Meer planschten, und streckte das Gesicht in die sanfte Brise, die den Geruch des Meeres in sich trug.

Du wirst das nicht aufgeben, sagte sie sich. Ein simpel erscheinender Grundsatz, der deutlich umfassender war, als es im ersten Augenblick anmutete. Außerdem wurde er von einer Aufbruchstimmung begleitet, von der sie hoffte, sie würde sie durch all das tragen, was ihr bevorstand.

30

„Meine Damen und Herren. Wir haben mit dem Landeanflug begonnen. Bitte stellen Sie die Rückenlehnen aufrecht und klappen die Tische vor Ihnen hoch.“

Die Durchsage ließ Tatjana aus dem Schlaf hochschrecken, und obwohl die klar machte, wo sie sich befand, dauerte es einen Augenblick, bis sie das realisiert hatte. Womöglich, weil der Traum von Fernando und der Ausstellung sich noch nicht von ihr gelöst hatte, und insbesondere die Sehnsucht wieder aufloderte, die er in ihr entfacht hatte.

Gestern Abend hatte sie noch mit Maren telefoniert, alles, was Fernando anbelangte, aber vermieden beziehungsweise ihrer Freundin in Aussicht gestellt, ihr das bei der Rückfahrt vom Flughafen persönlich zu erzählen. Die wenigen Stunden bis zum Abflug heute waren, ironischerweise, wie im Flug vergangen, und ehe sie sich versah, war sie am Flughafen und nun im Flieger. Nur noch Minuten davon entfernt, Maren in die Arme zu schließen und ebenso deren Fragen beantworten zu müssen.

Sie wird dir sicherlich auf den Zahn fühlen. Angesichts dieser Eingebung musste sie schmunzeln und war sogleich froh darüber, dass sie der Gedanke daran eher amüsierte, als Unwohlsein hervorzurufen.

Tatsächlich schien der gestrige Ausblick auf das Meer sich nachhaltig klärend auszuwirken.

Doch kaum hatte das Flugzeug die Wolkendecke unterquert, die ihr Heimatland mal wieder vor der Sonne abschirmte, sank ihr der Mut, dessen Level sich mit der Annäherung an deutschen Boden weiter reduzierte. Beim etwas ruppigen Aufsetzen auf der Landebahn sprangen sie die Sorgen an, um sich in ihr festzubeißen. Mit einem Mal waren die Insel, die Sonne und Leichtigkeit nur noch ein ferner Traum aus einer anderen Welt.

Mit den anderen Reisenden, deren Mienen zum Teil ihre Stimmung spiegelten, was wohl vor allem den Wetterverhältnissen geschuldet war, verließ sie die Kabine und schloss sich dem Menschenstrom an, der Richtung Gepäckbänder strebte. Normalerweise hasste sie dieses Laufen in einer Masse, doch dieses Mal wurde sie sich des Gefühls gewahr, das es auslöste.

Als würdest du fließen, wärest ein Tropfen Wasser in einem Fluss, dachte sie. Und war das nicht exakt das, was Maren ihr ständig riet? Nicht nur sie, auch Felipe hatte davon gesprochen.

Wie oft hatte sie sich abgestrampelt, in der Meinung, sie müsse irgendwo hin schwimmen, ohne abzuwarten, wohin sie die Strömung bringen würde? Es bedeutete nicht, sich seinem Schicksal zu ergeben und nichts zu tun, aber hin und wieder darauf zu vertrauen, dass sich die Angelegenheiten in die richtige Richtung entwickelten. Ohne, dass sie aktiv wurde, um einen Ausgang zu verhindern, den sie erwartete, und dies oftmals in pessimistisch geprägter Denkweise.

Das Fließen gelang ihr, bis sie das Gepäckband erreichte, um sich darüber zu ärgern, dass einige Eltern ihre Kinder darauf herumturnen ließen. Warum ärgerst du dich darüber, fragte sie sich und unmittelbar darauf, ob das nicht ebenfalls etwas war, dass sie hinter sich lassen wollte. Das Verbeißen im Ärger, nicht davon ablassen zu können. Etwas, von dem sie nicht wusste, ob es Teil ihres Charakters oder Folge ihres Lebens und vor allem Zusammenlebens mit einem Mann war, der dadurch angetrieben wurde.

Oder war sie erneut ungerecht?

Schwer, diese Frage zu beantworten, denn tatsächlich war dies in Peters Fall Teil dessen Persönlichkeit, zumindest das, was sie davon kennengelernt hatte. Ironischerweise warf Peter ihr exakt das vor. Dass sie stets negativ sei. Einige Male hatte er sie sogar „Menschenfeind" genannt, was Tatjana tief getroffen hatte.

Wobei, war ihr Umgang mit Fernando nicht gerade von geringer Wertschätzung geprägt gewesen?

Hat Peter recht?

Das schnelle „Nein", das ihr Verstand formulierte, wirkte auch unausgesprochen hohl. Nur eine Hülse, die dazu diente, sich selbst und andere zu täuschen.

Derart in Grübeleien vertieft, bemerkte sie ihren Koffer zu spät, sodass sie dem eine Extrarunde einräumen musste, die der auf dem Förderband drehte, bevor sie ihn bei der zweiten Passage herunterhob.

„Hey, passen Sie doch auf!", rief ihr eine Frau aufgebracht zu, und Tatjana bemerkte erst jetzt den kleinen Jungen, der unmittelbar am Band stand, und den sie nahezu mit ihrem Koffer umgeworfen hatte.

Was hat ihr Kind auch da verloren, wollte sie der Dame entgegnen, schluckte es aber herunter. Ohnehin war ihre Stimmung schlecht, unnötig, die noch weiter in den Keller zu transportieren. Also murmelte sie eine Entschuldigung, bevor sie sich mit eingezogenem Kopf zum Ausgang begab.

Kaum hatte sie die automatische Tür passiert, erblickte sie in der Schar der Wartenden bereits Maren, und deren enthusiastisches Hüpfen und Winken ließen sie dann zumindest schmunzeln, und ein wenig von der Schwermut fiel von ihr ab.

„Du siehst fantastisch aus." Maren grinste breit. „Scheint dir echt gutgetan zu haben. Auch, wenn du dich meinem guten Rat widersetzt hast." Sie griff nach Tatjanas Koffer. „Aber darüber können wir noch im Auto sprechen. Falls du möchtest."

„Einverstanden." Zu ihrer Überraschung stellte Tatjana fest, dass dies keine Worthülse war. Tatsächlich hoffte sie, dass ein Gespräch mit ihrer Freundin, das Chaos der Gedanken klären konnte.

„Also, dann erzähl mal", sagte Maren, nachdem sie den Koffer verstaut hatte und sie eingestiegen waren.

„Ganz von vorne? Ein bisschen was habe ich dir doch schon erzählt."

„Ja, aber persönlich ist das doch was anderes. Außerdem habe ich irgendwie das Gefühl, dass da noch mehr ist, und mit einem ausführlichen Bericht kann ich mir ein besseres Bild machen."

Tatjana erzählte ihr von der Ankunft auf Mallorca, dem Kennenlernen Caros und Felipes und natürlich von Fernando. Nachdem sie mit dem gestrigen Tag abgeschlossen hatte, herrschte zunächst Schweigen.

„Auch wenn die Art und Weise nicht besonders", einen Augenblick suchte Maren nach dem geeigneten

Ausdruck, „glücklich war, ich finde, dass du insgesamt richtig entschieden hast."

„Nicht dein Ernst." Tatjana starrte sie mit aufgerissenen Augen an.

„Janalein, ich weiß, dass ich dazu neige, anderen meine Meinung aufzudrängen. Aber so, wie ich etwas handhabe, muss es nicht für dich gelten. Besonders nach deiner Beziehung mit einem Mann, der das häufig getan hat." Sie warf Tatjana einen Seitenblick zu. „Überrascht?"

„Allerdings."

„Auch ich hab mir die Tage Gedanken gemacht und darüber nachgedacht, wie dieses Gespräch verlaufen könnte."

„Ich weiß ja, dass du es gut meinst."

„Was nicht unbedingt bedeutet, dass es dir guttut und das Richtige für dich ist."

„Stimmt."

„Ich habe gedacht, dass eine lockere Affäre dich auf andere Gedanken bringen würde, aber ich glaube, dass das, was du erfahren hast, deutlich tiefgreifender ist."

„Und weißt du, was mir gerade wieder bewusst wird?" Tatjana legte Maren die Hand auf den Oberschenkel. „Was für eine gute Freundin du bist. Wie gut du mich kennst, und dass dir wirklich daran gelegen ist, dass ich glücklich bin."

„Bestand daran Zweifel?" Ein spöttisches Grinsen umspielte Marens Mundwinkel, dennoch war ihr die Rührung anzusehen.

„Selbstverständlich nicht." Tatjana tätschelte ihrer Freundin den Oberschenkel, bevor sie die Hand wieder wegnahm. „Weißt du, ich habe das nicht erwartet. Der kurze Aufenthalt hat so vieles hervorgebracht oder vielmehr an die Oberfläche gespült." Sie schüttelte den Kopf. „Es ist womöglich völlig bescheuert, aber ich will mein Leben vollkommen ändern."

„Warum sollte das bescheuert sein?" Maren steuerte den Wagen in die Einfahrt zur Tiefgarage, die zu der Anlage gehörte, in der ihre Wohnung lag.

„Na, ich kann doch nicht einfach so die Zelte abbrechen, um nach Mallorca zu ziehen."

Nachdem sie den Wagen geparkt hatte, wandte sich Maren ihr zu. „Zunächst mal muss das ja keine Nacht-und-Nebel-Aktion werden. Du kannst alles in Ruhe planen und dir durch den Kopf gehen lassen. Aber wenn du das wirklich willst, dann solltest du das tun."

„Und wovon soll ich leben?"

„Wenn dieser Fernando und ebenfalls der andere Künstler – wie hieß er noch gleich?"

„Felipe."

Maren schnippte mit den Fingern. „Genau. Also, da sind zwei Fachleute, die dir besonderes Talent attestieren. Was willst du denn mehr?"

„Hmm."

„Pass auf. Zunächst mal musst du morgen ja ohnehin das Gespräch mit Peter hinter dich bringen, und dann überlegen wir, wie wir dich zur Künstlerin auf Mallorca machen."

Tatjana lehnte sich zur Seite, um ihre Freundin in die Arme zu schließen.

„Ich werde dich zwar vermissen, aber Mallorca ist nicht aus der Welt. Und immerhin habe ich dann einen Grund, häufig hinzufliegen", sagte Maren in ihr Ohr, während sie mit der Hand über Tatjanas Rücken strich.

„Noch ist es ja nicht so weit", entgegnete Tatjana, als sie sich voneinander lösten.

Maren betrachtete sie prüfend. „Aber es ist nur eine Frage des ‚Wanns', nicht des ‚Obs', das kannst du mir glauben. Ich kann es in deinen Augen sehen, wenn du von der Insel und der Malerei sprichst."

Das brachte Tatjana zum Lächeln, denn wieder einmal hatte ihre Freundin ins Schwarze getroffen. „Wahrscheinlich hast du recht."

„Selbstverständlich habe ich das. In diesem Fall dränge ich dir meine Meinung auf." Maren zwinkerte ihr zu.

„Aber hältst du das tatsächlich für realistisch?"

„Janalein, jetzt erstick den Geist des Neuanfangs nicht gleich in Zweifel. Uns fällt schon etwas ein." Sie erfasste den Griff der Fahrertür. „Aber jetzt lass uns erst mal aussteigen, ankommen und vor allem etwas essen."

„Einverstanden. Ich sterbe vor Hunger."

Sie stiegen aus, und Tatjana beschloss, sich von der Zuversicht ihrer Freundin anstecken zu lassen. Nicht gleich in Zweifel ersticken, dachte sie und musste zugeben, dass sich dieser Rat gut anfühlte.

31

„Du zertrümmerst also all die Jahre, die wir hatten? Einfach so?“

Tatjana fiel es schwer, den Ärger zurückzuhalten, der angesichts Peters weinerlichen Tonfalls in ihr aufwallte. Das habe ich mir irgendwie anders vorgestellt, dachte sie, ohne sagen zu können, ob dem ein negativer oder positiver Tenor innewohnte. Zumindest traf es sie unvorbereitet und ließ all die vorbereiteten Sätze, die sie sich zurechtgelegt hatte, zu überzähligen Maschen werden, die ihr von der Nadel rutschten und die Gefahr bargen, sich darin zu verheddern.

„Das tue ich doch gar nicht“, entgegnete sie und bemühte sich um einen ruhigen Tonfall.

„Und wie würdest du das dann bezeichnen? Schließlich sprichst du gleich von Trennung und Scheidung.“

„Du kannst doch nicht allen Ernstes sagen, dass das aus heiterem Himmel kommt. Dass in unserer Ehe alles gut war. Wenn wir uns nicht aus dem Weg gehen, streiten wir. Und mittlerweile haben wir mehrere Paartherapeuten durch.“

„Du willst es also noch nicht mal versuchen?“

„Was denn versuchen?“ Die Art, wie sie die Frage herausschleuderte, machte ihr klar, dass der Geduldsfaden gerissen war. „Wann hast du denn wirklich auch nur versucht, etwas zu ändern? Mit dem Finger auf andere zeigen und denen erklären, was sie zu ändern haben, das kannst du. Sogar bei unseren Paartherapeuten hast du das gemacht. Weil du dich nicht öffnen kannst, nicht willst. Und außerdem – du hast mich doch in deiner Nachricht rausgeworfen und gesagt, dass es von deiner Seite aus nichts mehr zu reden gibt."

„Was bist du denn auf einmal so scharf?" Peter riss die Augen auf und hob angewidert die Oberlippe. „Ich bitte nur um eine Chance für unsere Ehe und werde von dir derart angegangen. Ich habe gedacht, dass ich dich mit dieser Nachricht dazu bringe, um uns zu kämpfen!"

Ganz ruhig, riet sie sich, wohl wissend, dass sie kurz davor war, zu explodieren, und dass dies exakt der Plan ihres Mannes war. Denn so war sie die Böse und er das arme Opfer, das von ihr fertiggemacht wurde. Warum hast du das so viele Jahre mitgemacht, fragte sie sich.

Sie war dankbar, dass es ihr nicht nur gelang, tief durchzuatmen, sondern dass sich der aufgepeitschte Puls dadurch ebenfalls beruhigen ließ. „Okay", sagte sie. „Es ist okay." Sie sah Peter an und genoss einen Moment dessen Sprachlosigkeit, garniert mit dem konsternierten Blick. „Jahrelang habe ich mich verbogen, um es dir recht zu machen. Habe gehofft, du würdest das eines Tages sehen und mir dafür dankbar sein." Mit den Händen strich sie über ihre Jeans, die sie dabei betrachtete. „Auf meine Art war ich somit ebenso egoistisch wie du."

„Egoistisch? Ich habe so viel für dich getan. Dich immer unterstützt. Ohne mich hättest du doch so gut wie gar nichts."

Nicht darauf eingehen. Es fiel ihr schwer. Glich dem duftenden Lieblingsgericht, vor dem man ausgehungert saß, während man sich selbst die Order gab, nicht zuzugreifen. Doch sie überraschte sich ein weiteres Mal, indem es ihr gelang, die Flammen der Wut, die in ihr hoch loderten, mit dem Mantel der Vernunft zu ersticken, den sie darüber breitete.

„Du hast deine Sicht der Dinge, und ich werde mich nicht mehr daran aufreiben, dir meine zu erklären", sagte sie und war stolz auf den nüchternen Tonfall, den sie anschlug.

Der schien auch Peter zu überraschen, der sie ungläubig ansah, da er wohl mit einer Attacke ihrerseits oder zumindest einer Rechtfertigung gerechnet hatte.

„Ich habe mich so oft gerechtfertigt", sprach sie ihre Gedanken aus, „das werde ich nicht mehr tun. Warum auch? Es hat in der Vergangenheit nichts genutzt, und jetzt ist es umso unwahrscheinlicher, dass wir zu einer Lösung finden." Sie erhob sich.

„Was machst du?"

Fast hätte sie gelacht, denn Peter starrte sie an wie ein Fleischliebhaber, dem man gerade offenbart hatte, ab jetzt vegetarisch leben zu müssen. Passt irgendwie, dachte sie und musste grinsen. Denn war sie nicht auf gewisse Art das Fleisch seines Lebens gewesen, auf dem er tagtäglich herumgekaut hatte?

„Findest du das etwa witzig?", echauffierte sich Peter.

Tatjana wollte nicht respektlos erscheinen, weshalb sie das Lächeln einstellte und den Kopf schüttelte. „Ich denke nur, es ist alles gesagt."

„Ist das so?" Er schlug diesen provozierenden Ton an, von dem er wusste, dass er sie zur Weißglut brachte.

Normalerweise. Denn hatte sie bis zur Ankunft hier noch gefürchtet, die Insel-Ruhe habe sie verlassen, stellte sie zu ihrer Freude fest, dass die beschlossen hatte, bei ihr zu bleiben, um sich angenehm ausgleichend in ihr auszubreiten.

„Peter, die einzigen Gespräche, die wir noch führen sollten, handeln davon, wie wir unsere Ehe für beide Seiten zufriedenstellend auflösen können."

Der Schrecken schoss in sie und machte ihr klar, dass es doch etwas gab, das die Gelassenheit vertreiben konnte: die Wut in Peters Augen. Plötzlich war sie da, während er, wie durch ein Katapult abgeschossen, vom Stuhl sprang, der hinter ihm krachend auf dem Parkettboden aufschlug.

Ehe sie wirklich begriffen hatte, was geschah, war er bei ihr, umfasste das Handgelenk und drückte so fest zu, dass es schmerzte.

„Was soll das?", rief sie.

„Na, endlich", zischte er. „Ich dachte schon, da ist eine Roboterversion meiner Frau zurückgekehrt." Ein spöttisches Grinsen umspielte seine Mundwinkel.

„Du lässt mich sofort los." Obwohl es kaum mehr als ein Flüstern war, wirkte es wie ein Befehl, oder womöglich verlieh gerade dies der Aussage mehr Stärke, als ein Schreien es vermocht hätte.

Peter ließ sie los, und am liebsten hätte Tatjana die Jacke geschnappt, um damit zur Tür zu eilen. Lauf nicht vor ihm weg! Eine instinktive Eingebung, deren Wahrheitsgehalt sie keine Sekunde bezweifelte.

Stattdessen fixierte sie seinen Blick und zwang ihrer Mimik Regungslosigkeit auf. Er wird dir schon nichts tun, meldete sich eine innere Stimme zu Wort, ohne dass sie den Wahrheitsgehalt dieser Aussage zu prüfen bereit war, was nur die Anspannung vergrößert hätte.

In ruhigen Bewegungen, von denen sie hoffte, dass die Souveränität vermittelten, hob sie ihre Jacke von der Stuhllehne, um hineinzuschlüpfen.

Am Anfang des Eingangsflurs angekommen, der sich offen an das Wohnzimmer anschloss, drehte sie sich um. „Du solltest dir Hilfe suchen. Und das sage ich nicht, um dich zu ärgern, sondern aus Besorgnis."

Er sah sie an, und zunächst erschien Tatjana positiv, dass Peters Nasenflügel nicht vor Wut bebten, doch dann erkannte sie den Ausdruck in seinen Augen, den sie nur zu gut kannte, und der sie vor wenigen Wochen veranlasst hatte, ihn zu verlassen: Verachtung.

Doch dies war der Augenblick, in dem das Leben ihr eine Lektion offenbarte, ihr zeigte, dass sie sich weiterbewegt hatte, denn anstatt sie, wie beim ersten Mal zu schockieren, wirbelte Peters Miene keinen emotionalen Staub auf. Einzig eine Gewissheit, bereits präsent in ihrem Kopf, rückte ins Zentrum des Denkens: Gut, dass du ihn los bist!

Keine Bitterkeit, kein Groll oder sonstige negative Emotion begleitete die Eingebung, sondern endlich hatte sie nach Jahren des Tauchens in trübem Wasser die Oberfläche wiederentdeckt und tauchte in diesem Moment auf, um Luft zu holen.

Als sie sich abwandte, den Flur hinabging, um die Haustür zu öffnen, und die hinter ihr ins Schloss fiel, rutschte die Beklemmung, die ihren Brustkorb umschnürt hatte, herunter. Ein weiteres Mal atmete sie tief durch. Sog Erleichterung in ihre Lungen, Zuversicht und hatte endlich den Eindruck, davon die ersten Schritte in ein neues und selbstbestimmtes Leben getragen zu werden.

32

„Irgendwie habe ich ein Déjà-vu.“ Tatjana schüttelte den Kopf, als könne sie es selbst nicht glauben.

„Ist es in gewisser Weise ja auch. Vor knapp zwei Wochen habe ich dich erst hier abgeholt, und jetzt fliegst du schon wieder los“, sagte Maren, nachdem sie den Schlüssel herumgedreht und den Motor dadurch abgestellt hatte.

„Bin ich bescheuert?“

„Das hoffe ich doch.“ Maren grinste und ergriff Tatjanas Hand. „Aber auf eine gute Art und endlich. Du tust das Richtige.“

„Und wenn alles schiefläuft?“

„Zunächst einmal ist das unwahrscheinlich, dass alles zur Katastrophe wird, und abgesehen davon glaube ich nicht daran. Es wird dir vor allem sehr vieles über dich selbst offenbaren und dein zukünftiges Leben. Insofern kannst du nicht verlieren.“

„Hmm.“ Tatjana schluckte.

„Im schlimmsten Fall kommen deine Werke nicht an, und Fernando möchte nicht weiter mit dir arbeiten. Das heißt aber nicht, dass deine künstlerische Laufbahn damit vorbei ist. Und auch Mallorca nicht.“

„Du hast bestimmt recht.“

„Klar habe ich das. Und außerdem hast du doch gesagt, dass Fernando nicht komisch wirkte, als ihr telefoniert habt?“

Tatjana zuckte die Achseln. „Vielleicht distanziert. Aber am Telefon fällt das schwer zu beurteilen.“

„Jetzt lass es einfach auf dich zukommen.“ Maren drückte ihre Hand, die sie bis jetzt gehalten hatte, um die freizugeben und die Autotür zu öffnen. „Jetzt verfrachten wir dich in den Flieger, und dann wirst du schon sehen, dass alles gut wird.“

„Okay.“ Ihrerseits stieß Tatjana die Tür auf, um auszusteigen.

Vor den Check-in-Schaltern angekommen, war die Zeit des Abschieds gekommen.

„Womöglich hättest du doch mitkommen sollen.“ Tatjana nestelte am Griff ihres Koffers herum.

„Du hast richtig entschieden. Als ich dir das vorgeschlagen habe, hielt ich es für eine gute Idee, aber was du gesagt hast, stimmt. Diese Reise musst du alleine antreten. Und ich bin nicht aus der Welt. Musst nur anrufen.“

Maren breitete die Arme aus, und Tatjana folgte der Aufforderung. „Ich schreibe dir, sobald ich gelandet bin.“

„Mach das.“ Ihre Freundin fasste Tatjana bei den Schultern, hielt sie auf Armeslänge von sich fort, um sie prüfend zu betrachten. „Und bitte versprich mir eines. Schalt den Kopf aus. Zumindest den Teil, der dir ständig Bedenken einflüstert.“

Tatjana nickte.

„Leg nicht alles auf die Goldwaage, und wenn du kannst, erwarte auch nichts. Lass es einfach auf dich zukommen. Was passiert, passiert.“

„Okay.“ Tatjana legte den Kopf schief.

„Du hast doch gesagt, dass du dieses Gefühl der Leichtigkeit auf der Insel hattest.“

„Hmm.“

„Dann nutzte das. Lass dich davon tragen. Du kannst nur gewinnen, nicht verlieren.“

„Okay.“

Marens Augen verengten sich, wohl als Zeichen der Prüfung, ob sie die Zustimmung ihrer Freundin als authentisch auffassen konnte. „Na, dann. Flieg, Janalein. Flieg!“ Sie löste die Hände von Tatjanas Schultern und wedelte damit durch die Luft, als wolle sie einen Schwarm Fliegen vertreiben, was beide zum Lachen brachte.

Tatjana winkte Maren noch einmal zu, bevor sie ans Ende der Schlange vortrat, die kürzer war als beim letzten Mal, was vor allem daran lag, dass die Hauptsaison nun zu Ende war. Dies hatte auch Einfluss auf die Altersstruktur, wie sie feststellte, denn es handelte sich vor allem um reifere Personen oder aber Eltern mit jungen, nicht schulpflichtigen Kindern, die die Reise nach Mallorca antraten.

Während sie sich schrittweise in der Menschenschlange in Richtung Schalter fortbewegte, dachte Tatjana über die Zeit seit dem Gespräch mit Peter nach ihrer Rückkehr nach. Die Tage waren wie im Flug vergangen, und Maren hatte ihr nicht nur weiter Quartier gewährt, sondern sie darin bestärkt, persönlich bei der Ausstellung ihrer Werke anwesend zu sein.

Sie hatte Glück, dass ihr Chef ihr auch diesen Urlaub bewilligt hatte, wobei es dem wohl vordergründig darum ging, dass kein Mitarbeiter Urlaubstage in das Folgejahr mitnahm. Etwas, das sich bei ihm nahezu zu einer Obsession auswuchs. Wie wenig sie ihren Boss und diesen Job liebte. Schon lange fühlte sie sich in der Bank fehl am Platz, doch nun, angesichts der Vision, die Tätigkeit ausüben zu können, die sie liebte, erschien es unvorstellbar, weiterhin Darlehen zu vergeben und zu Anlagestrategien zu beraten.

Bereits als sie Peter kennenlernte, war sie so weit gewesen, den Job aufzugeben, hatte den eigenen Traum jedoch hinten angestellt, um ihn beim Aufbau seiner Baufirma zu unterstützen. Nicht nur, dass sie sich nie darüber beklagt hatte, es war ihm sogar gelungen, die Tatsachen herumzudrehen. Zwar war seit ungefähr einem Jahr sein Einkommen höher als ihres, doch die zeitliche Aufteilung veränderte sich dadurch nicht.

Peter aber war ein Meister darin, die Tatsachen zu verdrehen und allen Beteiligten seine Version der Dinge derart glaubhaft zu versichern, dass inzwischen klar war, dass vor allem er es war, der sie unterstützt und gefördert und eigene Belange dafür zurückgestellt hatte.

Grotesk erschien dabei, dass er selbst, nach mehrmaligem Wiederholen der eigenen Sicht der Dinge, diese Version für die Wahrheit hielt. So konnte man ihm streng genommen, als Opfer der Autosuggestion, kaum noch einen Vorwurf machen.

Auch dies hatte bei Tatjana dazu geführt, sich für alles zu rechtfertigen und stets zu versuchen, Peters Sichtweise als falsch zu entlarven, aus Sorge davor, dass die sonst bald zur angenommenen Realität wurde. Ein kräftezehrender Kampf, der zudem immer wieder für Diskussionen und dicke Luft gesorgt hatte.

Kaum war die mit Peter und ihrer Ehe verbundene Kette aus Angelegenheiten von ihr durchgedacht worden, erwartete sie bereits die nächste, ihre zukünftige Existenz betreffend: Eine neue Wohnung, Möbel, der Umzug ihrer Sachen und die Frage nach der beruflichen Ausrichtung, was unweigerlich die, wie sie alles finanzieren sollte, nach sich zog. Diese essenziellen Aspekte des neuen Lebens türmten sich vor ihr auf und drohten sie zu erschlagen.

Sie war nur noch einmal in der gemeinsamen Wohnung gewesen, als sie wusste, dass Peter nicht dort war, um weitere Sachen zu holen, doch auf Dauer war die derzeitige Lebenssituation nicht aufrechtzuerhalten.

Hitze wallte in ihr auf, und sie griff nach einem der Pfosten, zwischen denen die Bänder gespannt waren, die die Wartenden den gewünschten Weg entlangleiteten. Weiteratmen und keine Panik bekommen!, rief sie sich zu, denn der Aufgabenturm neigte sich ihr zu und drohte, sie jeden Augenblick zu erschlagen. Es ist zu viel und dann auch noch diese Reise – was hast du dir nur dabei gedacht?

„Geht es Ihnen gut?", fragte eine ältere Dame, die sich hinter ihr eingereiht hatte, und die sie besorgt über den Rand ihrer goldenen Brille ansah.

„Alles in Ordnung. Danke."

„Flugangst?"

„Wie bitte?"

„Ob Sie unter Flugangst leiden?"

„Nein, eigentlich nicht."

„Geht mich ja auch nichts an." Die Dame lächelte freundlich, was Tatjana erwiderte, bevor sie sich wieder nach vorne wandte, um die entstandene Lücke aufzuholen.

Zumindest hatte der kurze Dialog dafür gesorgt, sie von ihrer Panik abzulenken. Doch das bedeutete allenfalls ein kurzes Aufatmen, denn Tatjana nahm deren Präsenz nach wie vor wahr, als hätte die Beklemmung angesichts dessen, was ihr bevorstand, das Zimmer nicht verlassen, sondern wäre hinter einen Vorhang getreten.

Es würde ein stetiger Kampf werden, es an den Rand des Denkens zu drängen, als wäre man eingesperrt mit einer giftigen Schlange, deren Zugriff man sich durch bedachte Schritte entziehen konnte. Ein beständiger Nervenkrieg, der die Energiereserven schwinden ließ.

Und das, da sie sich ohnehin im emotionalen Ausnahmezustand befand, würde sie doch morgen nicht nur zum ersten Mal ihre Werke einem größeren Publikum präsentieren, sondern ebenso ihrem Mentor gegenübertreten. Von dem sie immer noch nicht sagen konnte, ob diese Bezeichnung erfasste, was er ihr bedeutete.

Das Denken an Fernando vermochte zumindest, die Fragen, die darum kreisten, in den Vordergrund zu rücken, sodass Peter und was in Deutschland anstand, in den Hintergrund rückte. Vor ihrem geistigen Auge sah sie das Gesicht des Künstlers, wie sich beim Lachen die feinen Fältchen seitlich der Augen bildeten, und diese zu leuchten schienen.

Auch die Erinnerung des Kusses wurde zum Tagtraum, nur dass sie den so fortführte, dass sie anschließend nicht auf Distanz ging, sondern Fernando ihre Gefühle eingestand. Was den dazu veranlasste, sie ein weiteres Mal zu küssen, um ihr mitzuteilen, dass er vom ersten Augenblick, da er sie sah, mit ihr zusammen sein wollte.

Der Film ihres Wunsches begleitete sie in den Schlaf und wurde zum Traum, der erst endete, als das Flugzeug in Palma de Mallorca aufsetzte. Sie erwachte mit einem Lächeln auf den Lippen, denn in der geschaffenen Parallelwelt hatte sie gerade nach Mallorca übergesiedelt, war bei Fernando eingezogen, um mit ihm Tag für Tag an neuen Werken zu arbeiten.

Wäre es doch nur so einfach, dachte sie beim Aussteigen, um sich gleich darauf zu fragen, ob es nicht so einfach sein konnte.

33

„Und die Ausstellung ist morgen?“, fragte Caro.

„Genau. In der Filiale der Deutschen Bank“, entgegnete Tatjana, die gerade vom Flughafen in der Villa Caro angekommen war und dort auf die Hotelbesitzerin traf, die hinter dem Rezeptionstresen saß.

„Neben Tedi, oder?“

„Öh!“, machte Tatjana und runzelte die Stirn. „Ich muss zugeben, dass ich gar nicht weiß, wo genau das ist.“

„Dafür bin ich ja da.“ Caro lächelte sie an. „Moment.“ Sie zog eine Schublade heraus, um der eine Karte zu entnehmen. „Dann wollen wir mal. Nenn mich altmodisch, aber ich erledige das lieber noch auf die frühere Art.“ Mit einem Stift zeichnete sie ein Kreuz ein. „Wir sind hier. Und die Bank und damit die Ausstellung ist“, ihr Finger fuhr über das Papier, „hier.“ Mit einem Kreis markierte sie die Stelle, bevor sie den Plan zusammenfaltete, um den Tatjana zu überreichen. „Du kannst dir natürlich auch im Internet die Adresse und Route raussuchen.“

„Danke.“

„Dein Zimmer ist auch schon fertig. Sogar dasselbe wie beim letzten Mal. Brauchst du Hilfe mit dem Gepäck?“

„Nein, nein.“

„Ich bin sehr gespannt auf deine Werke."

„Du kommst zur Ausstellung?", fragte Tatjana.

„Mein Freund Juan kennt Fernandos Werke und hat mir von dessen Feuerkünsten erzählt. Hast du die auch für deine Gemälde verwendet?"

Tatjana nickte.

„Das hört sich spannend an, und wir wollten uns das ohnehin mal anschauen. Und da wir morgen noch nichts vorhaben ..." Caro, die immer noch stand, stemmte die Hände in die Hüften. „Juan wird zwar schimpfen, dass ich ihn verplane, ohne vorher zu fragen, aber in dem Falle gehe ich fest davon aus, dass es in seinem Sinne ist."

„Dann freue ich mich, euch dort zu sehen." Tatjana hoffte, dass ihr die Aufregung nicht anzuhören war. Zwar wäre es schön, ein bekanntes Gesicht unter den Besuchern zu wissen, aber das Urteil Bekannter hatte sie stets mehr gefürchtet als das Fremder und sich gleichermaßen gefragt, ob es nicht umgekehrt sein sollte.

„Super. Ab wann geht es denn los?"

„Sechs, meine ich." Tatjana verabschiedete sich von der Hotelbesitzerin, um das Zimmer zu beziehen.

Als wärest du nicht fort gewesen, dachte sie, und tatsächlich fügte sich diese Ankunft nahtlos an den letzten Aufenthalt, als wäre die Zeit in Deutschland, die dazwischen lag, nur ein Traum gewesen.

Kaum hatte sie den Koffer auf die dafür vorgesehene Ablage gehoben, zog sie das Handy aus der Tasche, um Fernando eine Nachricht zu schreiben. So hatten sie es vereinbart, und dennoch flutete die Aufregung kribbelnd ihren Körper, denn das Wiedersehen stand unmittelbar bevor. Um alles in Ruhe durchzusprechen, wollten sie sich nämlich heute noch im Atelier treffen.

Die Antwort ließ nicht lange auf sich warten, in der Fernando ihr mitteilte, dass sie gleich vorbeikommen könne. Dies fachte die Anspannung in ihr weiter an, die zu einem Brodeln in ihrem Magen wurde, sodass sie kurz fürchtete, sich übergeben zu müssen.

Jetzt sei nicht albern!, herrschte sie sich an, und es gelang ihr, zumindest die Übelkeit zu Unwohlsein zu reduzieren, bevor sie zunächst das Zimmer und dann das Hotel verließ. Die Strandpromenade hatte sich nach dem Ende der Hauptsaison der Touristenströme entledigt und bot den vereinzelt darauf herumflanierenden Personen ausreichend Raum.

Das verminderte Menschenaufkommen gefiel Tatjana. Auch der Strand und das Meer wirkten dadurch idyllischer und weniger bedrängt, als atmeten sie nach den Wochen der Dauerbelagerung auf. Die Sonne hatte sich bereits von ihrem Platz über dem Wasser entfernt, um sich oberhalb der Berge dem Himmel anzuheften, von wo sie zeitnah hinabsteigen würde. Sicherlich unter Entzündung der spektakulären Rotfärbung, die Tatjana zuletzt bei der Feier in der Villa Caro mit Fernando beobachtet hatte.

Beim Gedanken an den Abend und vor allem, was kurz im Anschluss an die Betrachtung des Horizontes geschehen war, grub sich die Nervosität erneut in ihre Eingeweide. Dies veranlasste Tatjana, sich auf den jeweils nächsten Schritt zu konzentrieren. Eine Art Meditation, die gelang, und das, obwohl sie doch stets behauptete, damit nichts am Hut zu haben.

Der Gedanke ließ sie grinsen, was wiederum entspannend wirkte, sodass sie weniger gestresst als zu Beginn am Atelier eintraf. Um ihrem Verstand keine Zeit einzuräumen, neue Horrorszenarien heraufzubeschwören, klopfte sie ohne Umschweife an die Tür, die kurz darauf geöffnet wurde.

„Buenas tardes.“

Es hatte ihr die Sprache verschlagen. Obwohl sie diese Situation unzählige Male gedanklich durchgespielt, überlegt hatte, was sie sagen konnte – ihr Kopf war leergefegt, und ihr blieb nichts anderes übrig, als die Mundwinkel zu einem Lächeln zu zwingen.

„Schön, dass du da bist“, fuhr Fernando fort, und Tatjana war ihm dankbar, dass er die Initiative ergriff, sie an sich heranzog, um ihr Wangenküsse aufzudrücken.

„Der Flug war ganz komplikationslos“, sagte sie und hätte sich am liebsten mit der Hand an die Stirn geschlagen.

Was für eine dämliche Äußerung ist das denn bitte, fragte sie eine innere Stimme, der sie die Antwort schuldig blieb. Stattdessen beeilte sie sich, an Fernando, der zur Seite getreten war, vorbeizugehen.

„Ich habe die Gemälde schon größtenteils für den Transport vorbereitet. Du kannst mir mit den letzten helfen.“ Fernando deutete auf die Staffeleien, die zum Teil bereits in Luftpolsterfolie eingeschlagene Bilder und ansonsten noch unverpackte Werke präsentierten.

„Klar. Gerne.“ Tatjana stemmte die Hände in die Hüften und sah sich um. Leider war der Effekt des meditativen Gehens auf dem Weg hierher verflogen, und die Aufregung sandte kribbelnde Wogen durch ihre

Gliedmaßen. Zudem sorgte sie dafür, dass ihr Kopf nicht in der Lage war, einen klaren Gedanken zu fassen.

„Hier ist die Folie. Von der schneidest du ein Stück ab und legst los." Dass Fernando völlig unverkrampft klang, als wären sie alte Freunde und nicht zwei Menschen, die zwischen Hitze- und Erkaltungs-Pol hin und her sprangen, irritierte sie mehr, als es eine distanzierte Haltung getan hätte.

Mit der hatte sie nämlich gerechnet, wohingegen das hier nicht zu den Szenarien gehörte, die sie gedanklich durchgespielt hatte. Weshalb sie bar jedes geeigneten Werkzeuges war und sich fühlte, als würde sie mit bloßen Händen Nägel in eine Wand schlagen.

Und wenn das eine Chance ist?

Bevor sie diese Frage beantworten konnte, musste sie sich über deren Bedeutung klar werden. Und als ihr das gelungen war, stellte sie fest, dass sie sie bejahen musste.

Außerhalb des Korsetts, in das der Verstand sie meist zwang, schwamm sie frei und ließ die Unsicherheit hinter sich, die sie immer empfunden hatte, wenn kein vorgefertigter Weg existierte, dem zu folgen sie sich entschließen konnte.

„Wie viele Personen werden denn kommen?", fragte sie. Glücklich darüber, dass es ihr gelang, in derselben lockeren Weise in die Konversation einzusteigen.

„Zusagen sind wohl von fünfzig Personen da. Und dann gibt es häufig noch Laufkundschaft, die sich spontan entscheidet, vorbeizukommen. Besonders, da die Bankfiliale ja auf dem Weg zu Lidl und neben Tedi liegt."

„Oh Mann. Ich hoffe, ich mach mir nicht in die Hose.“

„Total verständlich, dass du aufgeregt bist. Bei meiner ersten Vernissage habe ich nichts herunterbekommen, obwohl es ein tolles Catering gab. Ich dachte, dass ich das sofort wieder von mir geben müsste.“ Fernando grinste. „Und weißt du was?“

Tatjana schüttelte den Kopf.

„Es ist zwar nicht mehr wie beim ersten Mal, aber ich bin jedes Mal wieder aufgeregt. Schließlich gleicht keine Ausstellung der anderen, da auch die Werkszyklen, die ausgestellt werden, unterschiedlich sind. Was bedeutet, dass Begeisterung und Verriss stets möglich sind. Selbst langjährige Bewunderer meiner Arbeit können zu Kritikern werden, wenn ihnen eine neue Gemälde-Serie nicht gefällt.“ Er tat einen Schritt auf sie zu und legte ihr die Hand auf die Schulter. „Aber du bist ja nicht alleine. Und falls es Kritik hagelt, trifft die am meisten auf mich.“

„Okay.“

Sie vertieften sich in die Einpackarbeit, und Tatjana war froh, dass sich die entspannte Atmosphäre, die Fernando durch sein Verhalten geschaffen hatte, in authentischer Weise ausgebreitet hatte.

„Ich bin nicht gut darin, meine Gefühle auszudrücken“, sagte Tatjana plötzlich.

Fernando, der gerade ein Stück Folie um die Kante einer Leinwand geschlagen hatte, hielt in der Arbeit inne und sah sie an.

Obwohl Tatjana dieses Verhalten mittlerweile kannte und wusste, dass er sie nicht drängen würde weiterzusprechen, sondern abwartete und aufmerksam zuhörte, verzückte es sie auch dieses Mal. Insbesondere, da ihr das Gespräch mit Peter noch gut im Gedächtnis war und damit dessen konträres Benehmen. War es nicht ein großes Glück, dass sie nun jemanden kannte, der sich derart für sie interessierte und ihr den Raum einräumte, auszuformulieren, was sie beschäftigte?

„Es tut mir leid, was bei der Feier passiert ist." Sie bemerkte, wie sich Fernandos Augen für einen Sekundenbruchteil verengten, und wurde sich ihrer missverständlichen Aussage gewahr. „Nicht, dass wir uns geküsst haben, sondern wie ich mich danach verhalten habe." Sie schluckte, was sich unangenehm anfühlte, da ihre Kehle staubtrocken war. „Den Kuss bedaure ich überhaupt nicht", fuhr sie flüsternd fort und schlug die Augen nieder. „Überhaupt nicht."

Kaum waren die Worte heraus, schämte sie sich derer. Glaubte, sie habe einen Fehler gemacht und wäre am liebsten davon gelaufen. Doch der Vorsatz, nicht in alte Fahrwasser zu geraten, hielt sie dort.

Dass Fernando zu ihr gekommen war, bemerkte sie erst, als dessen Fingerspitzen ihr Kinn berührten und das Gesicht sanft anhoben. Ein Déjà-vu, dachte sie doch an ihren Kuss, der ähnlich eingeleitet wurde.

Doch als sie dieses Mal in Fernandos braune Augen sah, näherte sich dessen Mund nicht dem ihren an, sondern blieb in der Entfernung. „Ich bedaure es ebenfalls", sagte er. „Auch ich habe nichts gesagt. Obwohl ich gedacht habe, ich wäre darüber hinaus, fühlte ich mich gekränkt. War mein Stolz verletzt."

„Das verstehe ich."

Er fasste ihre Hände. „Und ich verstehe, dass du sehr vieles durchmachst und dich natürlich fragst, ob du dich auf einen neuen Kerl einlassen kannst." Er legte den Kopf schief. „Und dazu noch auf einen, der nicht einfach ist. Der seine Eigenheiten hat.“

„Einfach bin ich auch nicht.“

Ein spöttisches Grinsen umspielte seine Mundwinkel. „Das brauchst du mir nicht zu sagen.“

Das brachte sie ebenfalls zum Lächeln. „Tut mir leid.“

„Warum? Womöglich will ich nicht einfach, sondern Charakter.“

„Tatsächlich?“

Er zuckte mit den Schultern und schob die Unterlippe vor. „Wer weiß?“ Er ließ ihre Hände los. „Aber jetzt müssen wir erst mal zu Ende packen.“

Tatjana hoffte, die Enttäuschung spiegelte sich nicht in ihrer Miene, als sie hervorstieß: „Selbstverständlich.“

„*Mi amor.*“ Fernando brachte sein Gesicht nahe an ihres. „Du bist doch keine Frau, die direkt aufgibt, oder?“

„Nein“, flüsterte sie.

„Warum nimmst du dir dann nicht einfach, was ich dir schon die ganze Zeit auf dem Silbertablett präsentiere?“

Und endlich ignorierte Tatjana den Verstand, der sie fragte, was das bedeuten sollte, und hörte stattdessen auf ihr Herz. Sie beugte sich vor und schloss die Augen, als sie Fernandos weiche Lippen auf ihren spürte. Öffnete den Mund und genoss das Kribbeln, das ihren gesamten Körper durchfuhr, als ihre Zungenspitzen sich trafen.

Er griff sie bei der Hand und zog sie in den hinteren Atelierbereich, wo normalerweise der Tisch stand, an dem sie gegessen hatte. Doch der war verschwunden und einem bezogenen Luftbett gewichen.

„Nicht dass du denkst, ich hätte das geplant." Die Art, wie Fernando beschämt zu Boden sah, wärmte ihr das Herz. „In den letzten Nächten vor einer Ausstellung schlafe ich immer im Atelier, um ausreichend Zeit zu haben, mit allem fertig zu werden. Und da morgen ja unsere gemeinsame Ausstellung stattfindet ..." Er führte den Satz nicht zu Ende, was auch nicht notwendig war. „Es muss nichts passieren. Nichts, was du nicht möchtest." Weiterhin wirkte er verlegen.

Tatjana griff nach seiner Hand und küsste sie. „Gerne", sagte sie und erwiderte das Lächeln, das er ihr daraufhin schenkte. „Lassen wir es doch einfach auf uns zukommen."

Er nickte. „Das halte ich für eine sehr gute Idee", sagte er, bevor sie sich gemeinsam auf das Bett fallen ließen.

34

„Ganz außergewöhnlich. Wirklich ganz außergewöhnlich", sagte der Mann, während er sich mit den Fingerspitzen der rechten Hand, Tatjanas Gemälde betrachtend, über das Kinn strich. „Das möchte ich unbedingt kaufen."

„Da sind Sie nicht der Einzige", erwiderte Fernando, sichtlich amüsiert.

„Kann ich mir vorstellen, aber ich bin bereit, einhundert Euro auf den Verkaufspreis draufzulegen", erwiderte der Mann.

Tatjana fühlte sich wie die Beobachterin eines Tennisspiels, wobei die Angebote für ihre Bilder die Bälle waren, die die Interessenten sich mit Fernando zuspielten. Dass sie nicht diejenige war, die sie retournierte, lag daran, dass sie mit der Situation völlig überfordert war.

Einerseits lag das an Fernando und der gestrigen Nacht, die ihr nicht mehr aus dem Kopf ging. Nicht nur, weil das entfachte Feuer der Leidenschaft weiterhin in ihr loderte, sondern vielmehr, da ihr bewusst geworden war, dass die Absichten Fernandos über eine Affäre hinausgingen. Er sah mehr in ihr und wollte auch mehr für sie beide.

Andererseits übertraf die Reaktion, die sie für ihre Gemälde erhielt, alles, was sie sich hätte ausmalen können. Die Leute waren völlig begeistert, und innerhalb kürzester Zeit hatten sie Kaufangebote für sämtliche Werke.

Fernandos Erfahrung war es zu verdanken, dass er die Bilder nicht einfach an den erstbesten Interessenten verkaufte, sondern auf Basis des ausgewiesenen Preises Angebote abgeben ließ, was wie eine verdeckte Auktion ablief und dazu führte, dass innerhalb kurzer Zeit der Preis eines jeden Werkes den ursprünglichen überstieg.

Die wollen meine Bilder kaufen!, rief eine Stimme in ihrem Kopf, der Tatjana den Spitznamen „die ungläubige Tatjana" verpasst hatte. Denn sie war Komparsin im Film ihres Lebens, wobei die Hauptdarstellerin eine Version ihrer selbst war, die, ihres Erachtens nach, den Drehort noch nicht betreten hatte.

„Freust du dich?", fragte Fernando und riss sie damit aus ihren Grübeleien. Der Mann, der ein Gebot auf einen Zettel geschrieben und den abgegeben hatte, war inzwischen weitergegangen.

„Ich kann das nicht glauben. Das irgendjemand meine Bilder kaufen will."

„Nicht irgendjemand, sondern alle." Er legte ihr einen Arm um die Schultern. „Ich wusste gleich, dass du ein besonderes Talent hast. So erfolgreich war meine erste Vernissage nicht."

„Ich freue mich, aber es fühlt sich an, als würde das einer anderen Person passieren. Verstehst du, was ich meine?"

„Absolut." Er neigte sich zur Seite und gab ihr einen Kuss auf den Kopf. Eine unerwartet vertraute Geste, die Tatjana erfreute.

Denn auch was die Annäherung zu Fernando anbelangte, befand sie sich noch im „Ungläubigkeitsstatus", doch anstatt den Verstand übernehmen zu lassen, was zu Nachfragen geführt hätte, beließ sie es dabei. So entzündete sich in ihr eine kindliche Freude, die sie lange Zeit nicht mehr empfunden hatte, in der ihr Gutes widerfuhr und sie sich darüber freuen konnte. Ohne zu werten oder sich zu fragen, ob sie es verdient hatte, und wann dieser Abend vorüber sein würde.

„Das scheint ja großartig zu laufen."

Tatjana, die gerade einen Schluck aus ihrem Weinglas genommen hatte, sah auf und in Caros freudestrahlendes Gesicht. „Schön, dass ihr es geschafft habt." Sie begrüßte erst die Hotelchefin, dann deren Freund und erblickte ein weiteres Pärchen, das neben ihnen stand.

„Das ist Elena, sie betreibt das Tierheim neben dem Hotel und Jonas, ihr Freund, schon bald eine Seniorenresidenz, wiederum in Nähe dazu", sagte Caro.

„Das hört sich spannend an", entgegnete Tatjana, kratzte sich an der Schläfe und fügte hinzu: „*Lo siento. Pero mi español no es muy bien. Lo estudiaba durante unos años en el colegio, pero he olvidado mucho.*"Nach ihrer Entschuldigung, dass sie zwar einige Jahre Spanisch in der Schule gelernt, aber das meiste vergessen habe und Elenas Beschwichtigung, dass ihre Kenntnisse sehr gut seien, entspann sich ein kurzes Gespräch. Zu ihrer Freude stellte Tatjana fest, dass sie tatsächlich viel besser mit der Sprache zurechtkam als erwartet.

Elena erklärte ihr die Pläne, Tierheim und Seniorenresidenz zu kombinieren. Praktischerweise konnten die vier übrigen Gesprächsteilnehmer, die allesamt

Deutsch muttersprachlich beherrschten, aushelfen, wenn es Punkte gab, die Tatjana nicht verstand, was selten der Fall war.

„Das ist ein fantastisches Konzept." Tatjana sah mit leuchtenden Augen von Elena zu Jonas.

„Wenn wir mit dem Bau fertig sind, würde sich das ebenfalls für eine Vernissage anbieten. Falls du und dein Partner daran Interesse hätten?", fragte Jonas.

So sehr Tatjana sich über das Angebot sowie den gesamten Verlauf des Abends freute, sie stand weiterhin vor dem Fenster, durch das sie die neue Welt betrachtete, die sich ihr anbot. Doch weder konnte sie den Griff zum Öffnen entdecken noch wusste sie, ob das Hindurchklettern gelingen würde.

Fernando legte ihr den Arm um die Hüfte. „Das ist ein tolles Angebot, über das wir gerne nachdenken werden."

Die Art, wie er das sagte, sie dabei sanft an sich zog und die Wärme, die sich daraufhin in ihr ausbreitete, zeigten ihr endlich, wie das Fenster zu öffnen war. Und außerdem wurde ihr bewusst, dass das Hindurchsteigen keine Frage der Fähigkeit, sondern der Zeit war. Wie Maren bereits gesagt hatte, dies war ihr Weg, den sie nicht nur beschreiten wollte, sondern auch konnte.

Sie sah auf zu Fernando. „Das werden wir auf jeden Fall", sagte sie, und jedes der Worte fühlte sich authentisch an, zu ihr gehörig und nicht wie etwas, das sie nur erhoffte.

„Super!" Jonas nickte lächelnd und deutete dann auf eines der Gemälde. „Kann man noch Kaufangebote abgeben?"

„Selbstverständlich", entgegnete Tatjana.

Trotz der Vielzahl der Interessenten, mit denen sie an dem Abend sprach, blieb ihr das Zusammentreffen mit Caro und ihren Freunden im Gedächtnis. Es war die Gewissheit, dass hieraus Freundschaften erwachsen konnten, die eine Wohligkeit in ihr auslösten, wie der Augenblick, wenn man sich in ein frischbezogenes Bett kuschelte.

Mallorca und das Leben hier waren nicht nur ein verrückter Traum, sondern eine reale Möglichkeit, die ihr neue Menschen schenkte, die ihr Leben bereichern würden.

35

„Ich habe zwanzig Freundschaftsanfragen." Tatjana sah von ihrem Handy auf und Fernando an. Die Nacht nach der Vernissage hatten sie gemeinsam in Fernandos kleinem Apartment verbracht. Es lag ebenfalls in Palmanova und war damit zu Fuß vom Atelier und der Bankfiliale, in der die Ausstellung stattgefunden hatte, zu erreichen.

„Und da kommen sicherlich noch einige dazu. Schließlich bist du neu, zumindest in der hiesigen Kunstszene und außerdem sehr gut."

„Hast du denn etwas von der Ausstellung auf Facebook gepostet?"

„*Claro que sí.* Instagram und Facebook – die sozialen Netzwerke sind ein absolutes Muss, insbesondere für dich als Beginnerin, um zu einer gewissen Bekanntheit zu gelangen."

„Okay." Was Fernando sagte, war einleuchtend, warum also dieses nagende Gefühl in der Magengegend, das ihr das Gegenteil suggerierte? Eine diffuse Ahnung, die sie weder in Worte kleiden, noch sich ausmalen konnte, was sie heraufbeschwor.

„Das ist ungewohnt, ich weiß." Über den Tisch ergriff er ihre Hand. „Aber du musst dich daran gewöhnen, dass man in dem Beruf bis zu einem gewissen Grad eine öffentliche Person ist. Vor einigen Jahren konnte ein

Künstler noch im stillen Kämmerlein vor sich hin-
werkeln, musste noch nicht mal unbedingt auf seiner
Ausstellung zugegen sein – womöglich könnte man das
heute noch versuchen. Aber die Zeiten haben sich geändert, und man sollte die Mittel nutzen, die einem zur
Verfügung stehen." Er runzelte die Stirn. „Was gefällt
dir daran nicht?"

Sie schüttelte den Kopf. „Alles gut. Sicherlich hast du
recht, und ich muss mich zunächst daran gewöhnen,
mich öffentlich als Künstlerin zu bezeichnen. Das hört
sich irgendwie ..." Sie zuckte die Achseln.

„Vermessen an?", beendete er den Satz, was sie nicken
ließ. Er drückte ihre Hand, die er immer noch in seiner
hielt. „Ich behaupte, das geht allen oder zumindest den
meisten so. Mir auf jeden Fall. Auch nachdem ich die
ersten Ausstellungen erfolgreich hinter mich gebracht
hatte, fühlte ich mich wie ein Hochstapler. Jemand, der
vorgibt, etwas zu sein, was er nicht ist, und der schon
bald entlarvt wird."

Hörbar atmete sie aus. „Ganz genau so fühlt es sich
an."

„Willkommen im Club. Absolut verständlich, aber
lass es nicht überhandnehmen. Denn dein Gefühl ist in
diesem Fall falsch. Du bist eine Künstlerin. Und solltest
du daran Zweifel haben, denk an den gestrigen Abend,
und dass jedes deiner Gemälde für den doppelten, teilweise sogar dreifachen Preis verkauft wurde, den wir
festgelegt hatten. Wenn das kein Beweis ist, dass du
eine *artista* bist und dazu noch eine sehr gute, dann
weiß ich es nicht."

Obwohl die unheilvolle Ahnung die Klauen, mit
denen sie sich in Tatjanas Eingeweide gegraben hatte,

nicht lösen wollte, rang sie sich ein Lächeln ab und sagte sich, dass Fernando recht hatte. Dass sich alles in die richtige Richtung bewegte.

„Komm mal her." Er streckte die Arme aus.

Tatjana erhob sich, umrundete den Tisch und setzte sich auf seinen Schoß, sodass er die Arme um sie schließen und sie an sich ziehen konnte.

„Wenn mich das Leben etwas gelehrt hat, dann, dass es immer einen Weg gibt und der meist eine andere Richtung nimmt, als man das ursprünglich geglaubt oder geplant hat. Du musst dir nur darüber klar werden, was du willst."

„Das weiß ich schon." Sie wandte ihm die linke Seite zu, um ihn anschauen zu können. „Das hört sich jetzt verrückt an, und wahrscheinlich wirst du schreiend davonlaufen." Ihre Mundwinkel zuckten, brachten das unsichere Grinsen jedoch kaum zustande.

Er streichelte ihren Oberschenkel. „Sag, was dir durch den Kopf geht. *Sin filtro*, wie wir Spanier sagen, das heißt, ohne es vorab einer Prüfung zu unterziehen und so anzupassen, dass es nicht aneckt. Denn das passiert nicht. Ich möchte wissen, was deine Vorstellung, dein Traum ist. Und wenn ich dir dabei helfen kann, womöglich sogar ein Teil davon werden kann", er küsste ihre Schulter, „ich wäre dir sehr dankbar und würde mich freuen."

Tatjana verschränkte die Finger der linken Hand in seine. „Ich möchte dieses Leben, in das ich gestern hineinschauen durfte." Sie sah ihn an. „Verstehst du, was ich meine?"

„*Por supuesto.*" Er führte ihre Hand zum Mund und küsste sie. „Und dort sehe ich dich auch. Am liebsten mit mir, aber du solltest auf mich keine Rücksicht nehmen. Zumindest nicht ausschließlich. Wenn du dieses Leben willst, Künstlerin hier auf Mallorca, dann unterstütze ich dich gerne dabei."

„Warum bist du so lieb zu mir?"

Er präsentierte ihr ein spitzbübisches Grinsen. „Womöglich erhoffe ich mir etwas davon." Kaum hatte er das ausgesprochen, wurde seine Miene ernst. „Wie ich bereits sagte, hier geht es primär um dich und nicht um mich oder uns. Das kann gerne dazu kommen. Aber ich glaube, dass nur jemand, der mit sich selbst zufrieden ist und ein glückliches Leben führt, dieses Glück mit einem anderen teilen kann. Und mir bereitet es Freude, dir beim Wachsen zuzusehen. Dich zu fördern, wenn du mich lässt." Mit den Fingerspitzen der freien Hand strich er ihr über den Oberschenkel. „Natürlich ist da auch diese Vision, dass wir auch in Zukunft zusammenarbeiten und unsere Annäherung weiter vertiefen, aber, wie bereits gesagt, darum geht es mir primär nicht."

„Du denkst nicht, dass ich mir etwas vormache?"

„Tatjana, wie oft soll ich es denn noch sagen? Zum letzten Mal: Du hast das Talent und die Unterstützung. Natürlich ist es ein steiniger Weg, der längst nicht immer so sein wird wie der gestrige Abend. Das sind die Highlights, die besonderen Momente, die dich durch die schweren Zeiten tragen. Aber auch die wirst du meistern."

Endlich löste sich der Knoten, der sich um ihren Enthusiasmus geschlossen hatte und sie daran hinderte, ihn zu fühlen, sich dadurch beflügeln zu lassen. „Dann packen wir es an."

„Das wollte ich hören.“

Er zog sie noch etwas mehr zu sich heran, um sie zu küssen. „Aber damit können wir auch noch morgen anfangen. Jetzt steht mir der Sinn nach etwas ganz anderem.“

„Und das wäre?“

„Im Atelier habe ich hinten noch einige Pinsel, die gesäubert werden müssten.“

„Wenn das so ist.“ Sie wollte von seinem Schoß springen, doch er hielt sie fest und zog sie zurück.

„Bleibst du wohl hier!“

„Und die Pinsel?“

„Sagen wir mal so, ich hätte eine bessere Beschäftigung für uns beide.“

„Welche denn?“

Er küsste ihren Hals. „So was zum Beispiel.“

„Ich kann es mir noch nicht richtig vorstellen.“ Sie kicherte.

„Dann muss ich mich wohl mehr anstrengen“, flüsterte er und setzte es anschließend in die Tat um.

36

Sie verbrachten einen weiteren Tag und die folgende Nacht miteinander. Verließen das Bett stets nur kurz und wenn unbedingt notwendig. Der Sex, so prickelnd und erfüllend er auch war, machte jedoch nicht den Grund aus, der Tatjana dieses tiefe Glück bescherte.

Es war Fernandos Nähe, die Wärme, die sie einhüllte, sobald ihr Kopf auf seiner Brust ruhte und er mit den Fingern durch ihr Haar fuhr. Der Klang seiner Stimme, wenn er von dem sprach, was sein konnte, und wo er sie sah. Nicht nur die Art wie, sondern auch, was gesprochen wurde, umspann Tatjanas Herz mit zarten Fasern der Hoffnung, die sich zu einem feinen Gewand verwoben, in das sie hineinschlüpfen konnte.

Das nicht nur wie angegossen passte und sich angenehm weich anschmiegte, je länger sie sprachen, es erschien ihr immer sicherer, dass es die Haut war, in die sie hineinwachsen konnte. Fernando hatte recht, und auch Maren hatte gesagt, dass es nicht um das Ob, sondern um das Wann ging. Endlich fühlte sie das.

Gerade als sie glaubte, es könnte nicht besser werden, schellte es an der Tür. Sie hob den Kopf, der erneut an Fernandos Schulter seinen Platz gefunden hatte, um ihn anzusehen. „Wer ist das?"

„*Mi amor.* Da ich all meine hellseherische Energie genutzt habe, um in deine Zukunft zu blicken, kann ich dir das nicht sagen. Was ich aber weiß, ist, dass niemand mich hier aus diesem Bett und von dir weg bekommt."

Wer auch immer an der Wohnungstür war, schien dies jedoch nicht akzeptieren zu wollen, denn erneut ertönte die Türklingel und wurde sogar von Klopfen begleitet.

„Das hört sich dringend an." Tatjana setzte sich auf.

Mit einem Seufzen tat Fernando es ihr gleich, schwang dann die Beine aus dem Bett und zog sich einen Morgenmantel über. „*Ya voy!*", rief er aus, als sich das Klopfen zu Hämmern steigerte.

Noch auf dem Bett sitzend, bekam Tatjana nur Wortfetzen mit, glaubte aber zu verstehen, dass es um das Atelier ging. Bei einem Wort stockte ihr der Atem. Hast du das wirklich gehört, fragte sie sich. Es war das Wort „*fuego*", was auf Spanisch „Feuer" bedeutete.

Fernandos bleiches Gesicht mit der versteinerten Miene bestätigte ihre Befürchtung, und sie blieb stumm. Traute sich nicht zu fragen, was er erfahren hatte, denn sie ahnte es bereits, weshalb sich ihr die Nackenhärchen aufstellten.

„Das Atelier." Fernando sprach mit tonloser Stimme. „Es hat ein Feuer gegeben."

Obwohl sich ihre Ahnung bestätigt hatte, wirkte der ausgesprochene Satz wie ein Schlag in die Magengrube. Einen Augenblick saß sie nur da, den Unterkiefer heruntergeklappt, und starrte Fernando fassungslos an. „Ist jemand zu Schaden gekommen?", fragte sie, als sie endlich wieder einen klaren Gedanken fassen konnte.

„Glücklicherweise nicht. Das Gebäude hat ja nur die eine Etage mit dem Arbeitsraum, und das Feuer wurde rechtzeitig gelöscht, sodass die Nachbargebäude unbeschadet geblieben sind."

„Gott sei Dank."

Er presste die Lippen aufeinander und nickte.

„Und die Gemälde?"

„Selbst wenn das Feuer sie verschont hat, die Löscharbeiten werden alles ruiniert haben. Was für ein Glück, dass wir die wichtigsten Werke ausgestellt haben, und die noch im Gebäude der Bank sind. Es waren zwar einige Werke, die zu einem Teil fertig und zu einem anderen noch von mir bearbeitet werden mussten, aber den Verlust kann ich verschmerzen. Schlimmer ist, dass ich nicht weiß, wie lange unser Arbeitsbereich wegfällt."

So erschreckend die Neuigkeiten waren, es rührte sie, dass er von „unserem Arbeitsbereich" gesprochen hatte. Nachdem sie vom Bett aufgestanden war, schlang sie die Arme um ihn. „Du hast mir so viel Mut gemacht, jetzt werde ich mich revanchieren und dir helfen, wo ich kann."

Er sah ihr in die Augen mit einem liebevollen Blick, der tief in sie drang, und sie trotz der Traurigkeit der Situation das gewebte Gewand der Hoffnung auf der Haut spüren ließ. Als sie sich fest an ihn drückte, glaubte sie, dieses auch um ihn zu breiten, sodass es zu einem gemeinschaftlichen Kleid wurde, das sie als Paar einhüllte.

37

Das Kleid der Hoffnung spannte sich und drohte zu zerreißen, als sie am Atelier eintrafen. Die Guardia Civil, die den Bereich abgesperrt hatte, ließ sie passieren, als Fernando sich als Mieter auswies. Obwohl der Anblick von außen bereits niederschmetternd war, sorgte das Innere und insbesondere Fernandos Reaktion bei Tatjana dafür, dass ihr der Mut sank und sie die anfänglich in Aussicht gestellte Unterstützung zu einer wohlgemeinten Phrase relativiert sah.

„Es tut mir so leid", sagte sie schließlich und in Ermangelung eines besseren Einfalls.

Fernando, der soeben an ein halbverbranntes Regal getreten war, das sich noch nass vom Löschwasser präsentierte, sah sie an. „Wir wollten ja ehrlich miteinander sein. Ich war vorhin nicht ganz ehrlich, was die Sachen hier anbelangt hat." Er schluckte.

Den Impuls nachzufragen kämpfte sie nieder und orientierte sich stattdessen am Beispiel ihres Gegenübers, der ihr bereits in einigen Fällen durch geduldiges Abwarten entgegengekommen war.

Mit der Hand griff er nach einer Mappe im A3-Format, wie sie verwendet wurde, um darin Skizzen aufzubewahren. „Puh, das ist schwer." Seine Finger zitterten, als er den Deckel aufschlug, um das Innere zu prüfen. „Alles nass. *Que porquería!* Er schüttelte den Kopf. *„Perdona.“*

„Dafür brauchst du dich nicht zu entschuldigen.“

„Die sind von meinem *abuelo*, meinem Großvater, der ebenfalls gemalt hat. Von ihm habe ich wohl das Talent geerbt, das eine Generation übersprungen hat. Mein Vater hatte mit Kunst nie etwas am Hut und war auch nicht besonders glücklich darüber, dass ich diese Laufbahn eingeschlagen habe.“

Tatjana trat neben ihn, um einen Blick auf die Zeichnungen erhaschen zu können.

„Mein *abuelo* hat nur mit Bleistift gezeichnet und das in seiner Freizeit. Er war Busfahrer. Als Kind hat er mir vieles beigebracht, besonders als er mein künstlerisches Talent bemerkte. Er hat mich auch darin bestärkt, das zu tun, was mich erfüllt und glücklich macht. Insbesondere weil er wusste, wie es ist, wenn man das nicht tut.“ Er holte Luft und ließ die seufzend entweichen. „Ich wollte immer irgendetwas mit seinen Bildern machen, mich dadurch zu eigenen Werken inspirieren lassen, oder die in eine meiner Ausstellungen einbauen. Damit ihm die Ehre zuteil wird, die er nie bekommen hat. Verstehst du das?“

Sie legte die Hand auf seinen Arm. „Aber das ist doch noch möglich. Wir können das Papier trocknen.“

„Aber sie haben alle Wasserflecken. Siehst du?“

„Warum nutzen wir das nicht?“

Er sah sie fragend an, erwiderte jedoch nichts.

„So, wie du das Feuer bei deinen anderen Gemälden nutzt. Du könntest eine Serie machen unter dem Titel ‚dem Wasser zum Opfer gefallen‘ oder so etwas und ebenfalls Zeichnungen anfertigen, auf denen du mit

Wasser ähnliche Effekte schaffst. Dann wäre es kein Schaden, sondern ein Merkmal."

Er betrachtete sie, neigte sich dann zur Seite und drückte ihr einen Kuss auf den Mund. „Und du sorgst dich, ob du dich Künstlerin nennen darfst? Das ist eine spannende Idee. Was hältst du davon, die mit mir gemeinsam umzusetzen?"

„Es wäre mir eine Ehre." Sie legte ihm den Arm um die Hüfte.

„Dann sollten wir das in Sicherheit bringen und die Blätter aufhängen." Er küsste sie auf den Kopf. „Halt das mal bitte", er löste sich von ihr, um ihr die Mappe zu reichen, „ich möchte nur noch schauen, ob es sonst noch etwas gibt, das ich retten möchte."

„Natürlich." Die Füße vorsichtig aufsetzend, um so den Raum zu durchschreiten, blieb sie unvermittelt stehen.

Schwer zu sagen, was genau ihren Blick auf sich zog, denn der Gegenstand war nicht sonderlich auffällig, und es erschien naheliegender, ihn zu übersehen, als zu bemerken. Dennoch war das geschehen, und sie ging in die Hocke, um es aufzuheben und vor den Augen prüfend zu wenden.

„Was hast du da?", fragte Fernando.

„Ich bin nicht sicher."

„Sieht aus wie eine Kappe."

Tatjana nickte. „Voller Asche, deshalb ist es so dunkel, obwohl es eigentlich silbern ist."

„Weißt du, was das ist? Mir kommt es nicht bekannt vor."

Sie runzelte die Stirn. „Eine Ahnung sagt mir, dass ich es schon mal gesehen habe, aber womöglich bilde ich mir das ein." Nachdem sie ein Taschentuch aus der Hosentasche gezogen hatte, wickelte sie den Gegenstand darin ein, um ihn in Selbiger verschwinden zu lassen. „Fällt mir vielleicht später ein."

Fernando räusperte sich. „Ich bin dann so weit."

Auf dem Rückweg erzählte er Tatjana, dass die Beamten der Guardia Civil, mit denen er noch kurz gesprochen hatte, bevor sie losgegangen waren, von Brandstiftung ausgingen.

„Brandstiftung? Hast du denn irgendwelche Feinde?", fragte Tatjana.

„Du meinst eine feindselige Ex-Freundin?" Er versuchte sich an einem Grinsen, was ihm sichtlich schwerfiel. „Ich hoffe nur nicht, dass der Verdacht auf mich fällt."

„Warum sollte er das?"

„Um Versicherungsgelder zu kassieren."

„Du warst die ganze Zeit mit mir zusammen. Das kann ich schließlich bezeugen."

„Stimmt auch wieder. Dann war das zumindest für etwas gut."

„Hey!" Mit der Hüfte rempelte sie ihn an. „Ich hoffe, es war nicht nur dafür gut."

Er lachte, legte den Arm um sie und zog sie an sich. „Nur ein dummer Scherz. Natürlich war es großartig und das völlig ohne Zweck oder vielmehr als Selbstzweck."

„Gerade noch gerettet", erwiderte sie mit knurrendem Tonfall, aber ebenfalls grinsend.

Als sie in Fernandos Wohnung ankamen, stellte er einen Wäscheständer auf die Terrasse des kleinen Innenhofs, und sie hängten die feuchten Skizzen mit

Wäscheklammern auf, damit die Sonne sie trocknen konnte.

Trotz der kurzen Heiterkeit vor der Ankunft und Tatjanas Idee, wie die Beschädigung der Bilder von Fernandos Großvater genutzt werden konnte, überschattete der Eindruck des Geschehenen die Stimmung. Was für Tatjana vor allem daran lag, dass sie sich fragte, wer auf die verrückte Idee kam, das Atelier in Brand zu setzen.

Neben dem „Wer" galt es natürlich ebenso das „Warum" zu klären, was nicht minder wichtig erschien. Einen dummen, aus dem Ruder gelaufenen Streich hielt sie für unwahrscheinlich, doch dann handelte es sich um eine gezielte Tat.

Wollte derjenige Fernando verletzen, ihn sogar töten?

Die Frage erschütterte sie zutiefst, was auch ihrem Partner nicht verborgen blieb, der ihr über die Wange strich. „Was ist los mit dir?"

Sie schüttelte den Kopf und wollte bereits entgegnen, dass nichts sei. Dann rief sie sich in Erinnerung, dass auch sie ehrlich sein wollte. „Die Vorstellung, dass jemand das aus Absicht getan hat. Dir schaden wollte. Womöglich sogar in Kauf genommen hat, dass du verletzt wirst …" Sie brach ab und musste schlucken.

Er schloss sie in die Arme. „Aber mir ist nichts geschehen, weil ich bei dir war. Wenn das kein Zeichen ist."

Sie küssten einander.

„Aber wer tut so etwas? Es muss doch jemand sein, der dich hasst. Wir reden hier nicht von einem Kratzer am Auto oder von mir aus einem zerstochenen Reifen, was ich beides schon ziemlich rabiat finde." Sie hob den

Blick, um ihm in die Augen zu sehen. „Jemand hat dein Atelier in Brand gesteckt.“

Mit den Händen strich er ihr über den Rücken. „Jetzt mach dir nicht so viele Gedanken, und lass die Polizei ihre Arbeit machen. Die werden schon herausfinden, wer der Übeltäter ist.“

Hoffentlich, dachte Tatjana und traute sich nicht auszusprechen, dass sie Angst hatte. Was, wenn das nur der Anfang war?

38

„Ich dachte schon, du wärest abgereist." Mit diesen Worten empfing Caro Tatjana, als die am Abend das Hotel betrat.

„Doch nicht ohne mich zu verabschieden", sagte sie und blieb vor dem Rezeptionstresen stehen, hinter dem Caro saß.

„Na, du wirst schon deine Gründe gehabt haben." Die Hotelchefin grinste.

„Fernando und ich." Da Tatjana nicht wusste, wie sie den Satz vollenden sollte, stoppte sie an dieser Stelle.

„Ich weiß schon Bescheid. So wie jeder, denke ich."

Tatjana zuckte zusammen. „War das so offensichtlich?"

„Ehrlich gesagt, ja. Aber das ist doch kein Problem. Ganz im Gegenteil. Ich denke, dass das die Leute umso mehr begeistert hat. Das frischverliebte Künstlerpaar, das auch noch zusammenarbeitet. Keine schlechte Marketingstrategie." Caro riss die Augen auf. „Nicht, dass ich es für eine halte. War bloß ein Witz."

„Alles gut."

Caro, die Tatjanas ernste Miene zu bemerken schien, zog die Stirn kraus. „Was ist los? Gibt es Ärger?" Beschwichtigend hob sie die Hände. „Sorry, das ist zu indiskret. Aber bei dir habe ich irgendwie das Gefühl, dich bereits länger zu kennen. Besonders nach der Vernissage."

„Geht mir nicht anders." Tatjana schenkte ihr ein kurzes Lächeln. „Und es hat auch nicht mit Fernando und mir zu tun. Zumindest hoffe ich das." Den letzten Satz murmelte sie, denn er löste etwas in ihr aus, das sie nicht fassen konnte.

„Gab es ein Problem auf der Ausstellung? Es sah so aus, als würde die fantastisch laufen?"

Tatjana schüttelte den Kopf. „Das war auch so. Danach ist etwas passiert. Heute, um genau zu sein. Jemand hat ein Feuer gelegt. In Fernandos Atelier."

„Wie bitte?" Caro klappte der Unterkiefer nach unten, während sie Tatjana mit vor Entsetzen geweiteten Augen ansah. „Aber ihm geht es hoffentlich gut?"

„Er war nicht dort, als es passiert ist. Wir waren zusammen. Aber der Gedanke, dass jemand so etwas tut …" Tatjana stieß hörbar Luft aus.

Caro, die aufgestanden war, ergriff über den Tresen Tatjanas Hände, die sie dort aufgelegt hatte. „Das ist ja furchtbar. Gibt es einen Verdächtigen?"

„Nicht wirklich. Die Polizei untersucht die Angelegenheit noch."

„Verstehe. Wenn es irgendetwas gibt, das ich tun kann?"

„Danke." Tatjana sah Caro an. „Das ist lieb von dir. Ich glaube, das größte Problem für Fernando ist, dass er vorerst keinen Platz zum Arbeiten hat."

„Moment mal." Caro legte den Kopf schief, als würde sie nachdenken, und ließ sich dann auf den Bürostuhl hinter der Rezeption fallen. „Lass mich kurz was nachsehen." Sie bewegte die Maus und betrachtete dabei den Bildschirm. „Hatte ich es doch richtig im Kopf. Wenn das kein Zeichen ist.“

„Was denn?“

„Fernando kann den Künstlerraum benutzen.“

„Und Felipe und seine Kurse?“

„Deshalb passt es. Der letzte Kurs geht heute zu Ende, und dann hat Felipe für drei Wochen Urlaub. Das ist zwar keine Dauerlösung, aber zumindest hätte er dann für eine gewisse Zeit eine Ausweichmöglichkeit.“

„Das ist ein großartiges Angebot. Vielen Dank!“

„Wirklich gerne, und außerdem würde das Zimmer ansonsten leer stehen. Mit der Miete werden wir uns sicherlich einig, und sollte es mit seinem Atelier länger dauern, lässt sich mit Felipe sicherlich eine Einigung finden. Schließlich enden dessen Kurse am Nachmittag. Keine Ahnung, welchen Arbeitsrhythmus Fernando hat, aber er könnte abends dort malen.“

„Das muss er sich überlegen beziehungsweise entscheiden, aber es ist mit Sicherheit eine tolle Möglichkeit.“

„Und vor allem direkt verfügbar.“

Tatjana bedankte sich ein weiteres Mal und war bereits auf dem Weg zu ihrem Zimmer, als Caro sie zurückrief.

„Das hätte ich fast vergessen, bei den dramatischen Neuigkeiten, jemand hat nach dir gefragt.“

Tatjana zog die Brauen zusammen. „Tatsächlich?“

„War seltsam, also wie er sich verhalten hat. Er wollte nicht sagen, wer er ist. Oder vielmehr bin ich mir sicher, dass er mich angelogen hat.“

Je mehr Caro ihr von dem kurzen und befremdlichen Auftauchen des Fremden erzählte, desto unwohler wurde Tatjana. Als die Hotelchefin den Mann beschrieb, war kein Zweifel möglich.

„Er hat behauptet, deine Werke zu kennen und zu der Ausstellung zu wollen", sagte Caro. „Nicht falsch verstehen, aber ich weiß ja, dass du als Künstlerin gerade erst begonnen hast, da erschien mir das komisch."

„Danke." Tatjana hatte den Eindruck, der Raum würde sich drehen.

„Geht es dir gut?"

„Mach dir keine Sorgen. Ich muss nur direkt zu Fernando und ihm davon erzählen."

„Okay, aber du kippst mir nicht um, oder?"

„Nein, nein. Alles gut." Sie verabschiedete sich von Caro und verließ eiligen Schrittes die Hotellobby.

Etwas drückte sich beim Gehen in ihren Oberschenkel, und sie griff in die Hosentasche, der sie den metallenen Gegenstand entnahm, den sie im Atelier entdeckt und mitgenommen hatte.

„Natürlich", flüsterte sie, als sie den erneut betrachtete, „wie konntest du das nur vergessen?"

Sie wusste nun, um was für ein Teil es sich handelte, und vor allem, wem es gehörte.

39

„Und du bist dir ganz sicher? Wenn so ein Verdacht ausgesprochen ist, gibt es kein Zurück mehr." Fernando sah sie eindringlich an.

„Das bin ich." Tatjana nickte. „Ich weiß jetzt auch, warum mir dieses Teil bekannt vorkam. Es gehört zu einem Feuerzeug. Du kennst doch diese Sturmfeuerzeuge? Das ist die Kappe, die man zurückklappt, um es zu entzünden. Die muss ihm beim Feuerlegen abgefallen sein."

„Das ist echt übel."

„Allerdings. Das hätte ich auch nicht erwartet, dass er zu so etwas fähig ist. Aber das Feuerzeug kenne ich. Er hat es vor einigen Monaten von einem Geschäftspartner geschenkt bekommen und es mir gezeigt. Ich habe mich noch darüber geärgert, weil Peter seit ich ihn kenne gegen seine Nikotinabhängigkeit kämpft und ich Sorge hatte, dass ihn das veranlasst, wieder mit dem Rauchen anzufangen."

„Und du sagst, er hat im Hotel nach dir gefragt?"

„Caro hat mir das vorhin erzählt, deshalb bin ich dann auch gleich hergekommen."

Fernando kratzte sich an der Schläfe. „Wenn das wirklich stimmt, dann ist der Kerl gefährlich. Besser, du bleibst erst mal bei mir."

„Okay."

„Und ich versuche, jemanden bei der Polizei zu erreichen, damit du eine Aussage machen kannst. Je früher die den Typ schnappen, desto besser. Nicht nur wegen dem, was er womöglich getan hat, sondern auch allem, was er vielleicht noch vorhat." Fernando zog das Handy aus der Gesäßtasche und wählte die Nummer der Guardia Civil.

Er hatte Glück, dass er sogleich zu einem Beamten durchgestellt wurde, der sich anhörte, was er zu sagen hatte. „Gleich morgen früh können wir vorbeikommen, und du kannst erzählen, was du mir mitgeteilt hast."

Für Tatjana wurde es zu einer der längsten Nächte ihres Lebens, denn ihre Gedanken bildeten einen Wirbelsturm, der wiederkehrende Bilder, Erinnerungsfetzen, Ängste und Ahnungen vor ihr geistiges Auge schleuderte, wobei sich die Geschwindigkeit weiter beschleunigte.

Nachdem sie eine gefühlte Ewigkeit erfolglos damit verbracht hatte, dies zu ignorieren, in Ruhe zu atmen und eine Liegeposition zu finden, die ihr in den Schlaf verhalf, schlich sie sich aus dem Bett. Fernando schien dem Alltag den Rücken zugekehrt zu haben und noch nicht mal im Traum davon heimgesucht zu werden – zumindest erweckte dessen ruhige Atmung den Eindruck.

Auch wenn Tatjana ihn ein wenig darum beneidete, gönnte sie es ihm von Herzen, besonders da er derjenige war, der durch sie einen Verlust erlitten hatte. Zwar würde er diese Art, es zu formulieren, entschieden zurückweisen, aber letztlich handelte es sich um die Fakten, wie sie fand. Obwohl es selbstverständlich nicht ihre Absicht gewesen, war es ihr Noch-Ehemann, der die Tat ausgeführt hatte.

Sie schlüpfte in ihre Hose und zog Fernandos Hemd über, um sogleich am Kragen zu schnuppern. Sie sog diesen Duft ein, denn sie liebte nicht nur seinen Geruch, sondern auch das Gefühl, davon komplett eingehüllt zu sein. So konnte sie in abgeschwächter Form genießen, was sie empfand, wenn er sie umfing, was in seinen Armen der Fall war. Die Ärmel musste sie hochkrempeln und den Stoff tief in die Hose stecken, aber um diese Zeit würde niemand unterwegs sein, der Stilnoten für das Outfit vergeben würde.

Fernandos Wohnung war nicht weit von der Strandpromenade gelegen, die sie deshalb nach einem kurzen Marsch erreichte. Die Straßenlaternen tauchten die Straße in orangefarbenes Licht, und das Meer empfing sie mit seiner Symphonie des wiederkehrenden Rauschens.

Doch es drang nicht zu ihr durch, sondern brandete gegen das quälende Gefühl, das sie wie eine Membran einhüllte: Der Eindruck, dass Peter nicht nur auf furchtbare Weise zerstört hatte, was Fernando wichtig war, sondern dass er damit auch in ihr neues Leben eingedrungen war, erschütterte sie zutiefst. Er war mit Springerstiefeln durch den Garten getrampelt, den sie angelegt hatte und dessen Pflanzen, ihre Träume und Hoffnungen, gerade dabei waren auszutreiben.

Nein!, rief sie sich innerlich zu, als die Trauer ihr die Kehle zuschnürte und ein Schluchzen aufzwingen wollte. Dieses Mal nicht! Die Zeit war vorbei, in der Peter ihre Wünsche mit Füßen trat, um ihr einzureden, dass sie es nicht schaffen konnte.

Sie schlüpfte aus den Riemchen-Sandalen, als sie den Strand erreicht hatte, und trat auf den kühlen Sand. Grub die Zehen unter die weiche Oberfläche und genoss das Gefühl, wie er herabrieselte, wenn sie die Füße für den nächsten Schritt hob.

Je näher sie der Wasserkante kam, desto befreiter fühlte sie sich, und der Impuls, dem Ausdruck zu verleihen, wuchs gleichermaßen. So entledigte sie sich ihrer Kleidung, bis sie, nur noch mit BH und Slip bekleidet, wie ein Teenager jauchzend in die Fluten stürmte.

Das Wasser hatte noch die angenehme Temperatur des ausklingenden Sommers konserviert und empfing sie daher mit einer wärmenden Umarmung. Legte sich stützend unter Gliedmaßen und Rumpf, als sie sich auf dem Rücken liegend darauf treiben ließ. Über ihr der dunkle Himmel, vereinzelt durch die leuchtenden Stecknadelköpfe der Sterne durchsetzt und beaufsichtigt vom Mond, dessen halbvolle Sichel im silbrigen Schein erstrahlte.

Es ist perfekt, dachte sie und wusste, dass dieser Gedanke viel umfassender war, als es im ersten Augenblick den Anschein hatte. Denn er bezog sich auf ihr neues Leben, das, was ihr geschenkt wurde, die Möglichkeit, die sie mit beiden Händen ergreifen würde.

Und mit einem Mal begriff sie, dass Peter ein Geist aus der Vergangenheit war. Der Schatten auf ihrem Gemälde, der versuchte, sich über sie zu legen. Doch seine Präsenz würde nicht ausreichen, das Licht der Sonne vollends zu verdecken. Es blieb immer ein Lichteinfall,

der die Helligkeit beherbergte, und Peters Tage als Ver-
dunkelnder waren gezählt.

40

„Und du willst das wirklich tun?“ Fernando betrachtete Tatjana zweifelnd.

„Auf jeden Fall. Stell dir vor, er entschwindet nach Deutschland, bevor er befragt werden kann.“

„Damit wäre er auch nicht aus der Welt.“

„Aber wie der *Inspector* sagte, wird es dann zumindest schwieriger und zeitaufwendiger.“ Sie schluckte und fügte flüsternd hinzu: „Das bin ich dir schuldig.“

„So ein Quatsch!“ Er fasste sie bei den Händen. „So darfst du nicht denken. Dich trifft überhaupt keine Schuld. Ganz im Gegenteil. Du bist hier das Opfer und nicht der Täter oder die Beihilfe.“

Sie presste die Lippen aufeinander und nickte, obwohl sie weiterhin das Gegenteil annahm. „Außerdem ist der *Inspector* mit ein paar Beamten in der Gegend, und Peter wird mir schon nichts tun.“

„Das will ich hoffen. Auch für ihn.“ Fernando ließ ihre Hände los und ballte die eigenen zu Fäusten. „Sei bitte vorsichtig. Du glaubst zwar, ihn zu kennen, aber denk daran, was er getan hat. So jemand ist zu allem fähig.“

„Keine Sorge. Ich weiß schon, wie ich mit ihm umzugehen habe.“ Exakt den gleichen Satz hatte sie bereits früher an diesem Tag zu Maren gesagt, der sie am Telefon die gesamte Geschichte berichtet hatte. Zweimal, um genau zu sein, denn Maren hatte nach quasi jedem Satz nachgefragt und sich diesen wiederholen lassen.

Gegenstand dieser Schilderung war auch das weitere Vorgehen gewesen: Nach ihrer Vernehmung durch die Guardia Civil hatte der zuständige *Inspector* Alejandro Gomez sie gefragt, ob sie die Ermittlungen unterstützen würde, indem sie Peter zu einem Gespräch bat. Womöglich könne sie so ein Geständnis aus ihm herausbekommen.

Obwohl Fernando von Anfang an gegen die Idee gewesen war, brannte es Tatjana auf der Seele, zur Klärung beizutragen. Auch da sie glaubte, dass es für sie persönlich wichtig war, ihrem Noch-Ehemann auf diese Art die Stirn zu bieten.

Sie hatte ihm eine Nachricht geschrieben, in der sie ihm mitteilte, dass sie über alles nachgedacht habe und ihn zurückwolle. Als sie von Caro erfahren hätte, dass er nach ihr gefragt habe, sei ihr klar geworden, dass sie einen großen Fehler begangen habe.

Dass Peter nicht widerstehen konnte, seine Frau zu Kreuze kriechen zu sehen, war Tatjana klar, und tatsächlich hatte er sich mit ihr zu einem Treffen im Can Blanc an der Strandpromenade Palmanovas verabredet.

Diesen Ort hatte Fernando vorgeschlagen, denn das Bistro und Cocktailbar glich eher einer Strandbude und war von allen Seiten einsichtig und umstellbar. Diese Punkte waren für Fernando, der Tatjana am liebsten als deren Bodyguard begleitet hätte, von entscheidender Bedeutung.

Stattdessen wartete er aber mit *Inspector* Gomez und dessen Beamten in etwas Abstand zum Can Blanc, während Tatjana dort Platz bezog und sich ein Wasser bestellte. Lange musste sie nicht warten, da sah sie Peter auf sich zukommen.

Wie wenig er hierher passt, dachte sie, ohne Gehässigkeit, sondern als nüchterne Feststellung. Denn in seiner dunklen Stoffhose, dem hellblauen Hemd, unter dem sich sein Bauchansatz abzeichnete, und der Strickjacke, die er darüber trug, wirkte er wie ein Schauspieler, den der Regisseur in der falschen Szene platziert hatte.

Dass er ausgerechnet diese Jacke trug, innen mit Schaffell-Imitat gefüttert, außen Grobstrick mit Zopfmuster, offenbarte zudem einiges. Denn dieses Kleidungsstück war nicht nur zu warm für das Insel-Klima und damit ebenso deplatziert, es war zudem das Teil, das Tatjana über Jahre versucht hatte, aus Peters Kollektion zu streichen. Mehrfach hatte es Diskussionen gegeben, da sie fand, ihr Noch-Ehemann sah darin aus wie ein Schafhirte und ihn bekniet hatte, den Pullover in die Altkleidersammlung zu geben.

Vehement hatte Peter sich dagegen gewehrt und die Klamotte verteidigt, als wäre sie sein liebstes Stück im Kleiderschrank, wobei Tatjana sicher schien, dass dem nicht so war, sondern dies zu den unzähligen Dingen gehörte, in denen er einfach die Opposition bilden wollte. Wie in unzähligen anderen Bereichen.

„Ist dir nicht zu warm?", fragte sie ihn, nachdem sie einander begrüßt hatten, wobei sie zähneknirschend zuließ, dass er ihr einen Kuss auf den Mund gab. Schließlich musste sie den Eindruck der Versöhnung aufrechterhalten.

„Nein. Wieso?"

„Ich dachte nur, weil du so dick angezogen bist." Sie erfreute sich an ihrem beiläufig klingenden Tonfall, mit dem sie den Hieb ausgeteilt hatte. „Na ja, musst du ja wissen." Sie schenkte ihm ein freundliches Lächeln, das ihr leicht fiel, fand sie doch von Minute zu Minute besser in ihre Rolle. „Ich war überrascht, dass du mir nachgereist bist."

„Na ja, ich hatte gehofft, dass wir nochmal reden, dass du wieder zur Vernunft kommst, wie es ja nun der Fall ist." Seine Mundwinkel umspielte ein spöttisches Grinsen. „Ich kenne ja meine Frau und ihre Launen. Von einem Moment auf den anderen völlig grundlos auf 180, und dann tut es ihr leid." Er streckte den Arm über den Tisch und ergriff ihre Hand. „Hast du ein Glück, so einen verständigen Ehemann an deiner Seite zu haben."

Hatte sich der Einstieg einfach gestaltet, entpuppte sich das Verbleiben in ihrer Rolle als Kraftprobe. Einzig mit Anstrengung gelang es ihr, die Hand nicht der seinen zu entziehen. „Ja, da kann ich wirklich froh sein", sagte sie, wobei es ihr nicht auch noch gelang, einen gewissen sarkastischen Unterton zurückzuhalten. Doch ein Blick in Peters Gesicht verriet ihr, dass er es entweder überhört hatte oder nicht vernehmen wollte.

„Na, einfach wird das für dich nicht."

Irritiert sah sie ihn an. „Was meinst du?"

„Dich mit mir zu versöhnen. Du hast mich verletzt, und das wird einige Zeit benötigen. Aber wenn du dir viel Mühe gibst, kann ich dir womöglich irgendwann vergeben."

Durch mehrfaches Schlucken hoffte sie, die Worte zurückhalten zu können, die herausdrängten, die ihre Zunge loskatapultieren wollte, damit sie auf Peters

Gesicht prallten, um dem die selbstgefällige Miene aus der Visage zu polieren. „Du glaubst nicht, was hier passiert ist", fuhr sie stattdessen fort. „Es hat ein Feuer im Ort gegeben. Um genau zu sein, in dem Atelier des Künstlers, mit dem ich eine Ausstellung hatte."

Unmittelbar veränderte sich Peters Gesichtsausdruck. Mit verengten Augen taxierte er sie, während seine Nasenflügel bebten. „Du meinst deinen Lover?" Er ließ ihre Hand los, worüber sie prinzipiell dankbar war, als die seine jedoch in die Höhe schnellte, befürchtete sie, er wolle sie schlagen.

Wie beim letzten Gespräch, als er sie am Handgelenk festgehalten hatte, zwang sie sich, nicht den Kopf einzuziehen. Aus dem Augenwinkel beobachtete sie die Nachbartische und ob jemandem die angespannte Situation auffiel. Doch sie waren nahezu die einzigen Gäste, und die entfernter Sitzenden schienen in eigene Konversationen vertieft.

Bleib ruhig, Fernando und die Beamten sind in der Nähe, und er wird dich nicht zum ersten Mal in der Öffentlichkeit schlagen, sagte sie sich.

„Er ist nicht mein Lover."

„Das sah auf den Fotos bei Facebook aber anders aus." Er zog die Lippen zurück, sodass es aussah, als fletsche er die Zähne. „Mit so einem dahergelaufenen, langhaarigen Künstler – ich hätte dir zumindest einen besseren Geschmack zugetraut."

Lass dich nicht provozieren, riet sie sich und atmete tief durch. „Es tut mir leid, wenn dieser Eindruck bei dir entstanden ist. Dafür entschuldige ich mich."

Kurz weiteten sich seine Augen in einem Moment der Überraschung, dann legte sich deren Blick erneut prüfend auf sie, als er sich scheinbar fragte, ob ihre Äußerung ernst gemeint war. „Ein Mann sollte vorsichtig sein, wenn er einem anderen die Frau wegnimmt", sagte er.

„Was soll das heißen?"

Er zuckte die Achseln. „Aus Eifersucht können schlimme Dinge geschehen."

„Auch aus deiner Eifersucht?" Sie hielt seinem Blick stand und hatte den Eindruck, die Temperatur sei um mehrere Grade gestiegen. Wie hält er das nur mit dieser Strickjacke aus, fragte sie sich.

„Sagen wir mal, dass ich nicht bedaure, was ihm geschehen ist."

Obwohl Tatjana wusste, dass sie sich bereits auf dünnem Eis bewegte, erschien die Verlockung, ihm ein Geständnis zu entlocken, zu groß. „Gib zu, dass du das Feuer gelegt hast."

Für einen Sekundenbruchteil fiel Peters Maske, und für diesen Moment glaubte sie, dass er ihr die Tat beichten würde, doch übernahm sein Verstand wieder die Kontrolle. „Auf gar keinen Fall!" Er zuckte vor ihr zurück, als wäre sie ansteckend. „Ich habe damit nichts zu tun."

Sie griff in ihre Handtasche. „Das wurde am Tatort gefunden."

„Tatort? Bist du jetzt auch noch Kommissarin oder was?" Dieses Mal bereitete es ihm sichtlich Mühe, sein spöttisches Grinsen aufzusetzen.

„Das stammt von einem Feuerzeug. Deinem Feuerzeug, das du vor einigen Monaten von einem Geschäftspartner bekommen hast. Die Polizei ist dir auf der Spur, besser du gestehst, dann erhältst du eine mildere Strafe."

„Du bist doch völlig durchgeknallt!" Er sprang auf, sodass der Stuhl scheppernd zu Boden ging.

Dieses Mal musste Tatjana nicht die Umgebung taxieren, um zu wissen, dass alle Augenpaare auf sie gerichtet waren. Auch Fernando und die Beamten hatten Peters Reaktion bemerkt und kamen auf sie zugeeilt.

Das wiederum veranlasste Peter zu einem Fluchtversuch, der ihn bis wenige Meter auf den Strand brachte, bevor er spektakulär von der Guardia Civil zu Fall gebracht wurde.

„Alles in Ordnung?", fragte Fernando, bevor er sie in die Arme schloss.

„Mir geht es gut. Keine Sorge." Über seine Schulter konnte sie sehen, wie die Beamten den eingesandeten Peter unter den Augen einiger Strand- und Promenadenbesucher abführten. „Wenigstens passt seine hässliche Jacke jetzt ein wenig besser hierher", sagte Tatjana grinsend.

Fernando löste sich von ihr und hielt sie an den Schultern auf Armesbreite von sich. „Was ist los?"

„Gar nichts." Sie schüttelte den Kopf. „Ich bin einfach froh, dass es vorbei ist. Wobei es mit dem Geständnis leider nicht geklappt hat."

„Aber sein Fluchtversuch sagt doch schon einiges, und außerdem hat *Inspector* Gomez mir erzählt, dass sie im Atelier auch den Rest des Feuerzeugs gefunden haben und womöglich Fingerabdrücke daran sichern können."

„Dann ist es also wirklich vorbei?", fragte Tatjana und sah Fernando tief in die Augen.

„*No, mi amor.* Es fängt gerade erst an." Er beugte sich zu ihr hinab, um sie zu küssen.

Der Kuss verwob sich mit dem Meeresrauschen in ihren Ohren und den Sonnenstrahlen, die wärmend auf ihr ruhten, zu einem Gefühl tiefer Behaglichkeit.

Das ist es, dachte sie, du bist zu Hause.

Epilog

„Q*ue guapa*!" Juan klatschte in die Hände, als er Caro in ihrem Kleid erblickte. „Du siehst umwerfend aus, meine Schöne."

„Vielen Dank. Aber du siehst auch nicht schlecht aus, *guapo.* "Sie ging auf ihn zu, um ihn zu küssen.

„Ja? Das heißt, du nimmst mich so mit?"

Caro legte den Kopf schief, um ihn prüfend zu betrachten. „Gerade so, ja."

„Schön, aber frech", sagte Juan, bevor er ihr einen leichten Klaps auf den Po verpasste.

Sie lachten, was Caro bereits nach kurzer Zeit unterbrach. „Oma", sagte sie, „du siehst ja fantastisch aus!"

Juan folgte ihrem Blick und pfiff dann bewundernd durch die Zähne. „Spätestens jetzt weiß ich, dass Schönheit in der Familie liegt."

„Kann ich so gehen?" Ihre Oma wirkte verlegen.

„Aber unbedingt", entgegneten Caro und Juan wie aus einem Munde, was alle drei lachen ließ.

Ihre Großmutter trug einen cremefarbenen Hosenanzug und darunter eine dunkelblaue Bluse. Gepaart mit ihrer zarten Bräune und dem nahezu weißen Haar sah sie aus wie ein Engel, der auf die Erde gekommen war.

„Das ist sicherlich Emilio", sagte sie, als es an der Tür klingelte.

„Passt prima, wir sollten ohnehin los, damit wir nicht zu spät kommen", sagte Caro.

„Was machen wir mit Amor?", fragte ihre Großmutter.

„Die nehmen wir natürlich mit. Schließlich gehört sie zur Familie." Caro ging zum Haken, an dem die Leine der Hündin hing.

„Agatha. Que guapa! Que guapíssima!", ertönte es von der Tür, was Caro darauf schließen ließ, dass ihre Oma Emilio reingelassen hatte.

Nach kurzer Begrüßung und vielfacher Versicherung seinerseits, wie wunderschön seine Herzensdame war, machten sie sich auf den Weg.

„Kaum zu glauben, dass wir Dezember haben. Heiligabend und wir konnten heute tagsüber in der Sonne sitzen und jetzt mit leichter Kleidung zum Hotel gehen", sagte Caro.

Juan legte den Arm um sie. „Hättest du das gedacht? Als du mich angerufen hast von der unfertigen Baustelle, dass du zu Weihnachten in dein fertiges und erfolgreich laufendes Hotel zur Weihnachtsfeier marschieren würdest?"

„Niemals! Zu dem Zeitpunkt habe ich geglaubt, dass ich scheitern werde. Dass ich alles verliere."

„Du kannst stolz auf dich sein."

„Ich bin stolz auf uns." Kurz lehnte Caro im Gehen den Kopf an Juans Schulter.

„Ja, wir haben doch so einiges geschafft in diesem Jahr, oder?", entgegnete Juan.

Caro betrachtete ihre Großmutter, die sich mit dem einen Arm bei Emilio untergehakt hatte und mit der anderen Hand die Leine mit der fröhlich neben drein trottenden Amor hielt. „Das haben wir", flüsterte sie. „Und nicht nur wir. Ich glaube, dass sich in den letzten Monaten das Leben vieler Menschen verändert hat, und das ausschließlich zum Positiven."

„Und auch daran bist du nicht unbeteiligt." Er gab ihr einen Kuss, und Caro sah nach rechts auf die dunkle Fläche des Meeres, in dem sich vereinzelt das Licht der Sterne spiegelte.

***

„Schön, dass ihr alle da seid." Caro legte beide Hände an das Weinglas, das sie hielt, als wäre das eine Auszeichnung, die sie erhalten hatte. Und irgendwie fühlte sie sich auch so, wobei die Trophäe das Leben war, das sie sich mit Hilfe lieber Menschen, die bereits in ihrem Leben, und derjenigen, die neu hinzugekommen waren, aufbauen durfte.

„Noch nicht mal ein Jahr ist es her, da konnte ich die Villa Caro eröffnen. Mein langgehegter Traum wurde endlich Wirklichkeit. Ohne die Hilfe von einigen der heute Anwesenden hätte ich das nicht geschafft. Allen voran mein Freund Juan." Sie wandte sich zu ihrem Liebsten, der neben ihr am Tisch saß, an dem sie für ihre Rede stand. „Ohne dich würde es diesen Ort nicht geben, wäre meine Vision nicht umgesetzt worden. Das werde ich dir nie vergessen. Danke für deine Unterstützung und dass du an mich geglaubt hast." Sie neigte sich zur Seite, um ihm einen Kuss zu geben, was von den Gästen begeistert beklatscht wurde.

„Ich bin auch froh, dass meine Mutter heute da ist. Mama, du hattest es nicht immer leicht mit mir, aber

260

auch auf deine Unterstützung konnte ich mich verlassen. Ich danke dir von Herzen dafür." Sie prostete ihrer Mutter auf deren Platz gegenüber zu und wartete den neuerlichen Applaus ab.

„Mein Team. Cynthia, Rodrigo, Julia und Gertrud – was würde ich nur ohne euch machen? Ihr seid die ständig fleißig herumwirbelnden Hände der Villa Caro, die Beine, die jeden Tag geschäftig umherlaufen, und vor allem seid ihr das Herz und die Seele, die diese Räume füllen und diesen Platz zu einem warmen Ort machen. Danke!" Ihre Mitarbeiter erwiderten das Zuprosten, und die Gäste kommentierten das mit Klatschen.

„Meine Oma, Agatha. Dass du nicht nur an meiner Seite bist, sondern ich miterleben darf, wie du aufblühst und auf der Insel in ein neues Leben aufgebrochen bist. Das ist eines der größten Geschenke, die ich erhalten habe. Dein kleiner Schmetterling liebt dich von Herzen."

Ihre Oma wischte sich Tränen aus den Augenwinkeln, während sie Caro dankbar anlächelte, und das Publikum tat das Seine, um das mit Applaus zu kommentieren.

„Diese Insel ist meine Heimat geworden, und das liegt vor allem an den Menschen, die ich kennenlernen durfte. Elena, Larissa, Jonas, um nur einige zu nennen." Sie räusperte sich. „Ganz besonders freue ich mich über die jüngst übergesiedelte Insulanerin. Die liebe Tatjana, die mit ihrem Fernando nicht nur ein verdammt hübsches Paar abgibt, sondern die beiden sind auch noch hervorragende Künstler. Davon solltet ihr euch unbedingt selbst ein Bild machen. Nicht zu vergessen natürlich, dass Elena in ihrem Tierheim so fantastische Hunde wie unsere kleine Amor abzugeben hat. So, nun aber genug Werbung gemacht."

Die Gäste beantworteten das mit Gelächter.

Caro hob ihr Glas. „Stoßen wir auf euch an. Danke, dass ihr mein Leben bereichert und mich auf meinem Weg begleitet und unterstützt habt. Die Villa Caro sollte ein Ort werden, an dem die Gäste zu sich selbst finden und die Schönheit der Insel genießen können. Ich denke, dieses Ziel ist gelungen."

Der aufbrandende Applaus, begleitet von begeisterten Ausrufen der Zustimmung, ließ Caro sicher sein, dass dem so war.

Sie war hier mit ihren Freunden, ihrer Familie – ihr Traum hatte sich nicht nur erfüllt, er war sogar größer und schöner, als sie sich das jemals hätte ausmalen können.